疏离的神情

万松浦讲稿

作家出版社

张炜简介

张炜，1956年11月出生于山东省龙口市。1975年发表诗，1980年发表小说。山东省作家协会主席。发表作品一千三百余万字，被译成英、日、法、韩、德、瑞典等多种文字。

主要作品有长篇小说《古船》《九月寓言》《外省书》《丑行或浪漫》《刺猬歌》及《你在高原》（十部）等。

新作《你在高原》获“鄂尔多斯文学大奖”、香港《亚洲周刊》全球华文十大小说之首、华语传媒大奖杰出作家奖、中国作家出版集团特别奖、出版人年度作家奖、茅盾文学奖等十余项。

疏离的神情

讲坛讨论

讲坛授课一

讲坛授课二

讲坛休息

万松浦书院鸟瞰

万松浦图书馆

万松浦书院讲坛楼

万松浦书院学者公寓

目　录

·第二讲·

·第三讲·

· 第四讲 ·

· 第五讲 ·

2009

·第七讲·

前 言

对我来说，这是一部有些特别的书。

自2002年至今，万松浦书院的讲学活动已有了十年时间，先后有几十位学者开坛，他们不辞辛劳地授业解惑，在这个偏僻的海角留下了自己的声音。

十年里我没有在固定的讲坛上授过课，只在开坛的时候随访问学者一起听讲，一起座谈，偶尔就某个专题发言。多年来大学的朋友总是催促书院设立一个定期的讲坛，于是从今年春天开始正式做起来。

我与大家对话，一起讨论。这样讲坛的气氛趋于活跃，常常是到了用餐的时候还没人想离去。话题广泛得很，不仅仅是文学，而是包含了很多。如此也可以接近传统的书院授课方式了。

只要是讨论就有各种声音融入。因为是这样的形式，所以各种话题更加分散开来，几乎不可能有什么集中的主题，因而也难以就某个问题一直深入下去。现在合到一本书里，看上去就有点像中国画风中的“散点透视”了。它虽然简单，却也记下了一些真实的思绪。

这些文字凝聚了别人的许多劳动：七讲先由参加讲坛的白云、高树伟、迟晓航、周琳、李婧屹、童唐、边静七位学员录入，而后又经陈沛和张洪浩二位先生仔细订正，去掉了其中的水分和闲篇，这才可以端到案头上。

现场效果是热烈和活泼，是不拘形式，深刻却远远谈不上了。现在展读这些文字，发现它们一旦离开了具体场景，或许还多了一点严肃的面貌。

作者　2012 年 8 月 28 日　于万松浦书院

·第一讲·

万松浦地理

万松浦书院设立之初，曾经考察过很多地方落脚：两处海边、一处海岛，还有一处在鲁西平原。这些地方今天看来各有利弊。西部平原显然离传统文化根脉更近，民族文化的根基在那儿。但是海滩美丽，海湾漂亮。鲁东南的一处海湾也有很多松林，缺点是地势低洼，每隔一些年就会有风暴潮来袭。

找来找去，最后选址在龙口湾以东的这个地方。

现在的龙口市属于秦始皇时期郡县制的古黄县，那时的面积比现在要大得多。黄县是古代东夷时期莱子古国最重要的地区，有一个说法，认为这里就是齐国将莱子国逼迫东迁的国都。由此往东南二十多华里有一个重点文物保护地，叫“归城故城遗址”，就是考古人士说的东莱古国的都城。一些最有名的春秋战国时代的出土文物，大量来自这一带。

可见这里的文化渊源很深。

今天的龙口从地图上看就像一支犄角的小小分叉，而这支犄角由渤海湾伸出，直向着更辽阔的海域——黄海伸去。而这支犄角的分叉是探向了相反的方向，好像格外留恋渤海的一次回望似的，这就形成了龙口湾。龙口全境由面积大致相当的三部分组成：山区、丘陵和平原。这三个部分自南往北依次展开。最北边是胶东丘陵北部的一片冲洪积平原，离海岸大约七八华里的一片，是海冲积平原，也就是海浪海风海沙的合力，把冲洪积平原压在了下边，再次覆盖了一层厚厚的沙粒，当地人叫做“大沙滩”。

据书上记载，直到上世纪三十年代左右，这片大沙滩以及四面还是无边的树林。那是一片自然林，稀疏相间，从东西南三个方向一直绵延到很远。古代讲到蛮荒，说“人民不胜鸟兽虫蛇”，听着有趣好玩，实际上那时的日子是很难过的。由此也可以想见这个边缘地带的情形，显然是极端荒凉的。直到四十年代中期，这里还是人烟稀少，几乎没有太大的村落。比如离这里较近的一个村子算是很大的了，它的名字叫“灯影”，可能是当年有人往北部荒野走，远远看见有闪烁的一点灯火吧。那时林子里大概只有零星的居民，是渔人或猎人，后来才一点点繁衍成今天这样的自然村。

记忆中这个地方全是自然林，树木品种很杂，长得最大最多的有橡树和白杨，有洋槐和合欢树、柳树等。松树是五六十年代植起的人工林，为了防风，它的位置更靠近大海。自然林是最诱惑人的，树种杂，分布得没有规律，神秘极了。五十年代末这里还是一片蛮荒面貌，是典型的边地荒原。那时来往出没的不过是猎人，采药的人，打鱼的人，林子里一些弯曲小路就是他们踩下的。这些小路纵横交织，形成了迷宫。

如果一般的人进了林子，十有八九要迷路，说不定要出大问题。

记得离林子不远的一个村子就出过一个吓人的事情。那里有一个长不大的孩子，就是因为在林子里迷了路——他不知怎么一个人深入了林子内部，看到了一个动物，这个动物很怪，从背影上看很像一个人。他跟它打招呼，它也不理；他追上去拍了它的肩膀一下，它就猛地回头，露出了一张野兽的毛脸。他立刻吓得倒在了地上，人事不省。从此以后他再也长不大了，据说是给“吓散了骨头”。于是医生要根据他的形体做一个石膏床，让他每天躺在上边好几个小时，以便将散开的骨架收拢起来，长出正常的骨骼——我们几个同学去看过，见他真的躺在一个石膏床上。我至今还记得他头上戴着针织小帽，正中还有彩色的三道条杠。

这不是传说，而是真事。他的石膏床大约每年都要重新做一个，一直到他的骨骼长好，长得强壮起来。

只要想到过去，首先想到的就是这片林子的神秘，它的一些无尽的故事。

到了上世纪六十年代初，林子开始缩小，但也只是相对而言，在一般人眼里它还是无边无际的大。这里先是成立了一个国营林场，再后来又有了一个国营园艺场。大约也就是这时候，在国营林场的经营下，开始了近海防风林的栽种，这就有了几万亩的黑松林——它与无边的自然林混到了一起，算是人们对原来那片缩小的林子的一种补偿吧。

有关材料上介绍书院，只说它四周原来的树林有两万六千亩，这是不对的，应该是几倍于这个数字。

有一部中篇小说，九万多字的《蘑菇七种》，就是写了那时候的林场记忆。书中的描述并没有多少夸张，真是那样怪异和神秘。它的故事发生在六十年代中期，也就是人工林刚开始栽培不久的时候，林场成立大概没有多少年。

丘陵北部的这片冲洪积平原上，自南向北有几条主要的河流，按大小排列为黄水河、绛水河、泳汶河与港滦河。

万松浦东边紧邻的就是港滦河，现在看它像一条大水渠一样狭窄，可是在七八年前还是一条中型河流的模样，经常可以看到渔人在上面撒网。而在古代它是很宽的，河床大约有一百五十米，里面有很多航船，河湾就是一个大码头。现在从这里往南不远的“港口栾家村”，通常简称为“港栾村”，就是以这个河头（的）码头取的名字。

从这个海港再往东，不远处有个村落叫“黄河营”，就是清代一个很有名的海军军营遗址，在黄水河入海口，是北方最重要的海军营地。现在那里时常还会挖出很多东西，当年铺路的石板，车辙磨进了很深，如今都运到市博物馆铺了巷子用。这个营地可能要早于威海的刘公岛，是半岛地区最早的一个海军营地。

因为各种各样的原因，这里的丛林与河流一起萎缩。现在，从书院往四下望去，会发现四周都是高楼。原来的林子没有了，不要说几万亩，连一万亩都找不到了。说起来没人相信，这片林子消失的速度不是几年，也不是几个月，而几乎是一夜之间——据当时住在书院里的人说，只听到一夜的呼呼隆隆声，第二天早晨起来一看，无边的林子就没有了。

城市化的速度真让我们惊讶：像变戏法一样变出这么多楼房，十层二十几层，工业区，大烟囱，星级宾馆，高尔夫球场，国际游艇码头，全是对西方的盲目跟进，是很蹩脚的模仿。这一切正以更快的速度往前推进，与其他地方一样，其实是走上了一条不归路。

这里更像是一个缩小了的、经济转型之后的东部地区面貌。单是围绕书院四周，一切也就可以看得很清楚。

可以想象一下六七年前，想象那片无边的林子，一条大河，河的入海口——那叫“浦”；入夜后四周全是林子，漆黑一片，只有书院灯火闪烁，书声琅琅。

那时我们多么爱惜这片林子，当年建书院就因为害怕破坏树林，才特意找了河边这块荒地，因为这里树木稀疏。书院里面的小路，都是当年猎人和渔人踩出来的，我们不过是在原路上铺了碎石而已。小路中间如果有一棵树，我们也一定要保留下来。建房舍时，如果墙基线上有一棵松树，我们就会改变原来的图纸，让墙凹进去一块儿，只为了让这棵树像原来一样生长。

可是开发商在一夜之间就把几万亩林子打扫得一干二净了。

对比一下也就明白了许多。历史，现实，许多许多也就可以明白。这好像是一个象征——历史进程的象征，历史规律的象征。

所以，现在的书院就成了这个样子，它被包围在一片水泥丛林之间了。

2003 年九月书院举行了开坛仪式，其实 2002 年就开始了运作，到现在整整走过了十年的路程。这十年里书院有过许多学术活动，境内外很多学者来到这里讲学游学，留下了他们的足迹。

灿烂的星空

自2002年到现在，许多文化人士来过书院游学讲学。有一位学者给书院题了四个字："世外桃源"。

那时候他们可能很惊喜，有了这种感受。因为无论白天还是晚上，这里一点嘈杂的市声都没有。风来了有林涛呼鸣，再就是各种动物的声音。如果住在一研部的三楼，从窗子往北看，就是无边无际的松林和海湾，再就是从渔港码头到桑岛——这之间有一艘白色的交通船来来往往，大约每个小时一趟。人每天处在这种环境里，真的恍恍惚惚会觉得来到了一个世外桃源。冬夜有几天海风稍大一点，海浪就像打在枕头边上，哗哗巨响。那种感觉给人很多想象，就像接受一种强大的脉冲、一种从大自然深处注入的力量。

在这种感觉中，人可以写下很多不同的文字，展开另一种构思和想象。因为受到了无法言说的推动力。的确是这样，人不仅是生理状态与置身的环境有很大关系，还有思索力及其他。

有些人心里从来不装大事，而有些人心里常怀大事。这在写作者思想者那里，就成为致命的区别了。灵魂是不同的，一些人天生心里就装了大事，而大多数人只是有时候才泛起大事，更多的时候被具体的琐屑充满了。造成这一切的原因很复杂，但肯定与身处何种环境有关，人在闹市拥挤中或孤身寂野里，当然心情和思维都要有所不同了，所以环境的改变将引起人的很大变化。

人的心里汇集着各种各样的思绪，但是有的会泛上来，有的会压到底部。我们优先处理的部分是什么，这很重要。从较大的城市坐车来到这里也就是三四个小时，这段距离的改变，这点时空的移动，却让人考虑问题的角度变得大大不一样了。尽管我们现在有网络和电视，有无线和有线等联络方式，似乎跑到哪里都跟整个世界联系着，那是由无数根看不见的线相连，就是它们让一个人无法独立生存——但是尽管这样，人的躯体置于何处，也就是说他站在了哪里，心灵状态也还是会有很大的不同。

可以想象，人在较少人工痕迹的地方，容易考虑一些悠远的问题。抬头就是大海星空，想不考虑永恒都不可能。反过来如果出门就是人流车辆，那就必须面对、必须处理这些眼前的问题。

当年这片海滩丛林没有什么现代污染，看星空会觉得很亮，星星很密很大，人会觉得离它们很近。所以在这里，大家仰起脸时会有一种讶异感——那是城市人久违了的一种感受。人们在这里受到了夜空的强烈提醒和强调，会不由得想起了康德那句话，就是他对两种东西的惊异——一是心中的道德律，二是头顶的这片星空。

在这里，星空让人讶异，心里产生敬畏。这种感受或许是思想者最基本也是最重要的，是大事的起点，或者还有终点。一些朴素的然而却是巨大的问题，会一点点走近我们——会回到原来，会追溯一些本源的问题。这就是人性与神性接通的时刻。

在商业主义物质主义时代，我们身陷其中，为了生存，也就不得不使用浅近的心机，结果变得精明而又庸俗。艺术品的创造离神性越来越远，诗意也就逐步萎缩以至于没有。一切越来越世俗化，实用化，人在物质欲望中沉迷下去，渐渐不能探出头来，再也看不到灿烂的星空。

覆盖、蕴藏和孕育

文学可以从专业的意义上谈，比如说文学研究和文学写作，还有文学教学等等，这是专业，是工作，没有什么好说的。从这个角度讲，我们今天有一个庞大的文学群落，因为有那么多专业作家和专业研究者、教育工作者，从省市县再到各大学，专业人员多到数不胜数。有人可能问：这种“无用之学”值得耗费这么多人力和物力吗？谁也不知道，没法回答。因为世上再也没有什么东西比文学的需求再难以度量的了。这些年一直有人在谈论文学的“死亡”，记得只要到大学去参加学术活动，往往就会有听众和学者提出类似的问题，让作家尴尬。有一次一位老作家回答得机智，又直截了当，他说：“文学死亡？我看不会吧，因为有这么多的大学，这么多的中文系和文学院，光是这里的需要我看就足够了。”他的话里不知有没有玩笑的成分，但因为说得很实在，大家也就马上同意了。

是的，从工作和专业的意义上谈，文学赖以生存的根基和土壤还是很大的，这足以保证文学在形式上的存在。但这并不一定确保它的实际生存和生长，因为弄到最后空有形式而无内容，只剩下一个外壳，这种事情也不是没有可能。

可见仅仅是把文学作为一个专业和工作去谈论，还不一定能从根本上回答问题，就是说不一定能靠近文学的本质。

我们许多时候不得不在文学的理解上超越一下形式，就是说不仅仅是当成一门专业和工具来谈论，而是要当成心灵的需求、当成生命的元素去谈。因为文学既是一门专业，更是生命的一种冲动方式，是生命最基本的属性之一。人还有超越世俗物质的诗性欲望，有探求真理和追求艺术满足的欲望。

比如一个人的观赏力和想象力，对诗性的痴迷和追求——这都是与生俱来的东西，每个人都有，差别是有的人强有的人弱而已；有的人在一定的阶段才可以焕发出来，比如在某个机缘的刺激下才表现出来——现实生活的庸碌可以把一些欲望压抑住，覆盖住，以至于有的人一生都常常忽略自己的生命内部还有一些熠熠闪光的东西；但诗意的存在和感知终究是不会彻底消失的。

源于这种生命的发现和冲动才是文学，它不是作为专业和工作而存在的东西。从这方面讲，我们也许可以更乐观一些，因为每个个体生命中都有它的存在，只要有一个合适的机会，它就可以被呼唤出来——既然如此，何愁没有文学没有读者？何愁没有生存的空间？

从另一方面说，也恰恰正是因为如此，才不会放眼望去全是文学，全是诗意盎然，所以也就令人沮丧了。其实我们永远不要指望一个诗人的嚎唱，就可以引来群声响应，那是不可能的。因为人总是满足了最基本的物质需要、世俗需要之后，才会开始展现精神方面的需求——尽管这是更高级的需求。所以我们抬眼望过去，目力所及，当然只能是满足世俗欲望的庸碌生活了——这种生活既对文学起到了一定的覆盖作用，又蕴藏和孕育了无限的诗意。

这种覆盖和蕴藏是自然而然的常态，并不仅仅是因为今天物质主义盛大、周边森林退化河流萎缩才发生的现象。只要有人类生活就有这样的覆盖，就有对文学的误解，就有文学的专门工作和本质表达方面的内在区别。

从某种意义上说，那种业余的文学，那种看不见的文学状态，才是最深刻的文学存在。有时候一个专业文学工作者倒有可能是离文学很远的，一个每天都在谈论文学的人，并不一定与文学关系紧密。因为文学大多数时候不是表现为按部就班、有条不紊、分门别类，不是携带着各种方法的一种固定的软件程序，而实在是源于生命内部的深刻感动。

不知所云

真正的文学研究者并不完全依赖一套现成的方法，而更多是将源于生命内部的感动和理解、将心想体悟作为工作的基础。只有一般化的研究才过分注重方法，虽然也算敬业，但还是过于看重仪式化和程序化的东西了——在现代，这种方法更多是来自西方，是西方的一种传统。这造成了今天的很多弊端。亚洲是比较典型的例子，因为“脱亚入欧”已经有一些年头了，这里日常的生活方式，包括趣味追求、思维方式，都在一步步向西方靠近。这一切表现在文学工作上就更明显。

现在我们较少发现一个做文学研究的人还在遵循东方的传统去工作。

学院内外，大致改用西方的思维和方法，即运用逻辑的、实证的、解剖的、理性的一整套来做文学研究。说到传统，像《文心雕龙》、《诗品》，包括金圣叹张竹坡他们的点评，那种对语言艺术的进入方式与探究方向已经没有了。那是东方的研究，讲究气息、体悟、赏读，往往特别靠近了语言。他们的研究，一定是将对象（作品）的语言细部勒到紧得不能再紧，近得不能再近，有时会从一个词汇的调度开始深味。他们注重作品的诗性，意味，境界——是从这些地方出发和抵达的。

文学研究上的脱亚入欧，并非一无是处，当然是有得有失。

谁也不能否定西方的研究方法，不能无视它的意义。这就是中国学者一直强调的文学研究的“现代化”。这有点像胡适当年讲的中国要“全盘西化”——当时有人攻击他，说我们中国有那么好的传统，你却说完全西化，全部西化，我们不能接受。胡适说：那我改一个说法可以吧？不叫“全盘西化”，叫“充分世界化”。他这样一说，一时让不少人无法回应，虽然也觉得有点问题。

“充分世界化”，就是“尽量”和“用全力”的意思，他反对文化上的本位主义和折衷主义，接下来又做了进一步的解释：“世界化”并不反对穿长袍、穿中国缎子鞋和用中国字，“世界化”并不是指望人人都吃西菜和改用刀叉。当然“世界化”究竟是什么，胡适在这里也没有尽说。不过一部分人一下子无法回答，另一部分人则安然地接受下来了。

西化和现代化显然不能完全对等。现代化运动自西方开始，伴同着工业革命进程。但这里的“现代化”只能作为一个中性词来使用，还不能完全当成一个“落后的”、“愚昧的”对立面去理解。尤其是在艺术这类微妙细致的东西方面，不能唯“现代化”是从。

今天的中国文学研究也面临着这样的思辨。有一部分人公开说，有一部分人只做不说，但实质上还是把全盘西化等同于现代化，这里面一定有很大的问题。中国的文学艺术传统与西方不一样，它是写意、白描、散点透视，长于感悟和感受，理性空间被进一步压缩。其实西方的优秀艺术家也不会用理性来压迫感性，它们应该是统一的。比如西方的现代绘画，往前发展的道路上首先接受了日本的影响，这种东方的写意艺术极大地启发了他们。现代主义绘画开始稍稍脱离解剖和实证，最后越走越远。这就是所谓的西方文学艺术的“现代化”，他们的方向是反的——东进。

我们现在的文学研究正好走向了他们的原来，即追求解剖、理性、透视，用这些仪器对付起自己的文学肌体，而且累得大汗淋漓。这种工作方法的引进当然很有必要，并且肯定有它的道理——那么高深的体系，产生了数不清的杰出人物，当然绝非浮浅无聊。

问题是如果我们东方的研究者吞食不化，只取皮毛，那么最后西方的高深没有学到，原来固有的武功也要全废了。这就是我们的危机。所以有时返回原路未必不是一条正路，比如脚踏实地从艺术感悟出发，从语言出发，倒是最平实最可靠的途径。文学研究文学批评还是得建立在对作品的感动和感受这个基础上，还需要先进入再把握，不然那些冰冷的技法就会阉割活着的文学机体，一切也就适得其反了。

如果一个人真的具有超越性，他就会从那些现代条条框框中走出来；如果没有超越性，他就会变成技法熟稔的机器人。

比如一个孩子识字以后，阅读感受能力很强，这时他说哪本书好大概是不会错的，因为他依赖了朴素的力量。这种力量来自土地，来自大自然，也来自纯洁的童真，所以是强大的和可靠的。没有经过人工强力改造的认知，大多数时候是健康的，非常准确的。而当他上了许多年学，读了许多教科书，跟着导师一直学下来，再谈文学可能就要出现偏差。因为一部分人的自然感受力受到了损害，肢解文学的方法开始作用于他了。这样继续下去，从研究生再到博士生，正常的敏感的文学感受力基本上也就消失殆尽了。

这种情况当然并不是百分之百。但就我们接触和已知的相当一部分教育后果看，也正是这样。如果受教育者有一种超越性，能把西方的理性深度、一些方法深入理解和融汇，再与个人的生活阅历及原初感悟力结合一体并保持下来，或许会更加成长起来。可惜这种机会一般来说是很少的，我们很少遇到。

以过去认识的一个孩子为例。这个孩子很聪明，很小时，与之讨论文学作品就很过瘾。大家可能也会有这种经历，就是遇到一个很聪慧的没有高学历的孩子，与之讨论文学是很透彻的。他并没有多少学术语汇，但我们知道他在说什么，知道某些重点被他抓住了，更深处的无以言说被他捕捉了。有时候他表述得不够完整，但却能让人理解。因为生命和生命是可以对接的，灵魂和灵魂是可以呼应的，所谓的气息相通，心有灵犀——古人今人，男人女人，老人少年，都是一样的。“性相近，习相远”，说的就是人性的接近。听了这个孩子的表述，再回忆起个别从国外回来、挂了诸如博士教授等等好多头衔的人，会觉得与之交谈其实很隔——对方只有方法没有内容，那些貌似高深的说辞已经脱离了生命质感。许多时候是让人不知所云的。

那样的研究就没有多少意义了。

黄狸鼠

专业意义上的文学工作，有时候正是当代文学写作赖以生存的基础之一；但是从另一方面看，它又离文学的核心意义有些遥远。我们常常看不到的，却是蕴藏在芸芸众生里的文学欲望，是那些无言的理解——那才是广大的，本质的部分。

对文学的追求需要靠近淳朴的、源发的事物，类似于土地，是这样的生长基础。生命诞生之后，对诗意的向往和诗意的表达欲求也就产生了。这是一个人生来就有的，差别是强度和浓度各有不同。这样说的同时也就回答了另一个问题：为什么文学在很大程度上是不可以传授的？因为这是生命里固有的一种能力，如果这种能力太弱太小，无论怎么诱发和引导，它都不会有效。对诗意和境界的感受力欣赏力一旦缺失，知识成倍地增多也无济于事。

比如西河岸一带有一种奇怪的鼠，当地人叫黄狸鼠。它们长着很短的金毛，机灵可爱，就在枯河堤上的一个个洞子里。那些洞子新新旧旧纵横交错，想逮它们很难。因为它的洞子有好多出口，人们使用围网和烟熏，结果还是不能奏效。黄狸鼠肉滚滚的，河边人都想养一只，只可惜捉不住它们。

有人就发明了一个方法：把牛筋用香油炸一下，缠在棍子上，从洞口往里伸探。黄狸鼠虽然狡猾无比，可就是经不住这种浓香的诱惑，最后总是一口咬住——结果牙齿给勒到了牛筋里，这时往外一拽棍子，就可以把它拉出来。

文学的先天能力就像黄狸鼠待在洞子里——看上去都是洞，只是不知道哪个洞里才有黄狸鼠。学习各种知识，无非等于往棍子上缠了牛筋炸了香油。这个过程就是阅读，就是上大学，就是读研究生和博士生，就是寻找导师。

但是如果洞子里没有那只黄狸鼠，棍子再长、牛筋再香都没有用处。

河堤上有许许多多洞子，但的确好多洞子里没有黄狸鼠，这是事实。不过有没有总要使用那个工具，总要伸进去拽上几拽才知道。所以一个人接受文学教育，只是想象洞里有那么一只“黄狸鼠”，无论这个洞子多么陈旧，长满了荒草，也还是要抱有希望。

我们是坚信这个洞子里是有黄狸鼠的，对自己和他人都不能过于悲观。认为所有的洞子全被商业主义和物质主义的潮水淹没了，里面连一只活的黄狸鼠都没有了，那不可能。黄狸鼠是一定有的，因为它的繁殖力非常强。

有一次听到一个人在学术场合大讲文学的边缘化，讲文学的死亡——头头是道，引经据典，什么科学的发展，世界的潮流，声像的传播，乍一听真是醍醐灌顶，大开眼界。

但是后来想一想，就觉得不对了。因为黄狸鼠总是有的。

放眼望去，浅俗的庸见就像秋天落叶覆盖了路面，需要经常打扫。文学是生命里固有的东西，它就潜在心灵的角落和底部，就像黄狸鼠住在洞里一样。

今天这个比喻太粗俗，但愿不要败坏了他人的胃口。

2009

纯理论的敌人

写作者百分之八九十都害怕纯理论，只看上一会儿头就蒙了。难道他们会受到伤害吗？也许会的。但这只是阶段性的厌烦，最终可能并非如此。那些足够强盛的文学生命，说到底还是不会拒绝理论，包括那些高深莫测的“纯理论”。有一位拉美大作家讲：“我是一切纯理论的敌人”。我们理解他的意思，那是极而言之，是某种方式的讥讽。他可能是痛感于某些理论的不着边际吧，那些人没有进入微妙语境的能力，失去了进入的前提，还大言震耳，结果成了这位作家的“敌人”。

但只要心里明白了这些，再读那些高深的纯理论就不会有什么问题。虽然不是读得越多越好，起码也无大碍。对于一个写作者来说，如果胃口特别好，或许是来者不拒的，任何的理论、生活，都不必拒绝。健康的人总是有一付好胃口。

那种纯理性的思维，纯学术的世界，也是创作者需要了解和进入的。真正具有了超越力，一切也就好办了。文学研究和文学写作既有区别，但也有相同点，那就是对生活对人性的深刻理解。在这些方面没有了对立，其他也就好说了。好的作家能不能同时又是好的理论研究者？这当然是不言而喻的。

托尔斯泰谈莎士比亚，雨果谈莎士比亚，真是太好了，有实证举例，又有逻辑分析。写作者对语言细部的敏感，对整体结构意图的把握力，都是不同凡响的。他们当然有强大的理性分析能力，这与强大的感性经验并不冲突，而是交织在一起，构成了一个独特的、色彩斑斓的言说世界，与他们的作品一样丰富。

另一方面，一个好的研究者感性思维也是很发达的，他所有的理解都是建立在对作品深刻感悟的基础之上。举一个例子，美国马尔科姆·考利的《流放者的归来》真是一部好书。考利评说作家作品的口气是迷人的，那么有趣和生动。这其中形象化的描绘，感性的把握，理论的透彻深邃，可以说是水乳交融。整部书没有一点学究腔，也没有一点实验室里的标本和防腐剂的气味。大概这样才称得上好的文学研究吧。

心智未开的人

不知从什么时候起，人们愿意把儿童文学和畅销书放在一起谈论。其实这不是什么好的现象和兆头。如果一个作家的作品只有孩子喜欢，只有他们排着队去买，而成人一看就觉得清汤寡水，扔到了一边，这会是好的儿童文学吗？当然不可能。首先是文学，而后才会是儿童或其他的什么文学。

任何文学都是生命的体悟和人性的探究，沿着这个方向探测都是深不见底的。也许没有什么比这两种东西离文学的核心更近：一个是童心，一个是诗心。所谓的“儿童文学”写作者应该是保留童心最多的，这样的文字成人更愿意看，否则就不是什么文学。不能单单去满足那些心智未开的人，那样只会是无聊的写作。想方设法让许多人去买，并因此振振有词和沾沾自喜，认为这就是“成功”，这就叫“群众喜闻乐见”。其实这不过是商人之见，是卑微的写作心理。说心智未开，这里不仅指童稚化，而且还指凝固在心里的蒙昧——这就与年龄几乎没有什么关系了。要让心智开化、强闻博记，在文学上有深刻见解和广阔视野、文化构成丰富，且具有强大思索力的那部分人正视，引得他们心动和神往才行。

一个时期的阅读数量从来不是什么重要标准，专业人士的赞许也不是。因为不能单单靠世俗标准证明文学的价值，它的检验和鉴别需要更多的时间，需要经受光阴的淘洗。

也许我们会发现，某些研究者的文章只是停留在浅表，那些或乖巧或笨拙的阐述，几近于胡说八道。实际上关于诗意的理论阐述，那些条理分明的剖析，要远远离开胡说八道也是很难的。尽管如此，写作者也不要惧怕这些东西，要敢于接触，发现它们的好玩在哪里。

如果钻到他人设下的迷宫里一时转不出来——理论的迷宫，方法的迷宫——虽然耽误时间，但最后还算是到此一游，或许并没有太大的坏处。我们也会遇到一些长时间陷在迷宫里的人，他们走出来的时候年纪已经很大了，脸上留着羞涩的不好意思的微笑。他们对这个过程从来不愿做出更多的解释。

与乡野密切交融

人类从跌跌撞撞地进入城市化之后，写作者就开始分成了两拨：一是从小生长在闹市里的，二是出生在乡野间的。这两种作家的区别是蛮大也蛮有意思的。一直有人想探究他们谁能走得更远更有高度、拥有更强的创造力，可能既不容易又不好玩。因为这种区分很危险也很复杂。

来自乡野的作家如果要走得远，也许需要一个条件，就是自身经历一个类似于“城市化”的过程，经历那些看起来未免繁琐，但却是必不可少的现代烦恼，比如什么理论的大学教育的这繁琐的一沓子。他从这种厌烦中极力摆脱，不断地挣脱，最后会有与过去不同的一些经验，包括厌烦的经验。他会发现乡野经验与厌烦的经验一旦结合起来，就会产生极其特别的、强大的力量。

出生在城市里的作家因为离现代读者更近，一开始就会消除一些烦恼，得到很多宝贵的鼓励。他们渐渐会成为出生在乡野的作家的最好的朋友，相互汲取一些东西。为了走得更远，他们总是极力开拓自己的地理空间，因为越是上了年纪就越是发现：植物都很难在柏油路和水泥地上生长，人也一样，城里没有土壤，氧气稀薄。

现代空气测试已经可以量化，比如对空气中负离子数量的统计，在渤海和黄海交界的长山列岛这一带，包括万松浦以北的这个海域和岛屿，负离子读数最高可接近或达到两万。可是在一些城市如北京济南这种地方，读数很低——有人说大概仅有几千或一万吧？不，只有二三十；一二百那是好的，即使到了郊区的树林里，要超过一千也很难。在一个新鲜空气如此稀薄的闹市里生活，当然会折杀生命的生长力和创造力。

一个终生不愿迈出城区的作家，竟能走得那样远，该有多好的体力和才华。他们如果像出走修行的人士那样，再获得一些安静和旷野绿地，又会是怎样一种惊人的情形？不知道，或许一切还恰好相反，因为生命性质不同，人的机灵是不一样的，有人可能天生就对于闹市特别敏感。

比如说索尔·贝娄就是一个典型的城市动物，他一辈子没有离开城市，作品中不停地写知识分子和城市纠葛，但也实在伟大宏阔。确实是这样。但是如果研究索尔·贝娄的作品，就会发现他终生在做两种事情：一是在文字世界里畅游——大概比他读书更多的作家是很少的，简直什么都读；同时还是芝加哥大学的社会委员会主席。也就是说，他在文字海洋里面畅游的广度和深度远非一般人可比，而且是一个好的学者。他像南非的库切一样，是典型的学者型作家。他在文字的世界里陶醉畅游，并让这种生活成为虚构的重要基础。

二是他仍然极度地向往自然，对客观世界异常敏感。西方那些极度城市化的作家，和中国新兴城市的作家还是不一样——他们那个城市的一切早已化为日常生活的泥土了，拥有自己漫长悠久的历史，有各种各样的隐秘角落，整个的城市土壤已经淤积得很深很深了。即便如此，索尔·贝娄在写到芝加哥的雪融化之前，小孩子在路边探宝，一脚踢出瓶子盖或几分钱硬币的那种欣喜多么簇新动人。他多次写到芝加哥的湖，写田野上各种植物的细部……总之他会利用一切机会与大自然亲近，与大地的神经丝丝相接。

城市作家与乡野作家都不忘巩固原来的优势——前者在人造的景观世界里探索，在文字海洋畅游的深度和广度非同一般，这或者是另一个基础。乡野作家也不能一味撒野，这会有个限度——能否掌握这个限度和分寸，会造成云泥之别。比如托尔斯泰、陀思妥耶夫斯基、普希金、屠格涅夫，看起来都是生于贵族之家或城市街区的，但他们整个的生活历程中，与平民的来往是很频繁的。而且他们大量的时间是在俄罗斯大地上行走。普希金主要住在郊区；陀思妥耶夫斯基经历了流放地生活；托尔斯泰不离树木蓊郁的庄园；屠格涅夫迷恋俄罗斯大地。

贴近山川土地，似乎具有了强大的优势。这是上帝赐予的不可剥夺之物。但可怕的是自我放弃，固守一孔之见，或者因此而鄙视文明修养。学习，广泛的见闻和游览，这一切都会一点点积累起来，成为终生受用的财富。

有人认为中国没有纯粹的城市作家。他们大概以现代作家们为例，却没有以今天的作家为例。因为中国是一个农业国，城市化程度很低，即便看起来是一座大城市，实际气质也还是一个大乡村。它的本质内容跟乡村的交接边缘不是特别清晰，有时候似乎是介于二者之间。所以中国作家更多地置身于城市和乡村之间。有些看起来已经相当繁华的大都市，从形式到内容仍然是处于对西方都会的摹仿，外洋内土。这些城市还没有称得上自身的独特文化与历史，严格讲还算不上真正的现代都会。所以聪明的城市写作者一生都在省悟这个生活主题，尽一切机会与乡野密切交融。

到了当代，情况就有些稍稍改观了，这与中国的城市化进程有关。

我们渐渐会发现比较纯粹的城市作家在出现。由于中国对西方城市的模仿，对其生活状态的模仿，时间日久，也会衍生出很特殊的、中国当下的一份城市生活。这种生活培植起来的写作自有优势，那就是在模仿中的忘我状态、一种与中国的过去和现在的西方都大为不同的特殊生活情状。他们的心理不同，描述也不同。他们在不难察觉的自卑中与世界对话，居然也能对得起来。这就是当今的乡野作家所不具备的生活内容和文化视野。这就呈现了表述身份和表述内容的极端复杂性，这种复杂性也许是只有第三世界的中国才具备的。但是他们和西方那些纯粹的城市化作家所面临的困境仍然是一样的，就是同样需要大地和乡野，需要去见识大风景——那些地方氧气充足。

这里的“氧气”当然不光是指化学分子式的意义了。

对文学研究者可能也是如此。一个完全不了解乡村与土地的人，也就处在了长期缺氧的环境之中。西方的个别研究者依赖于学府传统和流派，可以在那个研究的小圈子里名声日隆，因为他们掌握了一个体系，掌握了一种现代解剖方法，有学术家族的密码。这个密码和钥匙似乎攥在他们手里，有时候是近亲私授，靠血缘关系传递。这种游戏由于看上去过于认真，也就显得有些荒诞。

这一类高深晦涩的西方学院派，其实与文学的簇新感动和真正的诗意是对立的。但是他们可以在对立中快活地繁延，正像塑料化纤布景与真实的自然风貌对立，却具有很大的市场一样。商业主义时代什么都可以成功，方式是多种多样的。但对于有一部分较真的人来说，他们却不会满足这些，一定还要吸收被世俗落叶所覆盖了的、广袤大地上的营养。这是另一类令人尊敬的学院派。

关于乡野与成长的话题，还可以再扩展开来说。在世界文学的版图上，俄罗斯是触目的，给人震撼最大。它横跨欧亚大陆，与欧洲其他国家的狭促地理环境很不一样，跟北美国家也不一样。它有西伯利亚，也有欧洲的部分，在它广阔的国土上有很苍凉的地区：冬天很冷，白雪无垠。可是春夏天的圣彼得堡鲜花遍地，又是浪漫之都。它的东部城市也非常浪漫，这是从它的西部蔓延过去的。但是它给人整个的感觉还是宽阔和苍凉。这样的民族很容易产生严肃的思想，他们生长在一片忧郁的土地上，像托尔斯泰、陀思妥耶夫斯基这一类作家，赫尔岑那样的思想者，普希金、莱蒙托夫那一类的歌手，他们的出现绝非偶然。推理起来，从一个民族到一些个体，道理全都一样：没有开阔苍凉的大野，生命的求索和想象就成了另一番景致。

所以在欧洲最早产生了自动写作、意识流后现代主义等形式上千奇百怪的试验。这是向内压缩和延伸的美学取向。

一直到五六十年代，俄罗斯文学的当代作家，如代表人物拉斯普京等人，还是延续了那种浓郁厚重的旷野之气。

需要指出的是，西方的一些都会，一方面是很现代化的城市，另一方面它的大自然保持得极好，比如湖水树林，比如近郊一望无际的大平原大农场，这使它的乡村乡野味仍然很浓。有的城市直接就拥有成千上万的野湖和广阔的大平原，城市里面以及城市很近的周边全是乡野风光：橡树、枫树、玉米田、豆田、苹果园，河流……城与乡是交融一体的。

至于高深晦涩的西方学院派，文学研究上的这种“技术主义”，今天已远没有我们这里更严重和泛滥成灾，他们发明了，但他们也批判了——西方人习惯于一边行动一边批判自己，发现偏差便去纠正，比如出现过白璧德那样了不起的人物。

抓住这种神秘性

文学的过度专业化对研究者和创作者都是一种伤害。我们会发现，当一个作者专业程度较弱的时候，反而能写出特别感人的东西，后来当其专业化程度提高了，作品却丧失了感人的力量。当然杰出的作品也并非只有感人一条路，问题是其他方面又怎样？他的思想比过去深刻了，读了好多的哲学书，也在勤奋地思考社会问题，一切的技能似乎都比过去完备了，可是非但感人的力量不行了，就连其他的生气和锐利也都退化了。这很值得深思。

文学不光是传递思想，还要通过文字符号还原和传递灵魂里面很神秘的一些东西——这些神秘的东西在逐步消失，才是最令人惋惜的。究竟是什么东西？生长的奥秘，创造的张力，诗境的仰望，生命的深层体味……类似这些一旦减弱，知识修养等各方面的弥补都无以疗救，无济于事。

所以当一个人审美力缺乏以至于丧失殆尽的时候，无论多少学问都补救不过来——原以为可以补救，实际上办不到。在作家这里，唯一不可以拿来和他做交换的，就是情感和阅历，更有天生的敏锐和诗性。再高的学历和渊博的知识，都不能稍稍取代它们。

但这样说绝不意味着原本有着足够强大审美能力的人，会被后天的知识学问给损害和毁掉。确实有因后天的学习而使审美力大打折扣的例子，那是因为这个人所携带的先天文学元素本来就不够强大；反之只依靠审美力而完全没有信仰也缺乏哲学背景的作家，或者不能持续自己旺盛的创造力，或者将变成一个批量生产的作坊式作家。

法国那个十九岁就写完了一辈子好作品的诗人兰波，受过什么高深的教育？他竟然神秘地获得了一种力量。十九岁以后就做别的事情去了，一辈子所有的成就在十九岁之前都完成了，这种怪异的天才真是不可分析。莱蒙托夫也是年纪轻轻就离开了人世，但是他的《当代英雄》写绝了。这种能力从哪里来？我们只好说这是非常神秘的。这种神秘存在于个体，也存在于群体，有时候它真的是存在的——哪怕我们能够稍稍地抓住这种神秘性去探究，而不是泛泛讨论，那将需要多么强大的悟性啊。

比如对一个作家来说，这种神秘性能够依赖多久？怎样才能维护这种神秘性？后天的学习与这种神秘性之间究竟是什么关系？

还有，这里所讲的“神秘性”，是否可以理解成创作过程中以语言、概念、逻辑和苦功都不能够表达和穷尽的那一部分，是不可规范的那一部分，是忘我的、无意识的那一部分——这一部分在清晰和光明时也许并不显著，相反在精微、混沌、黑暗和隐晦之中却往往更容易呈现？

诗螺丝

不少作者过去是写诗的，现在还在不停地写。因为爱诗，从小就写，结果怎么也停不下来了。怪不得某人曾经戏言说，到了六十多岁的时候，要成为一个大诗人——能成则成，不能成硬成。

“能成”是说整个的技艺、能力达到了，很自然地成长为一个大诗人，这好理解。但是“硬成”指了什么？不过是表明了对诗的深刻向往，一种急切到野蛮的追求。

诗是文学的核心部分，整个文学也许还有艺术就由此往外一点点扩大，到了最边缘的地带，就是比较通俗的东西了。这像是一个薄饼似的形状。诗是人们用来抵抗生命存在的荒谬和荒芜的一个最有力的武器，它在瞬间闪光，像电光一样，其强度可以照彻最幽深的黑暗。人的存在是短暂的，要经历苦难，挣扎和死亡，这中间是与生命诞生之初的全部希望和愿望大相冲突的部分。生命要逾越一些不可逾越的障碍，直走到巨大的黑暗之中。生命的存在真的是一次最大的谬误和虚妄。

人类进入了诗境，就以极大的通透和明晰，表达自己的藐视和反抗。那种瞬间的生命感悟如同闪电，藐视无所不在的可恶的规定力、一切的阴谋和捉弄。只有诗才具有这种韧性和顽强，有超然的英雄气概。以诗为核心建立的整个文学王国都具有这样的意义——越是靠近诗，越是靠近了这样的意义。

从这个核心开始，通过语言往外延伸，最后与无边的黑夜连接起来。

诗有一个了不起的作用，就是能够把词汇的内涵给固定住，不让其消散和流失、不让其变形。它用魔法把一个个词汇的边缘逐一拧上螺丝，不让其滑脱。文学正是如此，比如在某个特定的语境里，在某个词序中，如果出现了“感动”两个字，那一定是极其清晰准确的，这就与平常任何时候的“感动”都不一样。它在那个瞬间语境里的面貌被诗的强光照彻得一清二楚，不容篡改。真正的文学写作就是从具体的词语固定开始的。它会把一个词语牢牢地固定在局部和瞬间，并企图让这个瞬间变为永恒。

这正是诗最了不起的方面。

进入那个瞬间

可是我们的悲观在于，当词汇被固定住以后，它仍然会随着时间的延续而变质——被流放，在痛苦的旅行中丧失原来的意象和蕴含。因为它要经历的时间和空间太长太大了，它有点孤立无援。

比如说，我们与诗人并非生活在同一个时空，于是最担心的大麻烦也就来了——诗人在那个瞬间努力固定的词语，他使用的诗螺丝已经在时间和空间的河流中被腐蚀了，发生了松动。在这种情况下，阅读就是一场费力的追逐。我们要通过阅读进入那个瞬间，通过时光隧道回到它原来的经度和纬度中，回到局部的局部。我们要与彼时的诗人一块儿再次固定，厘清这个词语的边缘和性质。这个过程才是一次真正的阅读。

这里边的全部问题不仅是心灵世界的沟通，而且主要是时空的阻隔。离开了那个时代怎么办？几百年之后怎么办？读外国的作品，读古代的作品，会觉得这个人离我们很是遥远。这种遥远就是因为词语的流浪造成的，它漂流到了很远的地平线上，马上就要消失了。反复地阅读、寻找，就是为了追上那个漂流的词汇，要以当初写作者的速度追上去，“啪”地把它抓回来，按回到那个局部的局部——我们于是再次看清了它的本来面目，获得了一次失而复得的感动。

真正的阅读就是这样的一个过程。从这样的意义上去理解，一切的文学研究都只是一个阅读的工作。这种工作的规模常常不是大于而很可能是小于普通的阅读，因为普通的阅读天然具备了超越专业的淳朴性质。现在的悲剧是，粗率的文学研究总觉得这种工作大于普通的阅读，并没有回到对词语的固定、流失和速度这一层意义上。专业和学术的屏障破坏了速度。

文学研究和文学创作的不同，在于创作的瞬间是离开了阅读的，而研究一直在阅读。当面对一部作品的时候，无论是作家还是普通读者，还是文学评论者，就是首先要回到这两个字——阅读。离开了真正的阅读，一切的批评研究都无从谈起。

与神性接通

有时候需要退远，让视距拉长，以便对那种繁琐而具体的现实有一种遥感力。这种遥感力来自心灵深处的感受，是保持强大感觉力的一种方法。但这里不是指纯粹的物理距离，虽然许多时候与它有关。

比如夜晚走在郊区，走在麦地土埂上、原野上——没有灯光，近处模模糊糊，远处一片混沌，连接和化入了星空。这时候真的能触摸到荷尔德林所说的“在黑夜里我走遍大地”的那种感觉。与无边的大地交融和连接，有一种特异的感受。这种感受好像与神性接通了。仰头看是灿烂的星空，再远处，更北方，传来的是风声、海浪声、林涛的声音。就是这些永恒、广漠、苍凉的存在，它们远离了街市，视听世界里不是小商小贩，不是公务员，不是嘁嘁喳喳的讨论。这一切自然而然地改变和影响了人的心灵状态。

这样一种状态是重要的。不是企求所有的时刻都要这样，只是觉得有时对世俗生命、对生活细节，对繁琐的现实生活要能够荡开去，以获得心灵的遥感力。

在闹市里的人或者需要心的退出，要将眼前的一切化掉——市声如同雾霭，一切都融化在夜色里，成为一派混沌，一片天籁。但是这个很难，因为城市的灯光比乡村亮，越是城市化程度高的地方，就越是没有了神圣的黑夜。欧洲人北美人嘲笑在卫星里面拍的照片：日本亮，韩国亮，我们西部很暗，朝鲜很暗。他们嘲笑说这些地方没有进入现代。因为所有的现代城市都是很亮的，“亮”成了一个最重要的现代指标。这是他们看问题的一个角度，将一切都归结到社会层面，都说成了体制的缘故。这些可容另议。我们这里谈的是天籁，是诗，是星空。

作家和诗人正好相反，他许多时候要遥感这个世界，就要退到外面去，隐到黑暗里面去，让混沌围笼自己。灯光太亮了，就不能遥感这个世界。这个时候人的创造力、思索力，从某种程度上讲反而会降低。“现代性”是一个中性词语，“现代性”并不是完美的追求，更不是终点。无论怎样的“现代性”都不能超越神性，都不能超越与生俱来的一些不安、幻想，甚至是与生命伴随到底的那种沮丧。

没有对这些东西的关照，没有这些似乎过于遥远的牵挂和无事生非的忧虑，也就没有了诗意的理解。有的人感叹：我们的作家将大热闹都写尽了，什么改革开放，暴力，性，爱，只可惜字里行间没有一点神性。

神性是一直存在于日常生活之中、大自然背后甚至茫茫宇宙里的那种“具有灵魂”的超验的力量，它可以接通深藏在人类身体里的想象力，并且激发出对于永恒的渴望——宗教感即这样产生。一个作家在作品中写出这种“神性”，就是使得自身突破了生物性的局限，进而与万物的呼吸、大自然的脉搏，与宇宙之心发生共振或同构。

神性不是让人更多地去写宗教，不是让人鹦鹉学舌地去模仿无尽的仪式，而只是唤回那颗朴实的敬畏心。商业主义时代人是很容易变得花哨起来的，就连信仰都成了色彩和点缀。这些毫无意义。重要的是心里留下这一块：敬畏。

疏离的神情

说到这里，会想到我们自己的写作，还包括我们读过的当代作品，更包括翻译过来的一些国外作品。我们常常感受的不足是什么？许多篇章很吸引人，形象生动，故事曲折，似乎也不乏深刻——不能说是浅薄——好像一切的文学指标都抵达了，真的是一部完美的作品了。但是仍然还觉得缺点什么，有些不满足，有些无法言说的遗憾。慢慢想下去，想找出这其中的症结到底在哪里。

类似的文字几乎有一个共通的特征，就是扑面而来的现实感——因为这些内容和气息过于熟悉和单一，总觉得作者被当下生活裹得太紧，埋得太深，像是陷在了日常生活的一个深洞里，像是埋在了八层、十二层的深处，在里面尽情地泣哭或欢乐。我们大家都挤在这里，在这样的地方纠缠，在这样的深处痛苦或欢乐。所以我们希望能稍稍离开一点，能透透气。我们想从这些文字中感受一点必要的空间和距离，比如对当代生活、对我们每一个人都十二分熟悉的生活的——一点点疏离。

比如走在大街上、广场上，可以看到所有人都在那儿活动，在专注地锻炼，跑和跳，走动，这些人的举止和眼神让人太熟悉了，所以并不能引起我们的特别注意。主要是他们脸上的神情是大致一样的。我们不知道这些人分别在想些什么，但是我们知道他们思想的方向和思维的习惯，就是说，他们跟我们大家都大同小异，烟火气是接近的。这时候如果走过来一个人，他特别地引起了我们的注意——不是他的穿着和其他方面有什么特殊，不是特异的形体五官造成的效果，而仅仅是他的神情与众不同，他的脸上有一种疏离的神情。

这种神情很难具体勾画，但这里只能用两个字来形容：疏离。因为这四周的事物照样进入了他的视界，他将一切看在眼里，又像是压根儿就没有看；走神，又像没有走神。他与面前的这个现实世界似乎有一种深长的距离感。这可能是心的距离，而不是物理的距离。于是这个人一下就从人群里分离出来了。脑子有病的人才经常走神儿，可是我们看到的这个人分明是正常的，却又有一种疏离的神情，那他很可能是非同一般的人。

他可能有无法消逝和遣散的、经过了强化的更遥远的思想，也可能心怀着某种大心事，只不过在表面上和大家一样度过日常生活而已。肯定是一种特别的心绪，把他的神情牵拉得离大家很远。

这里不过是一种比喻，用来说明我们的当代作家缺乏那种牵拉得很远的某一种思绪，某一种大心事，于是作品就没有一副跟当代生活产生自然而然的、疏离的神情。有时候很遥远、很终极、很本源的一些东西，在一部分人那里应该是时时泛醒着的，那样它就会把他的神情从世俗的烟火气中牵引开来——哪怕只是稍微地拉开一点，荡开一点，其笔下流泻而出的文字就完全不一样了。当然这需要是自然而然的一个过程，而丝毫不能是刻意的。

一个很敏感的人，也就难以不思考不牵挂，更不会遗忘那些离现在似乎很遥远的一些存在：我们最终要抵达的那个点有多么远，我们对神秘世界不可知的恐惧与好奇，大欣喜大苦恼，各种东西都装在心里，无论世俗生活如何逼迫，甚至吃了上顿没下顿等等现实的痛苦和窘迫，都不能让他放下这一切悠思。他又一次走神了。他留给我们的是一种稍稍陌生的、恍惚的眼神。

我们会捕捉这样的眼神，它是文学之中的文学，它是越摊越薄的文学之饼的核心。

当然，光有这个核心也不行，那样也就没有了文学的体量和内容。我们非但不排斥当下的具体，真切的社会情感，而且主张从这里出发。许多时候的“心不在焉”，恰恰是生命最本能的觉悟力在发生作用。我们埋在日常生活中太深，所以那种觉悟力往往给淹没了。我们平时不得不拿出全部的精力来处理人与人、人与社会的关系，因而就忘记了追问一些根本性的大问题。

另有一些特异的生命，虽然也和我们一起在当下潜泳，但他们的神思却会时不时地浮到日常生活的洋面之上。

理性的剪刀

许多人认为好作品是改出来的，而有人却觉得一而再再而三地修改作品简直是一个恶习。但事实上好作品真的需要反复修改，而另一些一蹴而就的作品也未必失败。可见这真的是一个复杂的问题。在经验中，在我们已知的写作现象中，那情形是各种各样的。

修改的幅度可能与篇幅长短有关系，当然更与写作那一刻的“临场状态”有关系。比如一个短篇，或者一气呵成，或者深思熟虑一笔一笔严谨地写下来，这样的作品往往就没有多少修改的余地了。

作家随着写作阅历的延长，创作的体裁一般都会有些变化，如果长篇写得多，中短篇就写得少了，有时甚至许多年里一个短篇都不再写了。有人会以为这是迁就市场的缘故，因为长篇比中短篇有更多的读者。其实这不见得是主要原因，作家的创作冲动才起决定作用，它具有最大的力量——一旦有了不可遏制的创作欲望，大概谁也不会在乎什么市场的。作家不再写短篇，或很少写短篇，真正的秘密只有他自己知道。

实际上更大的原因也许是中气不足，是心力正在走向涣散的缘故。这里的“中气”，就是中医常讲的那个“中气”。一个曾经非常热爱短篇的作者差不多总是越写越少，他笔下的文字渐渐要往长篇上过渡。有时这并不是由易而难的一个发展，不是因为写作经验的增多和生活的积累造成的表达需要，或者还有其他原由。像短篇那样一直凝住心力坚持下来，真的需要特殊的韧性。

长篇当然也有它的难度，比起短篇的写作，长篇就是一场马拉松，而且要有大量的生活贮备消耗在其中，更有结构和篇幅掌控等方面的难处。但好的一点是，它留给作者修改的余地也更大一些，有周旋的空间。它可以放在很长的时段里改动，从琢磨构思的时候就反复地改动。鲁迅讲不要想到一点就写，那么想到多少才可以写？他的意思可能是要在心里多想一想，尽可能地想透之后再落笔——实际上已经在心里不知修改了多少遍了。

短篇落笔前后也有许多修改，但是比较起来它修改的余地就少得多了。因为作者必须在稍为集中的时间里完成它，这个时段拖得太长就会有问题。所以就要在写作的过程中保持充足的中气，让心力凝成一点，像激光一样投射出去，形成强烈的打击力和穿透力。

有人说短篇和长篇一样，写完了以后也可以多次修改。当然可以，不过效果可能是大为不同的。实际上短篇的改动有效，然而有限。这就是鲁迅说的“捣鬼有术也有效，然而有限”的那个“有限”。这好比瓦匠用水泥抹墙一样，一口气抹到底，那墙面是非常和谐匀称的——水泥墙面无论留下多少痕迹，也还是和谐的。但如果事后觉得某个地方抹得不好，要砸掉重抹，那么无论多么用功用力，看上去都不会自然——补过的地方总是触目，怎么处理都不行。

短篇需要光润通畅，不能疙疙瘩瘩。修改的高手也解决不了这样的问题。尽管高手补过的边缘会整饬得严丝合缝，尽可能浑然一体，但从物理的角度讲，还是没法解决这个问题的。

生命的创造真是奇妙极了，那一瞬间，那一分一秒，或者是一个小时的生命性质，真的是独一无二的，过了这个时段就完全不同了。看起来人的样子没有变，说话的口气没有变，思想水准也还是差不多，但作为一个生命已经移动了。他在那个原点上创造的东西，只属于那个原点，到后来无论如何补充，都是另一回事了。

那么对于长篇的道理是否一样？有一样的地方，但还是有些不同。因为长篇的包容性更强，是一种相当复杂的文体。短篇更讲纯粹、均匀和流畅，讲精力的凝聚，中气的充沛，所谓要一口气顶到底。短篇不是不可以改，而是改动更容易造成伤害，所以特别需要小心翼翼。它既然强调的是生命瞬间的捕捉和感悟，就要如实地把它当时的样貌留下来。由此看写短篇的时候对生命质量要求非常高，这多少有点像写诗，仿佛只在一扇门的开关闭合之间，一切都完成了。诗是一个关节、一个点，或是它们的连缀，而基本上不是一个过程——短篇既然是小说，就有故事的讲述，这与诗不同，仍然还是一个过程；但是比起长篇来，它更接近和偏向于诗，所以它的修补改动就要小心得多，因为空间和余地都少得多。

每一次改动业已完成的短篇，作者都要战战兢兢。需要反复考虑这个词汇当时出现的理由：肯定有那一刻的道理，这是与心境、与全局有联系的。出于这样的担心，更动它就会非常谨慎。

而长篇的改动大可不必这样犹豫，尽可以整段地加减，大幅度地调整。从修改的时间来说，可以在三四年、长达十年或者更长的时间里不停地去做。长篇全部的复杂性，除了整个构思过程中形成的之外，更多的还是来自于时间，生命在时间里变化、移动，对问题的看法也就不同，有时甚至会相互冲突。这就要不断地推翻原来的决定，推翻原来的思路，并且让各种矛盾重重叠叠地充斥在这几十万字、上百万字里边。

如果一口气把一部长篇写完，酣畅淋漓——这种创作感受是很好的，因为流畅和顺利，从来都是写作过程中求之不得的。但是放一段时间再看这些文字，往往又会有另一种不满足感：稍稍地单薄。

为什么会这样？就因为时间短暂而集中，还没有送给他更多更复杂的思路，他的心情太连贯统一，也太自信了。如果时间拖延下来，将必要的矛盾和困难压给他，让他不无痛苦地去加以解决——这样的结果就会大大不同了。长篇是时间的艺术，是阅历的艺术，是犹豫徘徊的艺术，更是繁复的艺术。

短篇在许多方面正好相反。

以前曾详细谈过修改的几个环节：落笔之前和写作过程中——如有人每天工作都要从头把写好的部分看下来，一边看一边改，然后再接上写。这就能够与原来的文气接通。整个写完了放些日子，让思绪陌生化，越是长的作品，越是应该放得更长。有了陌生感再回头检视，理性就会加强。因为创作是激动的时候，那会儿虽然理性和感性都在运作，但感性总是更充分地浇灌它，宠爱它，放纵它。修改是要让理性占上风的。

有一种有意思的现象：会一两门乐器的写作者，其创造力有时候是不可预测的。因为演奏它们往往要两手并用，这就要两个脑半球——逻辑思维和感性思维配合默契，亲密无间。这是一种极重要的训练。而最好的创作，恰恰就像演奏乐器一样，需要这样的高度合作。演奏者根本分不清哪个动作是感性或理性的，而是自然地交融一体。

修改的时候就要冷静判断。这时候的理性要强到什么程度？强到足以不伤害感性才好。

写作的时候，感性可以发挥得过分，可以枝蔓，可以灿烂，可以一泻千里和芜杂。这一切都将留待后来这把理性的剪刀去修剪。忍痛剪掉的部分总是有的。但强大的理性会留出余数，知道蓬勃的感性意味着什么、在全局中的意义。

这样说短篇长篇只是一般而言，当然还会有不同的个案。

夜间写作的人

托尔斯泰说过一句话：出版物中出现了那么多垃圾，一个主要原因就是夜间写作的人太多。老人多有意思，将那么复杂的问题给简单化，只用一句话就敲定了。

虽然事情不会像托尔斯泰说的那么简单——文字垃圾肯定不光是因为夜间写作造成的——但有一点似可考虑，即人在夜间的思绪更少羁绊，可以放开了驰骋，很冲动，冲动的时候写出来的东西难免会有不靠谱的地方。

夜晚人的情绪容易波动，不知道是月亮、太阳还是地球自转等等原因造成的，反正与白天十分不同。夜晚是混沌的，混沌了就没有现实的坐标。什么是坐标？桌子，地板，人，都是坐标。一切看得见的都是坐标。坐标就是限定和参照，是用来比较和固定的东西。白天一切都看得见，思维很容易让日常事物框束，很容易现实化。桌子的线条、边棱，都在无形中限制着影响着人的思考。到了夜间，昏暗的灯光下一片模糊——一切只能依靠遥感。这时候的思绪更加没有限制没有边界，尽可以想象。如果没有光亮，人陷在黑夜里，那就与整个世界连为一体了。

有人过去在夜里写作，是因为白天没有时间。当时写得畅快，写得恣意，到了第二天再看，很可能觉得不着边际，然后就动手删改。因为天亮了，远远近近的事物都出现了，它们把人一下拉回了现实中，帮助人框正夜间的思路——意识的敏感疯长状态多么可贵，给人出神入化的表达，但天亮以后，现实又要教训它一番。

托尔斯泰是一个理性的探索者，他的理性很强。所以他对夜间写作造成的损失有深刻的感受。托尔斯泰的伟大在于他是脚踏大地的作家，所以无论理性怎么强，都难以从根本上伤害感性。读《复活》，会感觉其理性架构清晰坚实，写一个上层男子怎么伤害了一个女孩，这女孩因而走了歪路，所以今天受审流放，男子要追随而去，以求得良心的求赎。可是阅读中感受的是一种过人的诚恳和真挚，是这些在打动我们。

而写作中另一种易犯的毛病是，或者作品结构不起来，没有清晰的思路，一把散沙，读者不知道作者在写什么；或者走向另一个极端，概念化理念化，唯恐讲理不透彻，结果伤害了阅读的兴味，没有了咀嚼和想象的余地。这两个倾向都是很糟糕的。

点滴藏在心头

托尔斯泰是一个踏足大地的作家，他熟悉大地上的一切奥秘。

可是发展中国家却容易表现出另一种自卑，比如只在城里长大，却对农村生活那样排斥和不屑。他们急于与泥土世界划清界限。写作者最好知道地上的东西多一些，对什么虫子，什么鸟，什么花，什么草，都知道得更多才好。可以叫不出它们的学名，但对触碰它们时的感觉、毛茸茸的记忆，这些应该有。还有对露珠，对冬日晨霜碰在脚上的感觉，对晚秋的气息，对寒冬的恐惧，对春天来临的喜悦等等，都要点滴藏在心头。

没有这些具体的感触，大约是很大的损失。干燥的文字，无论有多少现代色彩和现代理论来支撑，都走不远。

其实这是最简单不过的道理：大地孕育生命。土地上有露珠，有大树有青草；而柏油路水泥路上则不可能。作家如果生在城里，把城里的宝贵知识装在心里，然后赶紧下乡，进入到一个更广大的世界里去。城里奥秘无限，聪明人无限，各种机构都很厉害，可是从高空往下看，只是一小片拥挤的砖泥垒叠，而最广大最好看的还是乡野，是山川，沙漠，大海。

藐视乡野就是藐视世界。对城市不仅不要太自信，而且还要常常地、尽早地走开。身体的荡开会带动思路的荡开，去接受和融入一个更大的世界。

拥有大世界的人才会思考大问题。

养成朴实的骄傲

文学研究当然也会有发展中国家的特征，这种特征会表现在许多方面，而不仅是经济发展和城市建设。一切都会留下文化的胎记。

比如我们这里一般是将通俗写作和雅文学写作、广义的文学和狭义的文学搅在了一起。如果再理性一点严苛一点，狭义的文学里面还要分得更细才好，这样区分才有可能深入探究文学的诗性。

我们没有这样的一个研究体系。真正的文学研究不能是顺从大众的解释，而应该是专业和理性的强调。文学的核心是什么？最晦涩的声音能传达多远？研究者心里要时常装有这一类问号。如果真的有对话大众的雄心，那就得付出极大的辛苦，这并不是容易做的——关于诗的言说往往是最费言辞的。顺从和讨好市场，这一点都算不上对话大众。

如果专事研究通俗文学或广义的文学，当然也是工作的一部分，但这是不同的。我们现在的混同，部分原因是因为市场化的诱惑和牵引，另一个深层的原因只能是专业能力的缺失。完全没有诗学的概念，不谙语言艺术的本质。

许多时候，真正意义上的语言艺术的研究，这种能力，不仅是缺乏的，而且是陌生的。

可是离开了这样的基础，其他也就谈不上了。于是大量的“学术”不能不说是虚妄的工作，大致是做给那些心智未开的人看的——那种好奇与娱乐可以有，但可惜成了主流。现在的情形是浮浅无能和商业主义结成了一体，既追逐时尚又跟从市场，专事解释庸俗的价值观及其合理性。

因为雅俗不分和市场化，使文学专业几乎沦为了娱乐业的一个分支。剩下的一点书斋中的“纯粹”，也基本上转化成白璧德当年所批判的“文献学”——“僵硬的考订做派步步紧逼，人文学科本身不再是人文的了”；“对材料的刻板服从熄灭了人赖以为人的每一个火花”。

我们盼望基本的专业自尊，盼望最后养成这样的一种性格——朴实的骄傲。

一丝丝演进和勒紧

文学比做一个建筑，它只有一扇门。没有天窗没有其他门户，只有一个正面的大门，它就是“语言”。

有人可能说还有其他的门，那些门的名字分别叫“情节”、“人物”、“思想”等等。从这里进入不行吗？这不都是通向这座建筑的门径吗？

门就是入口，找到入口才能进入，然后再穿行到其他房间之中。诗性写作，雅文学写作，只有语言这扇唯一的门。

不要幻想从天窗进入，因为它是不存在的。或许出来一些现代莽汉，他们不管什么门不门窗不窗的，只在墙上随便掏个洞，然后钻进去。可惜如今的建设是用钢筋水泥筑成的，打不开这样的洞。

雅文学，比如小说，它已经把情节大大压缩，却把细节放大了，而细节就在语言的方寸之间调度完成。很局部的细节，词语，一丝丝演进和勒紧，贴近了那个意象。所有的奥秘就在词语的缝隙里，需要仔细掰开它们——思想和情节，还有人物之类，也在这之间吗？当然，一切都在这之间完成了，一切都通过语言的路径抵达了。

而通俗艺术，比如通俗小说就不是这样，它大致是通过情节的路径行进的。情节可以是进入它的门。

雅文学，诗性写作，只有语言这一个门。谁能从情节进入一首诗里？做不到。从思想进入？也不可能。还是要寻找语言之门，从抚摸词语细密的缝隙开始。词汇是基本的建筑石块，它们勾连衔接或镶嵌。如果从这里摸索，找到墙壁，再找到门，然后才能进入。

进入之后就看到了最中间最核心的那一部分，它们璀璨地堆积在那里，可以由人任意拣选了。

只要离开语言这个唯一的门，也就只能在整座建筑之外打转。他们会不停地评说这座建筑的样式，外观是欧式还是美式等等。于是我们看到了那么多与文学和诗没有多少关系的冠冕堂皇之论，那么多高深的思想分析、社会分析。这是空中起步，是无关痛痒的。

狭义文学即雅文学的研究，今天已经非常稀少。研究专业的通俗化社会化竟然如此普遍，本来这里面应该有巨大的代价——研究的通俗化其实是更加艰难的学术，不付出代价是不可能的——于是就走近路，去解释市场，解释各种各样的时尚。这就变成了对文学艺术的践踏，站到了它的对立面。

阅读是文学写作和文学研究的基础。一个好的作者是能够摸到文学之门的，一个好的研究者当然也能。文学的“爱与知”不存在，其他也就谈不上了。有的写作者只在某个瞬间抵达深处，可是世俗物欲的各种要求，读者的呼唤，又很快将他们拽出来了。他们曾经在一瞬间领悟了，但怎样才能将这个宝贵的领悟固定住，不让它偏移，那就太难太难了。

放弃承诺的人

情节、思想、语言和人物，这些小说要素不是哪一个更重要，而是都重要。这是一座文学建筑的材料。问题是当这座建筑完成之后，从哪一个门进入，它从哪里开门，正是这个决定了是不是纯文学（雅文学）。举个例子，武侠小说肯定是从情节这个门进入的，它特别简明。再比如说一些类型化的小说，它可以是从人物进入的。雅文学、诗，肯定是从语言的门进入。如果不懂得区分，那就是大众读者了。专业人士不会是这样。无论什么作品，都找“主题思想”这个门，“情节”这个门，“人物”这个门——可是纯文学作品从来不在这里开门。

越是纯粹的文学写作，越是守住了它唯一的门。其余部分封得紧紧的，就像厚厚的不锈钢板焊得牢牢的，再加上水泥钢筋的围护，很难凿穿和进入。

没有语言即没有一切。当然这里是指诗性写作——雅文学，狭义的文学。作为一个概念，这些表述或许都不准确，但我们总能明白指了什么。有人说：纯文学能纯到哪里去？雅文学又能雅到哪里去？这不是脱离大众吗？他是从字面上去理解的，其实当然不是这个意思——纯文学或雅文学，是指语言艺术作品，是一种分类而已。大众自然有大众的艺术，不过这里仍然要分清——文学艺术的“大众”是时间里积累的“大众”，而不是一会儿围拢一会儿消散的“乌合之众”。

也不要以为“诗”就一定是雅文学。好多“诗”并不是诗，只是长短句子的排列。真正的诗，是诗性写作的组成部分，是语言艺术的核心。而今天的倾向是，走向市场化商业化之后，文学正背离了这个核心，也就是背离了初衷，放弃了诗的承诺。

部分研究者反过来又会对这种背离推波助澜。双方都成为放弃承诺的人，成为通俗化道路上的一对孪生兄弟。

雅文学代表一个民族、一个时期诗性写作的高度，更是精神的高度。对这一部分的解释应该是时代的强音。商业主义时代折损诗性，即尽可能混淆雅俗界限，结果就是整个民族与诗心隔绝——越来越多的人变得粗俗，崇尚实用主义，没有情怀，没有高雅的趣味，更没有追求完美的心志。即便是专业人士，对语言的敏感也将全部丧失。

一条路走到黑的家伙

打开文学史，也许会发现无论是中国还是外国，一些作家一生都在书写一个大的主题。当然某个阶段会有一些旁逸斜出，但大体上还是一直向前的。托尔斯泰，鲁迅或李白杜甫，再比如当代的马尔克斯和索尔·贝娄——他们的人物和故事，故事的背景，已经在相当程度上固定化了。

打开索尔·贝娄的书，发现他永远在写一个犹太知识分子：穷困潦倒，面对诉讼，黑人的逼迫，面临着黑手党和离婚，等等这些问题。有时候我们会有些不满足感，会想怎么又来了犹太人？怎么又是这一类故事？但是作家特别自信，也特别有力量。所以他们才敢冒天下之大不韪，一直这样写下去。这个难度很大。

一个画家可以无数次画一朵梅花，画几只虾几匹马，画得再多再重复，不但不被诟病，反而会获得赞美，称他是画梅画虾的大师，画马的大师。唯有作家不行。作家在写作对象以及其他方面的重复，一定会被指谪。所以说从事文学创作，路将越走越窄。这次成功地写出一种人物，下次就得绕开，而且还要绕得很远；写出一种思想，以后离这种思想也得远一点；采用一种结构，以后离这种结构方法也要有点距离——这和画家大不一样，和许多艺术门类大不一样。

但正因为如此，文学对整个文化传承和文化积累才具有最重要的意义，思想和文化艺术的含量也最高。所以说文学是文化的核心部分，是文化结构的核心。

文学之所以具有这种崇高的地位，是因为它具备极端的发现和创造的属性。这种创造形式逼迫创造者不断地走向深处和高处，直到最后的抵达。

可是那些大作家一生诠释的却几乎是同一个主题，表现的是同一个生活领域。因为这些作家有更大的野心，有特别的自信和能力。只有一般的作家才要不停地变换，从主题到人物再到故事。他缺乏持久的探索力和创造力，没有走向纵深的韧性开掘力，所以只能更多地求助于外部色彩的变化。

杰出的作家面临着更大的风险，但是他们挺住了，胜利了。他们的文字让人感觉似曾相识，哪个人物或场景似乎在某些时候闪现过——如果耐心地读下去，又会发现探索的重心已经得到了转移。不同的作品汇合起来，形成了一条巨大的、浩浩荡荡的河流。他不断地拓展这条河流的宽度和深度。

托尔斯泰也许一生都在写“托尔斯泰主义”，所谓的勿以暴抗恶。马尔克斯一辈子在写孤独和魔幻。福克纳总是写那个庄园，白人黑人以及土地的故事。他们一生的主题是贯穿始终的，描述的生活领域也是相对稳定的。可是这非但说明不了他们创造力和想象力的萎缩，反而表明了更加强大和自信的力量。事实上只有他们才能够这样做。

他们不需要那么多外部色彩的装饰，不需要变来变去的机灵。他们走在一条大路上。

当然重复是可怕的，这不仅是情节的重复，还有其他——语言的陈旧、思想的停滞、意境的狭窄。故事倒容易出新，描写领域也容易挪移，但是对于艺术和思想的开掘，对于人性经验的延伸，要往前走一寸都是困难的。

杰出的作家在这些根本的方面是日日精进的，在一些领域一些方面要持续追究，要穷根问底——只有不会阅读的人才会说他们重复，不知道这种“重复”恰恰才是最难的。

学习是一种引诱

求学是一种必要的过程。一个天资聪颖，先天能力很强的个体，最终会从一般的知识中超越出来。前边说过，人的才具就像洞里的“黄狸鼠”，只要它真的藏下了，就有可能被引诱出来——学习就是一种引诱。

不要拒绝各种各样的教育，这些看起来像是最起码的阶段，不经历当然是不行的。这就好比一个人连“的地得”都不会用，语文水平也高不到哪里去。可是“的地得”用得很对，也不一定就能写出一手漂亮的文章。最后总要超越一般的知识，要综合，要大于接受的教育。

好的老师一定会给学生留出思考的空间，不会用简单的方法去限定学生，他会提醒他们：这里教授的各种方法都是取自“平均值”，而一个人成长的希望，就是突破这些“平均值”。

教育当然只能教给这些平均数值，它是最大公约数。如果谈一些个案，也是作为一个标本去谈。接受教育的人，最重要的是不要以为平均数值是最高的，而要追求最后的真理和目标。真正的艺术绝对要突破它，要走向个人的偏僻。

老师还会告诉学生：这里说的不是唯一的真理，而是一些普通的、基本的道理。他总是寻找一切机会去启发你超越，而不是用既成的方法去凝固你。他在想：怎样把黄狸鼠从洞子里引诱出来。

因为它只要存在，总有一天会跳出来的。

· 第二讲 ·

语言的速度及其他

中国是象形文字，它和拼音文字的最大区别是单独的字符有美感有涵义，而拼音文字拼起来才表达一个意思。当然拼音文字可能也有字形的联想意味，但那会是极个别的、特殊的情形之下才有的。中国字将意、形、音统一起来，一个字符就完成了某个形象的描述，代表了一个生活中实有或想象之物。

写作者可能对文字非常挑剔。比如说一个个象形文字，在他眼里就有美有丑，有好看一点儿的和不那么好看的，有表达上的强烈和淡弱的不同。所以海外有一些人，对大陆使用简体字觉得是一个很大的损失，甚至有点不可容忍。我们觉得简体字省力，繁体字笔画太多书写费力。但他们觉得繁体字更靠近表达的实质，离那种形象更贴近，更能生动活画出来。这个我们也理解。有时在写作中，有些字就不太愿意遵行字典的新规定，比如说“倔犟”的“犟”，在汉语词典中跟“强”是一个字，已经把下面的“牛”去掉了。但是当我们写到一个人很倔犟，总想用带“牛”的这个字，编辑有时候把这头牛去掉，我们就觉得把一股牛劲儿去掉了，很是惋惜。牛的那种死死相抵的感觉，很好。再比如说“剪除”一词，过去的“翦”下面都是两个“习”字，看上去就比那简单一“刀”更严厉些。总之这都是形象引起的联想和感受。类似的例子很多。

还有发音，中国好多字是同音不同字。同音字在语言里出现的时候，就要考虑它的音韵和顺的问题。比如说一句话中，相同的两个音有时候是不太允许并列出现的，有时候却要故意追求叠音的效果。总之我们会注意语言的音韵和调性。

中国的象形文字有图画的性质，它们连缀而成的语言则有声音和节奏的讲究，这就是音乐和图画的叠用。从这个意义上看，写作者对语言的使用会有极高的要求。写作者是使用文字的专家，当然是最敏感的，往往有许多看起来很是过分的讲求。有些字从形象上看不舒服，那就会换掉；从声音上听不入耳，那同样也会调整。进入具体的写作时，常常会有这些讲究。大部分从事语言艺术的，都会有这种挑剔和敏感，算是一种职业特征吧。

一部作品开始了写作，也就进入了叙述，不同的讲述会有不同的速度。一篇文字要有速度的设定，这就像汽车跑上马路一样。其实仔细分析，随着写作的继续，作者给出的不光是速度，还有色彩和角度，有明暗光亮的区别——这一切都需要仔细调整和把握。因为写作者手里唯一的武器就是语言文字，他没有画笔，也没有音符，所以声色光影、速度，所有这一切都靠文字去实现。这种调度非常困难，非得是语言艺术家而不能掌握——美术和音乐家使用的是颜色和音符，它们都是直观的具象的，相对容易把握；而文学所使用的工具是文字，文字是固定的符号系统，这个系统不是直观的，而是抽象的，写作和阅读必须首先克服其抽象性固定性，才能够表情达意。所以作家应用语言不是一件容易的事，从本质上讲，要比画家和音乐家更难。

有人问语言怎么给定速度？他们甚至怀疑字和词的连缀会有这种

效果。如果我们回到现实中来，去倾听不同的人在不同的场合说话，马上就听出了语速的不同。于是我们会问：难道记录到纸上，这种速度和区别就完全丧失了？就一定会被忽略掉？显然不可能。至于怎样解决这些问题，怎样显现，只能靠写作者自己去揣摩了，需要我们在无声的文字连缀中实现速度的调整了。

书面语言一定是有速度的，如果是一个敏感的阅读者，在阅读中就不难发现叙述者的语速变化。比如读克鲁亚克的《在路上》，读屠格涅夫的《猎人笔记》，很容易就会发现二者的叙述速度是不一样的。这个速度的不同，当然是作者给予和设定的。速度慢得如同牛车一般，或者快如火箭——都是不同的阅读感受。速度既是个人的主观感知，也是一种客观存在。说时间是一个客观的东西，是指谁也不能突破时间的度量工具，除了那个物理学上“相对论”的概念之外，人和人所拥有的“一小时”在数值上都是相等的。可它又是主观的，因为每个人在不同的情绪和境况下，对这“一小时”的感受是大为不同的，比如焦急等待中，时间可能会成倍地放大，甚至觉得相当于别人的好几个小时。可见时间又是在感觉里存在的，是一个主观的东西。

把时间的客观性和主观性都计算精确，然后使用词语去限定和设定它，这里边该有多大的学问。每当写到一个人物，就必然要涉及人性，他的心理状态等等不同，这时候时间的主观性就出来了。但是同时又有它的客观性——当阅读一个句子时，词汇怎样重叠和连缀，确实会呈现不同的语速。写作者正是充分利用了主观和客观的时间调节，确定了叙述语言的速度。

词汇在时间里的安置，在主客观调节和谐配方面，汉语和外语大概都差不多。翻译成汉语的作品，我们能够清晰地感觉到不同的语速。有时读一些小说，会觉得作者像被火光追逐着一样，有一种焦灼奔跑感，语速语流十分快。这个快必然与作者的设定有关，而绝不仅仅是叙述中的人物心理给阅读造成的影响，里面肯定有叙述技法在起作用。

语言的速度必须通过阅读才能感受。从写作的角度看，作者在这方面会是敏感的，越是优秀的作者，越是具有较强的掌控能力。叙述确是如此：有时候需要十分缓慢，有时候又需要急速推进。一部作品刚刚开始的时候，往往是要给出全部的设定——尽管中间也会有许多变化和调节，但总的语调和速度是一开始就有了的。所以一部作品开篇时面临的任务总是非常重大——不仅是语速，还有语调和色彩等等，都要大致确定下来。

关于语言的速度语调色彩等因素，从语言学的角度也可以探讨。比如汉语可以单独成词成义，一字一音一义，又可以共用一字组成相近词语，可以将两字颠倒产生新义；汉语还有强大的联想功能，这是拼音文字所欠缺的，所以也正是汉语比其他语言在文学写作上造成视觉、声音语调美感的关键优势。语言也包含了思维方式，这使得使用汉字的人与使用拼音文字的人思维方式不同，如汉语的感性含混，拼音文字的客观准确平衡，都会影响到思维的特征。

语言的速度除了跟词语调度有关，跟作者的性格和生理状态更是密不可分，比如性急的人语速一定快，肺活量大的人句子一般都长，还有心率脉搏，都影响语言的速度和节奏。

语言的角度

语言还有角度吗？这里说的角度是物理和几何学意义上的，而不是指叙述内容。

古汉语复合句很少，到了白话文之后，常常由几个分句组成一个复合句。词汇在笔下连缀起来，一个分句的形成就像离地出发——仔细感觉它是有角度的。这是一个需要在实践中感受的晦涩问题，要在阅读和书写中感受。比如说这一个分句是三十度的倾角，下一个分句可能就是五十度，再下一个分句是八十度——如果用一条线来连接标记的话，由于每一个分句的起势不一样，角度不一样，这条线就会是曲曲折折的，它这样起伏跳动着组成了一个复合句——所以我们阅读的感受就是生动活泼，因为它要不停地调换角度，这样形成了上下波动的感觉。

如果每一个分句都使用同样的角度，都是同一个起势，那就太僵直了，感觉会是很呆板的语言。平铺直叙的语调叙述，角度太小；陡然的改变，又觉得角度太大。就在这种陡然和平直之间，有着大量可调节的空间。写作者以及敏锐的读者都能感受到语言角度的变化，而粗粗读过、仅仅读一个故事，往往也就忽略了这些区别。

当然语言角度的变化是具体表达中的需要，是作者语言风格的组成部分，并非是分句之间的角度切换得越频繁越好。比如要表达一个人物的僵化呆板，叙述角度可能会是一成不变的，让分句与分句之间连成一条直线，就是说，每一个分句的起势都是大致相同的。

但是作者采用的叙述语言，却应该是多姿多彩的，也就是说分句之间、复合句之间，要尽可能灵活一些，要有更多的角度的改变。

语言的光色和节奏

语言还有色彩明暗。文字营造的画面和场景，有时给人的感觉是很“亮”的，有时则恰好相反。这个“亮”不仅是对于光线和天色的描述造成的，而是由词汇的交织和使用方法、由语言本身形成的感受。明朗或者幽暗存在于作者的心中，然后这种心情或意绪就影响了他的文字。

有一类词汇阳性强，有一种明亮感，而且相互之间的搭配也会促成这种效果。还有的词汇比较幽暗，呈阴性，在使用中会进一步加强这种感觉。一些词和句子是隐晦的，读了之后感觉内容都缩在里面——语言的幽暗增加了。幽暗有幽暗的美，明亮有明亮的美，这是两种不同的光色。

语言的受光度是不一样的。有时候我们需要很亮的光投射在一个地方，有时候又觉得这里要幽暗一点。这些都靠语言的调度去完成。有人认为这只是描述的问题——比如说到“亮”，直接写强烈的阳光，写刺目的光线，不就一切全都解决了？不，这里说的是另外一种情形，是超越了内容描述的意义——仅仅指作者遣使词汇和语言本身所造成的光色变化效果。

总之这里说到的语言亮度，是词语最终所传达出来的那种明暗感。语言的亮度如果比喻成可调节的电脑屏幕，那么它与句子的呈现方式有关，与作者的内在气质有关，与意蕴有关，与作者的“心语”转换过程有关——有的作者传达出的气息是黝暗的，有的则相反；转换得直截了当，亮度就大；转换得缓慢间接，也就幽暗了一些。

说到语言的气味、角度、速度、节奏等问题，有时会显得晦涩难懂，这几乎完全需要写作者自己的临场把握，需要实践和感受力。这其中的“节奏”和“音乐感”似乎还好理解——比如我们阅读一篇文章，朗读和默读是不一样的，但节奏如何同样会被读者感知。默读是心读，好像不需要讲究什么，其实并非如此。朗读出来的文字就尤其要朗朗上口，对语言的节奏要求也不太一样。文学作品是让人看的，不是放在舞台上让人朗读的，它与话剧的语言，与一些念出来的人物对白，节奏当然是不一样的。朗朗上口的东西，默读起来却不一定舒服。这些区别要靠写作中的慢慢体会，要很细心才能把握。

诗和词语

词语被写作者所迷恋，是完全可以理解的。语言艺术家从迷恋词语开始，去悉心揣摩和研究，知道它们的性质，就像熟悉人与人的不同性格一样。写作从某种意义上讲，就是固定词语的工作——这是个复杂到有点神秘的工作。这种固定的难度，就在于词语这种东西一直在流动不居的变化之中，它们在语言的河流里每时每刻都在移动、滑行、游走和迁徙。我们要一个词语忠实地履行一种职能，就要牢牢地把它固定在一个极为具体的位置上，让它在这个环境中发挥作用。

如果变换一种环境（语境），这个词语就是另外一种功用了，它将不为过去任何一次行为负责。

诗人比较起来是最为迷恋词语的。他们将主要力量投放在词汇的抚摸和调度上，所以能够让其完成一些最具难度的工作。一些难言的意象、灵感闪烁，他们都能驱动词语去表达和再现。诗人极大地依赖词语，完全依靠它们行走。比较起来，他们更能将字和词紧紧地钉住，能不失时机地勒紧语言的最小单位，即字和词。这是诗人的特长和本事，是基本功。拿这个去对比散文和叙事小说，会觉得后者简单粗率了许多。

一个诗人的言说往往比一个小说家更要独到和精确，就是因为他能够迅速地抓住词语，进行极微妙极仔细的掂量和鉴别。

诗人和小说家的写作，其区别还体现在语言的速度把握上。好的作家与一般化的作家，主要区别也体现在这些方面。对于速度的敏感把握是最难的事情。我们从专业的角度阅读文学作品常常有一个感觉：速度是极其危险的。因为一部作品急于完成其写作目标，比如内容的交代，人物的塑造，气氛的营造，思想的表达，诸如此类，需要全力以赴并不失时机地运用全部文字技能。这是可以理解的心态——或者说科技时代进一步强化了这种心态，结果叙述稳不住，一味地追求速度或不知不觉地提速，语言就会凭借惯性往前冲刺，就不能够在细部及时地停住。

细部就是词语。怎么才算“停住”？就是将那些个人生命经验中充分把握了的词语稳稳地安放在应有的位置上。

我们会发现，大量的文字书写是轻浮的或浅浅流过的，词语浮起在上边，像泡沫一样，不仅不能形成水流，反而在遮蔽水流。其原因就是书写者使用的很多词汇并没有在个人的经验世界中把握住，只是凭一种模糊的冲动就把它放到了纸上。它们边界模糊，不能确指。就是这样的词语连缀成一篇文字，所以情感廉价，品质可疑，是不值得阅读的。读者遇到这样的文字只好匆匆掠过，因为它给出的速度是急切的，而内容是闪动和恍惚的。读者想慢下来，根本用不着，如果慢下来的话，会发现每一个词语都在变形，闪动，就像随时都要逃离一样——它们是抓壮丁抓来的。

好的写作，速度伤害不了词语的细节，直到语言的最小单位，即每一个字词，都在经验里得到了充分的把握，然后才会安放在那里——这时每一个字词都很牢靠很熨帖。这样的语言速度会有一种均衡感，再快，都可以随时停顿、停下来。

不成熟的写作是无法掌控速度的。其语言会呈现一种匆匆掠过的、一种恍惚感和漂浮感。速度对他的叙述来说不是一种需要，而是一种惯性，一种空虚的急切。

诗人可以随意调节速度。杰出的诗人永远不会因为速度而伤害语言的细节——当然我们是说真正意义上的诗人，那些很糟糕的诗人是做不到这一点的。

这是诗和词语的关系。

什么是诗

什么是诗？其实我们费去了许多话语，一直想努力接近的就是这个东西。可是世界上很少有什么事物像诗这么费解。用语言解释什么是诗、什么不是诗，这很不容易。

诗仿佛出现在一扇门的开关闭合之间，它是一个瞬间，而不是一个过程。诗是生命里的灵光一闪，是一个光点的出现和消失。可以这样解释诗，还可以从另一个角度去解释：一切不能够用说理、叙事，用这一切形式的文字去表达的那一部分，大半就需要诗了——它会在这个时刻出现。比如说可以用话剧的方式，讲故事的方式，漫议的方式还有说理的方式去呈现的东西，可能都不是诗。如果要表达的一切可以通过讲述来实现，那何必用诗？

诗更接近于音乐，是玄思和冥想的闪念和偶得，但又绝不能等同于它们。

有人可能说，这样讲，跟以前所说的“所有文学的内核都是诗”、“诗性写作”等等，是否矛盾？不，因为它构成了内核，一旦把这个“核”稀释到一篇小说里面，那就是一篇小说了，而不是诗。诗极其凝练，片段化地闪亮，很难用散文化的语言去表述。解释诗是困难的，所以比较起来，诗歌学习班肯定是最难办的，因为对它的理解领会极大地依赖生命个体的感悟力，要心有灵犀。

一个人缺少审美能力，再多的知识也帮不了忙，这是没法弥补的缺憾——心里没有诗，不通诗境，无论怎么跟他讲都不会明白。

我们过去经常重复的一些好的“诗句”，觉得那么好，读起来朗朗上口，于凝练深邃中阐明了深刻的哲理，而且越想越觉得有道理。但是有时候也会觉得不太满足：这仅仅是一些格言，一种哲思，算不得那种微妙的、难以概括和表达的、接近灵光一闪的妙悟和捕捉，不是这个。所以严格地讲，它们还不是诗。

那么我们为什么一直认同这一类口口传诵的好句子，认为它们是好诗？因为它们是词语的极致，是精粹和深刻，是机智的表率，已经显示出超越性的表达——它超越了一般的理智，显现出一些诗的光彩和亮度，一种质地。当然，更本质一点讲，更苛刻一点讲，它还不能算诗。它的内核不是诗，它在冷静地讲述一种道理，机智和极致，二者合一，似乎碰撞出诗意的闪光了。仅此而已。

这样缠绕着回答什么是诗，也仅仅是想办法去接近它。

有人说到“禅意”、“顿悟”——它们或许跟诗有一定的关联，但不同的是短时间的顿悟、明了，这些东西还可以深化，它不再消失；而诗的灵光一闪之后，马上就熄灭了。这是它们的不同之处。类似于这样一种顿悟，还有生命中极致化的快感，比如说幻觉，创造的快感，它们都与诗相通，却仍然不是同一个事物。这些区别很难表述，只有个人去感受它们的不同了。日本的俳句可能接近禅悟。它是诗的一种。

亵渎和媚众

写作者最好的状态就是忘掉读者。有人宣称心里有读者才是最好的写作，这让人大可怀疑。写作是个人化的行为，不能跟读者达成妥协；它不光是个人的，还是个人调动全部生命能量、进入诗性的一刻，是灵光闪耀的时光——这些时光的连绵不绝，也就构成了写作的持续。当然这里讲的是“狭义的文学”，即所谓的“纯文学”。

这种创作行为跟大众通俗文学也就有了内部的区别。当然这个界限不是刀切豆腐那样清楚，但有一点是肯定的：雅文学写作，诗性写作，是充分个人化的。

还有人讲“读者是上帝”，这种说法既媚气十足，又是对上帝的亵渎。上帝是无所不在的一个永恒，是绝对真理的代表和象征——如果它不是一个具象的形，也一定是代表大自然和宇宙间不可逾越的创造和规定，代表着人类未可探知的极致。说“上帝”和“神”这些概念，心里要有敬畏。动不动就说什么是“上帝”，是一种可怕的轻浮，如商人最爱说“顾客是上帝”这样的话，完全失去了敬畏。

写作者从各个方面讲，都万不可把读者当做上帝。读者成了上帝，作者心中的神又在哪里？心中的神性不能泯灭，因为这是作家和诗人赖以生存的基础。取悦读者，以至于媚众，就一定会走向卑微。

这关乎写作者的原则，是最大的事情。

还可以从数字上讲明这个道理。如果心里装着读者，无非是更多地考虑读者的需要——读者太多且各种各样，每个读者的需要都不同，哪怕只满足他们的几十分之一、满足一毫米，由这些组成的“文学一米”又会是什么货色？无非是杂乱的拼凑，不可能是个人完整饱满的生命表达。这绝不会是真正意义上的创作。

文革时期要写大一点的作品就要组成“创作组”，所谓的“领导出思想，群众出生活，作家出技巧”。结果如何大家是知道的。现在从表面看，一般是没有这样的创作组了，但如果心里总是装着各种读者，那么心里就一定会有一个隐性的“创作组”。因为要满足不同的读者，也就等于在心里成立了一个“创作组”。这个“创作组”一旦形成，写作也就不可挽救。

畅销书的写作是要在心里成立一个“创作组”的，要知道市民喜欢什么，白领喜欢什么，知识分子喜欢什么，年轻人喜欢什么。要畅销就要组合一些市场元素，这是可以理解的商业行为。

但是广义的文学与狭义的文学不能混淆。到书店去就可以看到，那么多的书，写作真是繁荣。但是这其中的大部分属于商业活动，是纯粹盈利性的工作。这是不遗余力追逐读者即买家的活动，读者就那么一块一块分割好了，只想圈定自己的市场份额，尽快销售出去。这些花花绿绿的产品表面看名字不同，内容也不同，但完全是同一些元素的变化组合，内质还是重复的。

诗性写作是不允许重复的。

我们说把作品交给时间，接受时间的检验，无非是说最大限度地保持写作的个人性。时间偶尔也会覆盖杰作，但时间却会把那些重复的文字直接地、尽快地删除掉。

闷死或急死

如果说对读者有什么期待，那也只是希望他们不要把一切文字都当成通俗读物来对待，不要一直走向娱乐。有的文字作品，有许多文字作品，压根就不是用来娱乐的。

目前的大众阅读大致还是很粗率的。研究工作也是如此。表面看学术分得很细，什么儿童文学，军事文学，小说散文和诗……实际上这样做反而造成了误解，让人以为这就是细细区分过的“文学”。广义的文学和狭义的文学如果没有得到区分，其他各种区分非但没有价值，而且还有极大的害处。

对于诗性写作，用通俗文学的视角是进入不了的。用“群众喜闻乐见”的视角，就一定是与诗学隔绝了。不要以为执著的求证就一定是精深的研究，还要看这种求证是否进入了文学的内部——仅仅是社会层面的，如主题思想之类的求证，与文学有什么关系？这是一种貌似的深刻和认真，与文学是没有关系的。

况且他们谈“社会意义”和“主题思想”时也谈得不好，那往往是错误的价值观下的“意义”和“思想”。当然这是另外一个话题了。

有人跟一位做评论的青年讲：你能不能倔犟地、赌气一样地给自己做出一条限制，就是三到五年内只谈文学，不谈意义，不谈思想？当然这是一种激将法，“文学”肯定也包含了“意义”和“思想”并且不可分离。问题是现在太多的研究文字中没有“文学”，而只有“社会意义”和“主题思想”。

他们是以读论文的方式读文学作品的，总要证明“通过什么说明了什么”，要搞通它的“思想意义”——文学作品不是这样或不仅仅是这样的。谁有能力并有耐心循着语言走入它的内部、获得个人的感动之后再说话？这个感动的过程首先是还原创作者在一瞬间的那种状态，它是不能省却的。读者像作者一样，只要具备词语的敏感，就会获得调度词语那一刻的全部快感，从而与作者一起抵达作品的目标——这一切综合力与感觉力全都没有，阅读又怎么开始？

不妨从小的方面入手，做一些“壮夫不为”的事情：理解它的幽默、机智，它的那种顽皮，还有语感、气味、色彩等等。暂时不想更伟大的事物，什么社会和历史的意义、什么思想的内涵与象征——它们太大了，而且它们被无数人不厌其烦地一遍遍重复着。

百分之九十九的人都在做的“大事情”，反而有可能是“小事情”。现在的大志向，或者只是三五年不谈“思想”，不谈“主义”——这会把人闷死还是急死？如果闷死，说明命该如此；如果急死，说明心态还不够平和。

如果不谈作品的“社会意义”和“思想”之类就无话可说，那可能也是一种怪癖，一种这个时期才有的病症。看《文心雕龙》，《诗品》，包括金圣叹张竹坡这一类的文学点评，看他们是怎么样对待作品的。打开一部批点，发现他们随时随地与宏巨的思想挂钩、大谈社会意义的地方很少，只抓住局部、细节，语言的寓意和妙处，这些褶缝中的东西——一般读者所不能发现的。他们将隐于内里的东西给挣出、展开，这才是他们工作的意义。

舍弃了文学的细部而专谈其他一些大而无当的话，是颇能唬人的，可惜这与作品往往没有什么关系。从四十年代末开始，讲了多少杜勃罗留波夫，还有别林斯基、车尔尼雪夫斯基？因为他们评论作品常常是高屋建瓴，纵谈俄罗斯的道路，谈社会，谈民粹，谈哲学，谈思想。那确是一些大批评家大思想家，可他们首先是诗心灿烂，当他们能够随意进出一部作品的时候，才有资格谈论那些偌大的事物，才有一副气势如虹的面貌。也就是说，那是非有大才华而不能为的事情。现在的怪相却是，面对一部作品，连最基本的进入力和领悟力都没有，连一点点感悟力感动力都没有，却直接就去高屋建瓴和气势如虹了，这怎么得了？

再加上现代西方学院派对我们的改造，连接上四五十年代养成的大而化之的习气，二症合一，就走到了今天这样不可救药的地步。

厘　清

尽管诗人不是完全模仿生活，但诗人的灵光闪动肯定要常常借助于现实生活。这就是为什么个人经历会影响作家一生的写作。有时候一些最基本的问题并没有厘清，却一直被作为“常理”说下去。比如我们经常说的“深入生活”，这话似乎不错，但是有个问题需要提前解决，即什么是“生活”？一个作家到部队去了，到工厂去了，到农村去了，就一定是“深入生活”了？一个人在家里被牙齿折磨了一天，或者两口子吵了一天架，逗弄了一天孩子，就没有“深入生活”吗？

对什么是“生活”没有做出很好的界定。生活是无处不在的，包括睡眠。所以说，“深入生活”只是一个想象和意愿，是对自己的鼓励。生活与创作的关系，本来是一个不必探讨的问题。有人会说：生活虽然到处都有，但这里说的是“生活的第一线”，是“生活的前沿”。这就更不通了，因为每个人的创作兴奋点、更有表现领域的不同，他人的“前线”和“前沿”却未必是自己的“前线”和“前沿”。如果一个作家要写出被牙痛折磨的巨大懊恼，以及由此连带出的一系列问题，恐怕他苦苦对付牙痛的这段时间，就已经是“深入生活”并且抵达了“生活的第一线”了。

这其实是多么简明的道理。

再比如说“实践是检验真理的标准”，已经作为朴素的日常道理说服和帮助了很多人。不过这样说的同时还应该问一下：实践的时间需要多长？十年的时间长不长？有的人可能嫌长了；两年的时间短不短？有的人可能连两年都等不及。一种方法在两年里有效地通行，算不算经过了实践的检验？如果经过了更长的时间，那种方法施行不下去了，算不算没有通过时间的检验？

看来实践有一个时间问题，还有一个空间问题。在一个地方的实践是成功的，到另一个地方又不行了，我们究竟要以哪种“实践”为准？所以在实践的深度和广度没有被规定的前提下，这句“常理”也就有了问题。

更有很多东西在实践当中非常通行，但实际上却不是真理——人们凭常识凭理性就知道它是错误的。生活中的很多常识常理，是人类在几千年的历史中得来的，比如我们的道德律，我们的理性，都是极细极严的尺度，经过它们的度量，如果是坏的东西，却在现实生活中十分通行，我们又依据什么来判断？一些谬误在局部、在短时间内，常常会通过实践得到放行，而在人类的历史长河中，在全局中，却一定是被严厉否定的。

看来仅仅强调“实践”，不限定它的前提，就会陷入实用主义。

其实真理往往是先验和超验的，我们讲的是怎样验证——不光实践是检验真理的标准，理性、常识、道德，都是检验真理的标准，它们之间并不是对立的。因为那些理性范畴的东西，是经过了更为漫长的实践才形成的——还有，人的理性当中包含了知性的一部分，这部分是不需要在实践中产生的，也就是说，它是属于生命中固有的能力。

实用主义者强调“实践”，几乎等同于“实用”，所以常常抽掉必要的前提。实用主义者只讲眼前利益，只求目的而不择手段。在一段时间一个范围内大行其道的东西，实际上却是大谬大害的例子太多了。一些大谬误大罪恶总是借助于“实践”的口实，来与理性和常识对立。

行动是重要的，然而思想更加重要。不停地行动，不加思想地行动，只会迎来大面积的混乱和灾难。

写作是运用感性与理性的一个过程，这个过程相当复杂。

对诗耿耿于怀

有一个长期让人困惑的问题……一个从七十年代中期开始发表诗的人，从那时到现在一直没有停止写诗，处于彷徨不前的痛苦期。他正犹豫是否还要写下去、怎样写的问题。后来其主要作品是小说和散文之类，但真正让其放心不下的，还是诗。

英国的哈代一开始想做诗人，可是并不顺利。他改为散文叙事文体，反而很有影响。但是他心里对诗的尊崇与渴望一直没有熄灭，所以到了近六十岁的时候，才重新动手做起来，并一直做到了最后。他是在小说取得了辉煌成就的时候转向诗的，写了很多好诗。

我们这里的读者大部分只认哈代是小说家，极少有人知道他在诗歌方面的巨大成就。其实他是一个大诗人。在英国文学史的篇章里，哈代占有重要分量和地位的不仅是小说，还有诗。

在商业主义时代的文学，最没有功利性的大概是诗。诗既是文学的核心，又是这个时代最纯粹的写作。一个杰出的作者不可能放弃诗的追求和实践。从这个角度去理解，就会明白一些人为何对诗耿耿于怀。

为什么曾经是诗人的小说家，后来的诗越来越差以至于消沉失意犹豫不前？可能有几方面的原因。

一是长期散文化叙事的表达方式，构成了写诗的语言障碍。叙述上的过于连贯性与诗的跳跃性是矛盾着的。心里有，但说不出，急于抓住那个致命的词语，急于去固定它，可是没有这个能力。他已经习惯于用另一种语言形式去表达。长期以来，作为一个小说和散文作者，他一直很奢华地使用词语。可是写诗的时候到了，再也没有大把大把挥洒字词的机会了，这是一种词语的窘迫。虽然仍然能够在一瞬间敏感地捕捉到什么，却无法在一种语流里将最需要的词语固定住。没有这种能力，但十分渴望，因为记忆中曾经拥有过这种能力。

还有一个更大的原因，就是对白话诗（自由诗）深深的失望。这里的诗走入了一个死胡同，从阅读上看，读诗的人没有写诗的人多——这是一个表面现象，问题的实质是今天的诗已经实在不能打动人，不能打动更多的人，不能进入那些高水准的读者的内心。那些高度敏锐的大读者不再关心诗，这才是不祥的。

诗是永远不会死亡的，但是诗的表达方式似乎正在走向死亡。这是个不愿意承认的、十分可怕的现实。这种情况在历史上鲜有出现。至今读中国的古典诗词，仍然能够被深深吸引，并获得巨大的感动。像杜甫的“无边落木潇潇下”，像苏东坡的“多情应笑我”……依旧是这些不朽的篇章横亘在前边。现在的诗没有这种冲击力和震荡力，打开一部诗集，一本杂志，上面的长短句子完全是从国外翻译过来的那种调性和意味，令人疑惑它们存在的必要、它们的艺术价值。

我们失去了自己的诗行。从这里看，多少机灵与智慧，都可惜了的，都谈不上什么了。

这显然不是中国诗的道路。它从哪里来，又要到何处去？回头望一下来路，发现似乎总也不能与今天对接。中国古代的诗不光有韵脚，还讲平仄，讲究很多很多——这是它往前走的一路生出的一些自身制约，说不上是什么好现象。形式过度讲究，内容肯定就不能饱满。但这同时也说明中国古诗已经走到了一个极致，完全规范化、模板化了，再往前走就是一条死胡同了。

终于来到了白话诗自由诗的时代，解放了，自由了，大白话了，在形式上突然放弃了原来的一切。可是这样做的合理性有多少？时至今日，我们终于开始怀疑它了。白话诗不仅不讲平仄，不讲节奏，而且还放弃了韵脚，连最后一个字都不追求押韵了。这样读起来不能朗朗上口，音乐性受到了空前的削弱。这还是诗吗？

音乐性包括的含义很多很广，一旦没有了韵脚，其内在节奏就更重要了，不讲韵脚不讲格律，对诗的内在音乐性就提出了更高的要求。这可能与人的内心节奏、生命节奏有关。

自由诗伴随着东方脱亚入欧的风气，演化得肆无忌惮，以至于走到了现在的全盘西化。当代诗成了一个怪胎。这个民族或许还需要自己的诗，需要形式上再来一次变革和新生。这次变异不是发生在今天，就一定是在明天；不是大多数人一起参与，就是个别精英率先发起。我们预感到诗的韵脚还会回来，相对工整的词句——那种形式感还要回来。它或许回不到绝句律诗这个原胚上了，但极有可能和过去来一次大和解大携手，从而与翻译诗拉开距离，有一次大的决裂。

这一天有可能到来。

当然这个决裂也不意味着彻底的抛弃，不意味着文学的世界化和全球化要全部废弃，不意味着西方文学对于东方，特别是对于中国的改造和影响之功全部要灰飞烟灭了。但是这次决裂、变革，是靠近中国传统的一次大寻找大觉悟。如果没有这样的一次“返祖”，也许就看不到中国白话诗的前途。白话诗一定是走在那条路上。

或许正有人正暗暗地积蓄力量，在做这件大事。不要说个人身单力薄，大事都是从个人做起的，然后才有一次集结。

有的老人写格律诗，却不提倡年轻人写，认为它束缚思想且不易学。实际上格律诗早就死亡了。新诗一直在成长，可是却没有长到预期的那么高大。

中国古诗的死亡不是因为形式上的难度——其实这种形式并不难，而是它极大地束缚了内容，与时代的奔放的自由的风气背道而驰。

轻率必有后果

就文学的网络阅读而言，对一些人的损害很大。有人曾经有过很长一段时间的网读，结果很不愉快——看了太多垃圾，得不偿失。还有荧屏电子这些东西与语言文字的距离、它们的不亲和性质，是这些对深入的阅读造成了破坏。

一般地谈谈网络写作和网络文学也未尝不可，但严格地讲并没有什么“网络文学”。

文学就是文学，作品写在纸上，刻在瓦片上，发射到卫星上，都改变不了实际内容。关键是要写得好，不能因为载体的改变就轻易地改掉或废掉了标准。

对新技术新载体过分敏感不是好事。对艺术敏感是好的，对时尚敏感并进而迷恋就往往意味着浅薄。有人觉得“网络文学”自成一家，有它自己的标准，这是虚妄可笑的。怎么会呢，文学只有文学的标准，这个标准几千年来改变很少——我们有时觉得改变很大，其实很少。因为身在当代，受到各种各样的当下干扰比较多，一恍惚就容易失去判断的坐标。从古至今，文学对词汇调度的严谨、对语言艺术的追求、对思想与艺术含量的探索，对形式美感的渴望，这一切都是严格和一贯的。

只因为选择了网络为载体，从而也就获得了某种豁免权或特权，比如可以无限地放肆和松弛，可以推翻固有的文字之美，这不过是白日做梦罢了。网络上发表的作品，一定是与纸张刊发的作品同一的标准。

轻率的写作必有后果。应该时刻谨记：语言艺术是一个自我苛刻而后才得到提升的过程。正因为网络发表的自由带来了最大限度的放纵，所以它对写作者才是格外危险的事情。这种损害是内在的、长久的。

现在似乎普遍面临着古典文学修养的不足……这也多少与发展中国家的自卑有关。我们这儿尽管在大中小学课本里还保留了一部分民族经典，但是人们对它的感情已经越来越稀薄，这就妨碍了领会和亲近。从情感的递减开始，很容易走向流行和时髦，这些因素纠合起来，也就造成了无根的一代。

网络是全球化的利器，无根的一代遇到这种利器，实在一点讲是凶多吉少。

爱读书会

有一个例子：海外一个大城市每年一度的跨区市文学奖，评委要读许多参评作品——这个奖应该是高水准的，因为范围很大，又是从众多稿件筛选到十几篇才到达评委手里的。可是评委们发现这些稿子连基本的语文水准都没有达到。

另一个例子也来自一个大城市：那里有几所院校组成了一个“爱读书会”，即由大学里最爱读书的学生自发成立的一个读书组织。一家文学杂志颇为感动，从这个“爱读书会”里选出三十几个代表座谈，这才发现这些“最爱读书”的学生中，只有三个人经常阅读纸质书，其余都是在网上阅读，读那些通俗小说之类；而这三个人当中又只有一个人阅读过一两本经典著作。

大学生本来就应该爱读书，专门成立“爱读书会”就已经有点不正常了，这可能是我们这里独有的一个特色吧。可即便是这样的优中择优，从三十几个当中找出三两个人，也不过如此。这种抽样调查真让人觉得悲哀无望。

现在我们面临的一个最大危机，实际上是整个人文精神的垮塌。

讲到文字表达能力，为数不少的本科生硕士生甚至博士生，作文时连句子都写不通顺。他们花里胡哨地在网上报上学了些花腔，那不仅毫无用处，而且还有害。实际使用起来，不少人连短小的应用文都写不成。

假设有个对比组

也许应该像戒烟一样戒掉一些不良嗜好，比如长时间地盯在网上浏览这种事。这样做，从写作的角度看，非但没有什么良性的帮助，还有很大的坏处。要守住个人对语言和词汇的敏感，就需要清寂的阅读。网上恰恰是破坏这种阅读环境的。

现在年轻一代的写作水准已经出现了严重的危机。不要侈谈文学怎样了，更不要谈诗怎样了，那样离现实太远而且过于苛刻，还是谈谈最基本的文字表达能力吧。过去高中生初中生就可以解决的语文问题，现在许多的研究生都没有解决，谁如果不信，就让他们作一篇短短的应用文来看看。

我们总是说今天的教育如何发达，学校里有了多少大楼，招了多少学生，实际上却面临着历史上罕见的教育危机。实在一点说，我们今天已经毁掉了人们对知识和大学的敬畏。

当代人太浮躁，急于做事却不愿思考，所以就把事情做坏了。文化事业是积累和演化的过程，极为需要耐心和方向感，更需要敬畏。总想让文化在一天早晨就改变过来，而且还要向着自己的利益转变，最后总是弄到不惜使用暴力的地步，结果只能适得其反。比如“文化大革命”运动就是这样，这个运动不仅没有让文化焕然一新，反倒把传统文化中最好的部分践踏在地，搞得一片狼藉，整个文化趋于崩溃，造成的恶果我们直到现在还没有吃完。

教育是全社会全民族的事情，学校只是一个小小的角落。在一个小小的角落里搞大跃进，后果自然不堪设想。一个时期民族群体向往什么，比如物质主义拜金主义的盛行和大面积蔓延，也一定会从小小的角落里看得清清楚楚。

还要讲清楚网络的事情，电视的事情。网络和电视充斥的很大一部分内容，现在已经普遍低于大众的平均文明水准。这是商业主义时代才有的怪胎。我们知道，如果一个载体上每天流动的东西低于社会平均文明水准，那就一定会极大地伤害民众了。人不得不经受日常的耳濡目染，境界怎么会高？趣味怎么会雅？任何一个群体，只要以庸俗为能事，就一定会以嘲弄文明为能事。

不要说初踏生活的年轻人了，即便是一个年过半百的人，如果长期被一些粗俗的视听给包围，也必定会变得庸俗不堪。而阅读和写作，其中一个主要的功用，就是和庸俗作斗争。

单单说语言表达技能的层面，人一旦满脑子装了套路情节套路语言，一些高频率出现的词汇，一种社会性表达习惯，那注定会成为很糟糕的事情。

写作最强调个人性，强调不被重复的独自一己的表达。这方面，只要被惯常的东西影响一点，文章的品格就会下降一点；影响日久，也就全无品格了。有人试过，只要在较长的时间里坚持观看电视剧之类的文化制品，基本上就会在艺术赏识上流于平庸。一直接触那样的格调，倾听那样的语言，收看那样的画面，接近一些相对没有水准的人描着红脸咋咋呼呼，这样日久天长怎么会有好的结果。

所以一定要有健康的阅读习惯，不然就不可能掌握文字，更不要说具备深入思想的能力了。

先掌握文字再谈其他。因为这是最基本的——现在恰恰是这种能力在一些人那里完全丧失了。所以，如果是一个比较聪明的、想在思想与文字方面有所造就的人，就一定会在现代信息接受方面采取断然措施。

假设搞个对比组，让十个孩子分成两组：第一组五个孩子不看电视不上网，而主要是阅读传统的中外经典；另外五个孩子每天到网上或经常收看电视——三年下来，这两组人放到一起做个对比就一清二楚了。他们不仅语言表述能力大相径庭，而且脸上的神采和举止都会大为不同，整个气质差异很大。更有礼貌气质更好、谈吐文雅、文字很好，这会是哪一组？可能不答自明。

从这样的对比组的差异方面，我们也就明白了整个社会教育的方向在哪里，同时也明白了我们的社会走到了一个多么危险的地带，正向着多么危险的方向滑去。很多人已经沉溺其中，不可挽救；只有极少数人能够克制，有耐性有恒心，也有毅力去约束自己——他们是未来的希望。

这里不是对网络和电视之类的一概排斥，不能武断和莽撞到这样的地步，而只是在讲现代人的理性选择，讲我们面临的精神和文化的危机。

也许我们已经没有时间随波逐流：生活方式阅读方式的随波逐流，个人见解和思想的随波逐流——正流向一个未知的危险的明天。

解决心的问题

最近看到一些评论，谈关于文学作品中知识分子的形象塑造，说直到现在一些作品还是在写知识分子的那种无奈，并没有突破——他们没有社会性的建树和强度，没有更大的作为，这标志着当代文学知识分子写作的“终结”。

真是奇怪到了令人费解，难道今天的知识分子突然都“有奈”了？再说知识分子也是各种各样的，大部分在专业岗位上的人能做好自己的工作，关心社会问题，能够清醒，能够批判，已经是很了不起了。让他们长出三头六臂，因此而“有作为”“有强度”，这怎么可能？

文学写人性写状态，写一个过程。如果塑造出一个“力拔山兮气盖世”的知识分子形象，那倒很容易，只是无用和虚假。这种不真实的虚荣，丝毫无助于人性的深入和开掘，也无助于认识社会的现实。写出各种各样的人物，把过程写好，并非一定要让书中的人物比赛自己的能耐。消极和积极的人生都是真实，都是存在。如果一个人有勇气在现实生活中穿行，能够沟通，能够忍辱负重，这已经是了不起的生存状态了。在物质主义时代保持精神方面的一种清晰和判断，已经是相当不容易了，已经是莫大的勇气了。

作品中的主人公不必个个都是“英雄”。况且“英雄”也不一定比他人更有价值。这里讲的是文学价值。个别读者只为了痛快淋漓，想看到一个知识分子无所不能，拥有或借助了无上的权力，能够像颁布行政命令一样痛快，或者像机械化部队一样猛烈，一夜之间改变一个地区，这压根儿就是不现实的。我们应该理解，一般的知识分子专业人员不具有这种强势和强力。

但是无数坚韧的个体也会是有力量的。写出了这些生命过程，他的生成与变化，他的目击与自为，正是一种深刻和意义。所以我们有时候不必过分注重一些外在的东西、表面化的东西，那是很不可靠的。

强人与威权能迅速改变一个地区的面貌，但这种改变却会带来各种各样的负面作用，因为它不能植根于人心，效果常常只是暂时的。还会有一种反作用力，它将把硬性形成的东西给摧毁，使事物走向反面。有时候最强硬的东西恰恰也是最脆弱的，而心的力量，顽强的个人的坚持，反倒是非常坚韧的。印度的甘地有一个了不起的发明，叫“非暴力不合作”。英国人多么强大，有武装部队，有行政权力，但就是生生地让甘地把它熬垮了。多么无力的一个甘地，似乎只会静坐和绝食，最后却唤起了广大的民众，实现了印度独立。

托尔斯泰讲“勿以暴抗恶”，也是这种道理。有人会觉得托尔斯泰真是愚蠢，多么无能和无力。但这里面的心劲是绝对强大的。他要求得其实更高，也更为彻底，是这样一个状态。“托尔斯泰主义”是耐人寻味的，那是力量，是耐性，也是未来。

暴力在实现目标的过程中，尽管快速，却会一路散布和传播暴力的病菌。它胜利了，实现了，但也教育和普及了暴力本身——人们以后会以同样的方式来反抗这些目标。暴力是有用的，暴力是现实的，暴力是可以采用的，但是在未来，暴力也要如数地还回来，这叫一报还一报。

从这个角度讲，“勿以暴抗恶”不能简单地否定。它是用仁善和爱心一点一点抵达的，它接近一个目标的速度尽管缓慢，但结果却是牢不可破的，难以逆转的。

社会一旦产生突然的大倒退，大半是曾经使用过暴力的缘故，原来这因果是一开始就种下了的。

所以我们一直在强调一个平实的话题：阅读。因为阅读能够解决心的问题，这就成了一个巨大的族群工程。让越来越多的心发生变化，这个心就是精神，就是生命质地。不论我们生活得多么贫穷，只要心处在一个良好的健康的状态，改变生活也就有希望了。

一些书中的知识分子有压抑感，更有一种仰望感和敬畏感，有呼唤的声音，有一种寻找同志的强烈愿望——这不是真正地鼓舞人心吗？我们还希望他们做什么大智大勇和惊天动地的大事？没有了，那样的故事已经太多了，过时了，老套了，不可能了。

真正的语言

或许可以说，方言才是真正意义上的语言。因为严格讲，所有人都在讲方言。有人可能说自己生下来就是一个普通话的环境，从来不用方言说话。其实这不过是程度不同而已。比方胶东人述说事情，离开了个人的语调和发音，舍弃了一些专门的语汇，离开了这个基础，简直就很难深入地表达、生动地表达。

使用方言也有一个问题，即在别的地方听不懂，那就不得不改成普通话，改变一些语调和用词。但是这一改，想表达的某些东西也就只能舍弃了，于是我们不得不采用语言的“平均数”。这是不得已而为之。

这就像秦始皇的统一度量衡一样，只有那样才能方便交换。统一六国，统一文字，统一度量衡，统一的过程中也是损失了个性的，但却没有更好的办法。语言的“平均数”会造成极大的表达上的损失，而方言才能淋漓尽致地传递出复杂的思绪、意味和情趣。语言的个性越强，就越是生动，越是具备强大的表现力。人的语言离开方言就离开了一部分表述功能，当然是一种很大的损失。

由于写作不仅仅是给一个地方看的，而是给更广大的世界看的——未可限量的读者正在其他地方等待，如果只用方言写作，外地人会不知所以。这个道理是写作者一开始就应该预计在内的。

边缘古语

现在一些“很土”的方言语汇，实际上都来自古汉语。有些地方因为处于商业流通的边缘，语言更新的速度较慢，一些词语也就被搁置在了语言长河的岸边，所以看起来它反而很土很生僻了。

但是追究起来，那是一种很古旧的汉语，是很雅致的。这有点像那首插秧的歌谣：“后退原来是向前”，换一副眼光看，最土的也最雅。

在一些不发达地区，比如偏远的农村或小城，我们听到的一些方言就是这样。比如万松浦一带，就有好多古汉语保留下来。在商业流通性很强的地区，由于语言流速很快，那些古汉语很快就被冲走了替换了。所以正因为这里是边缘，这里才有古语滞留下来。

比如说“如何”，当地的老人都说成“何如”；再比如当地人问什么事情能不能做时，对方的回答是“能矣。”问好不好，仍然要说“奚好”，像古代白话小说中的对答一样。在这里，现在大人小孩都这样说。再比如向日葵，这里人叫它“转莲”——向着太阳转动的莲花。咸菜，则一概叫成“瓜齑”，一种很讲究的酱菜盅。

有当地人把方言一一找出，做了现代解释，写了一篇文章登在报上。用心很好，可惜百分之九十九都是错的。因为这要牵涉到古文字学、民俗学、字源学等等，是很深很复杂的一门学问，不是凭感觉猜一下就可以讲解的，没有那么简单。它不仅需要在生活中慢慢领悟，还要借助于丰厚的学识、一些综合的学问去考察和验证，这才能求得原来的面目。这个过程当然很有意义。如果一个人在一个地方耐心地把这些东西收集一下，也是很了不起的事情，对于文学创作肯定是有意义的。

写作者在“翻译”方言的时候，会考虑到许多因素。比如古汉语中本来就存在的，就不用解释了，写上去大半还是能懂。为什么偏在这个地方出现了一个古词，其他地区没有，这个考察起来是很有趣的，这表明了一个地方的文化根脉。

比方说南边的一个老太太，没有牙齿了，戴着一顶黑呢小帽，中间那儿还钉了一块琉璃，她根本不识字，吃凉拌蕹菜，夹了放在嘴里嚼一嚼，说一句:“甚好。”多么有趣，多么有意思。

大家在阅读的时候，遇到这些方言古词，新奇感将很快转化为对古文化的向往，另一种审美的意味就产生了，这是非常好的。文学是语言艺术，关于语言的任何学问都不是多余和累赘。

抗挥发性

一些书中难免有些埋藏。尤其是长篇，会有许多隐秘和贮藏，这需要在时间里一点点释放。有些事物只有明白其所以然，才能进一步从文化的角度去挖掘，会有艺术上的新发现。这些发现是对这个作品价值的再认识，对纠合在一块儿的许多意蕴，有更深和更新的思索与联想。作者在写作之初，也许种种可能的因素都想到了，也许只是模糊而准确地把握。

作者有时候是大于读者的，但广大读者之和是否大于作者，还不得而知。因为作者只是单一的个体，他想出来的问题，一万个读者会有一万种解释，一万个读者要运用一万次个人的生活经验和生命体验跟作品对接，这时产生的会是一种特殊的作品：它既非作者的，也非读者的，而是第三种作品——一种奇异的合成和创造。

但是作者大于读者的情况也是经常的、明显的，作品中无数曲折的埋藏，各种方式的埋藏，肯定是需要慢慢化解的。众多读者之力合起来，才会一点一点接近作者的全部埋藏。

作者埋藏得越多，作品的抗挥发性就越强。

挥发力是不一样的。有时候一个作品面世，那么多人都纷纷接受了，其中的一个原因就是它的抗挥发性很弱。物质正因为其品质的不同，才决定了这些不同。比如说同为石油产品，这儿放一碗汽油，一会儿满屋子里全是它的味道，因为它的挥发性超强，不长时间再看碗里，没有东西了，都挥发了。如果放一块机用黄油在这里，可能停上二十年，它还是留在这里，因为它的抗挥发力特别强。作品也是如此，它们的质地是各有不同的。

究竟怎样的作品才具有更强的抗挥发性，这大概不是一个简单浅直的问题。可能这就是畅销书与常销书、通俗文学与纯文学、非经典与经典之间的区别，是一部作品能否经得起时间检验流传下去的重要因素。一般来说内敛和沉潜的作品抗挥发性强，但也有一些外露和张扬的作品、一些单纯之诗，却仍然能够经久不衰，让一代代人玩味和诠释。可见这个命题是复杂的。也许一部作品要具有抗挥发的性质，就需要在强烈的个人化和个体性的同时，写出永恒的人类生活的普遍法则。还有，作品无论单纯还是复杂，都应该蕴含深邃而独特的生命魅力，显现出人性与社会生活经验的某种扩大和延伸，具有真正的不可重复性。

同时我们从接受和研究的意义上还会想到：如果是一些挥发性本来就很强的文字，也就不需要那么多专业人士去诠释和解释了，因为它本身的气味已经够大了，民众自然能闻到它。相反那些相对内向的作品，纯文学作品，往往才是不可言说的，微妙的抗挥发的，这才需要研究者反复解读——这等于给它加温，在下面点火，增强它的挥发性。

漫长的训练

语言具有各种色彩和面目，它们都可以为写作者采用。一些呆板别扭的语言，有时也是很好的东西。比如祥林嫂总说那几句话，也只有这样说话才对，因为这里含有很不幸的个人原因。一本俄国小说写一个无趣的人，这个人总是在说一些显而易见的道理，什么“你马上就要结婚了，结婚了就不是一个人生活了，就是两个人在一起了。”什么“冬天就要来了，冬天一来天就冷了。”全是一般意义上的正确的常识，但是却被他一再揭示、重复和强调，这个人物就多了一些意思。

相反如果有一个人说话像花旦一样，那样活泼跳跃，其语言角度肯定是变化多端的。读者要随着他的语言不停地跃动，跃动的过程中将有一种被调动的快感。如果语言走入特别的、切合语境的浅直和古板，阅读的时候也会产生另一种意趣。

作者对于语言的敏感，对语言的气味、色彩、结构、速度，都要有充分的把握力。这种敏感是天生的，也是训练中强化的。有人说一个写作者大约要有几百万字的训练，才会具备一点这样的能力——可见这是多么艰辛漫长的学习过程。

的确，掌握比较娴熟的语言艺术技能非常困难，比想象的还要困难不知多少倍。仅仅是一些文字的组合，却要绘制出无限的意蕴、包容万千风景。关于它的学习可能要贯穿人的一生，并且任何时候都不能自信自满，不能存有依赖机智和天资这种侥幸的心理。这里需要近乎笨拙的试验和打磨，需要在日复一日的笔耕中，在所谓青灯黄卷的时光中数到上万个日出日落——只有这时候才会初尝滋味，那也不过是差强人意的、轻轻喘息一口的时刻——用不了多久又要重新打起精神了，因为横亘在前面的就是需要翻越的另一座山脉。

座钟和帽筒

文学中的社会关怀是一个复杂问题，极其重要却不易讲清。比如这种关怀到底是越强烈越好，还是越超然越好，都不可以简单回答。因为作品的价值是多方面的，关怀的方式也是多方面的。

中国古代小说就一定比现代小说更自由更饱满，或更专注于人性和诗意、沉醉于生活趣味吗？也不尽然。像《老残游记》，《官场现形记》、《二十年目睹之怪现状》等等，就有很强的社会性的鞭挞和隐喻，甚至常常是十分直露的。它们当中有的直接就是社会谴责小说。所以，用小说影射社会，达到劝谕的目的，这其实也是中国话本小说的一个传统，其中作者的思想逻辑框架相当清晰，而且几乎像突出的骨骼一样，触目地支撑着整部小说。

文学的沉潜和含蓄，这个问题在古人那儿解决得并不好。西方解决得好一点，但也不能说完全解决了。直到了鲁迅那一代现代作家，他们对于文学社会功利的追求仍然非常强烈，比如一再提到的“革命文学”和“文学革命”，“大众文学”和“国防文学”等口号，就体现了这种意图。

这里的问题在于，即便像《老残游记》《镜花缘》这些劝谕的影射的、在社会意义上着力很重的作品，依然也还是优秀的作品。鲁迅的小说，社会层面着力这么重，也是优秀的。为什么？虽然主题先行不好，意念赤裸不好，可是强烈的社会责任感，对人的责任，却是所有好作家需要共同具备的——尤其应该注意的是，每个写作者在人性感知方面的饱满度不同，生命趣味的丰富性不同，也就是说他们先天的才华是不同的，这才是有决定意义的因素。

一个人是不是天生具有极大的幽默感和丰富的趣味，是否对人性葆有深深的好奇？比如他牵挂的东西不仅有社会层面的，还有人性层面的，还有美，还有各种很柔软的东西——比如对自然的那种爱，比如看到一条小鱼在水里游动，心里有没有感受？看到一只鸟儿在树上跳动，一条狗跑过来，有没有心动？当望着狗和猫的眼睛，能不能被一种无欺的单纯给打动？一只猫抱在怀里，一种柔情能不能唤起？握一握它的小手，那毛茸茸的柔软会引起什么感觉……是这些情愫和特征、能力和品质的综合差异——能还是不能、有还是没有。

无趣的人，干燥的人，人性狭隘者，就一定包含了才华的缺陷。他或许只有一些社会层面的牵挂，其他的一切也就扔掉了，忽视了，一股脑地直奔那个强烈的目标。这样，整个小说所呈现的东西必然是僵直和概念的。

反过来说，像《老残游记》《镜花缘》这些作品，尽管社会诉求强烈，劝谕目的清楚，但由于作者情感的饱满、性格的有趣，一切情致简直无处不在，所以在阅读时就能获得多方面的审美享受。《镜花缘》写到菊花怎样开，《老残游记》写人物的细节，都让人觉得新异。它保留了原汁原味的生活细节，保留了当时的色彩和韵致，是这些难以言表的局部的组合，掩盖和抵消了裸露的瑕疵，令读者欣赏和快慰。比如像托尔斯泰，有那么强烈的理性诉求，但同时其感性的力量、细节的丰腴又让人叹为观止。后者会抵消或弥补前者，或者说双璧兼收，理性和感性同样发达。

一个社会指向很强烈的写作者，并不能回避和忽视生活中更多的东西，对于大自然，对于人性和爱，都会同样牵挂。只取一端，不顾其他，那就有点呆直了。

四十年代苏联出兵东北，传说有的大兵闯进一些房间，粗鲁而好奇，一进来就抢东西——东北人跟山东人一样，屋子正中的柜子上总有一台雕花镶银的座钟放在那儿，左右一边摆一个帽筒。帽筒是瓷做的装饰物，古代由官人放帽子用的，慢慢演化成家里的装饰品，非常漂亮，许多都称得上珍贵的古董。苏联大兵只看见了那台座钟，冲上去抱起来就走，两边的帽筒虽然紧挨着，他却一点都没有看见。

一些写作者也是如此，只想直取某一件东西，由于过于强烈和急切了，其他的一概视而不见——总要通过作品说明什么抨击什么、表达一个什么思想，这就和那个苏联大兵一样了。文学视野要开阔，要接纳更多的东西，不能光盯着一个座钟直冲过去。

航海者

人是文化的产物，就像土壤上面生发的植物一样。有什么样的土壤就有什么样的植物，它们在适合自己的泥土上可以长得很茂盛。

龙口湾以东这一带曾经有许多港口。今天看除了龙口湾本身，其他岸段都不能算是天然良港，因为有的地方临岸水深不够，有的仅仅算是一处处滩涂。但古代不太一样，这些地方可能是后来慢慢淤塞了。而西边的龙口湾是天然的良港，水很深，很早以前就可以停泊万吨轮。

现在看到的许多古代留下来的船，船底是不一样的，如果船底是尖陡的，就是海船；如果是平的，就是河船。还有在河海里面都能行驶的船，船底就要兼顾两种需要。很早以前出土了一条大船，是隋朝的，后来移到了博物馆里。那条船就是从河道驶往大海的。

在清代万松浦以北这条海岸线是很繁忙的，除了有海军营地，还有一些渔船泊地、一些大大小小的码头。比如紧邻书院的这条港滦河，原来就是波澜壮阔的，上面大小船只你来我往，一片片帆影该有多么好看。有些事情真让人费解，比如水的问题，比如河流——为什么古代的河流总是十分开阔，而今天的总是萎缩，最后差不多成了一条条小水沟？那么多的水到底去了哪里？虽然现在不断地发生水灾，这里淹那里淹，可是南北大地上像样的大河却一条接一条消失了。

这真是让人悲哀的事情，也很令人不解。

现在的古航海专家倾向于这样两种说法：一是说万松浦东边不远的黄水河湾就是徐福他老人家出航的地方，另一种说法认为徐福是龙口湾西边黄山馆一带的人，当年就是从龙口湾出航的。徐福是齐国的一个大方士，是擅长炼丹长生术的那一派。方士们生在海边，经常出海或观看天海一色，渐渐就有了天外有天、有仙人藏在远处的幻想。而且这一带经常有海市蜃楼的发生——当地的老人有不少亲眼看过这样的奇景。可见最大的方士群出现在这一带不是偶然的。秦始皇要长生不老，最后找上了徐福，让他为自己打理这件性命攸关的大事，绝不是偶然的。

徐福带走了秦始皇的大量物器和人才，这就是《史记》上记载的“五谷百工”、三千童男童女，去了日本列岛不再归来的故事。

到底徐福的船队带走了什么，这是今天没法列出清单的。有一点可以肯定，船队中有一大批胆大的探索者，他们要逃避暴秦，是那个时代的流亡者。

怎么学习

学习中外文学大师的写作，首先会注意到他们强大的关怀力，因为这是明明白白的，摆放在那里的，所谓很“直观”的现象。像鲁迅，对社会有多少忧思，多少“怒其不幸哀其不争”，多少悲愤和热爱。托尔斯泰也是如此。这都是伟大的牵挂者、谴责者和目击者，同时也是热泪盈眶的人……

这是伟大写作者的人格底色，是基础，是全部文学发力的立足点。就说，如果他们没有这样的生命质地，或许也就没有其他，没有其他的一切。

于是后来人最能够记住的也就是这些——最重要最突出的方面。这不仅没有错，而且还极其可贵。但如果仅仅记住了、仅仅停留在这样的学习和理解上，又会陷入其他的偏执，或者也可以叫做误解和盲区。

我们在表达中，有时候愤怒实在是足够多了。我们简直能够像大师一样地愤怒。可是我们不能够像大师一样地丰富。这才是全部问题之所在。

我们只有愤怒，而没有丰沛的诗性。所谓的概念化，标语口号式的，图解式的，就这样不由自主地产生了。

创作如此，评论也大致如此。古往今来的大评论家常常高屋建瓴，直讲作品的社会意义、思想脉流，大开大合，纵横捭阖，很有气势。但是一般的文学批评，也许就不宜照搬和模仿这种气势和风采了，因为首先要对作品有个最基本的理解和感受，其次才是评说。深度和高度从来不是口气和风格，而是一个人全部的综合的能力，包括固有的才华与品质。

强烈的社会责任感之类很容易被察觉到，也很容易被学习和模仿；同时我们也知道，这些强烈的情感也是物质主义时代最为缺乏的——但即便如此，我们还是要厘清一些道理，避免另一种伤害、另一种误识。

学习大师，也可以使自己变小；学习可爱的人，弄不好却会令自己变得越发不让人喜欢——看来这里面实在有个怎么学习和怎么理解的问题。

重要的一手

一位大作家的弟弟要学习哥哥写作的窍门——这是可以理解的，因为如果真有这个窍门，那就一定会优先传给自己的亲人。他的哥哥怎么教他？记叙中是这样的：

哥哥让他一同去海里钓鱼。弟弟就跟他上了船。打了好多天的鱼，弟弟最后烦了，说哥哥你不是说要教给我写小说吗，可你一点都没有教。哥哥说：那现在开始教吧，我问你，你钓鱼的时候，什么时候最激动？你钓到一条大鱼总会激动吧？弟弟说：我很激动。

哥哥摇头说：不是，我是问你钓到大鱼的整个过程中，哪一会儿最让你激动？

弟弟仔细回忆着。哥哥启发他，说：你想想，是鱼猛地一咬钩子的时候，还是往上拽、用棍子打它头的时候？还是把它装到网里、它乱跳乱蹦的时候？你想想。

弟弟想着，说：我想起来了，当它咬到钩子的时候，这根线猛地绷紧了——就在绷紧的那条线上，一溜水珠往下掉的时候，我最激动了。

哥哥说：行了，你懂得怎样写作了。你就写最让你激动的那一溜水珠——主要写它，写好写细，就是这样。

这个故事告诉我们，当我们观察事物的时候，记住了整个事物的过程还远远不够，还要记住这个过程中最能够扣动心弦的那一刻。那是激越的高点，抓住它，其余也就好办了。有时候其他的就可以省略了，重点写好那个激越的高点。

弟弟后来回忆说：哥哥教给了我最重要的一手。

可是我们没听说这位弟弟最后成为什么重要的作家。看来文学仍然还不是教出来的，尽管他有那么好的老师，尽管他学到了重要的一手。

呜呜地哭了，绝望了

还是谈诗吧，谈诗才好。这里谈诗，最好能超越对诗的一般化的理解。我们有时候说“作品诗性很强”，或什么东西“很有诗意”、“像诗一样”，往往把诗给扭曲了简化了，以为所谓的诗无非就是那些慷慨激昂的句子、漂亮的句子、很唯美很巧妙的表达——这或许也属于诗的一部分，但诗往往不是这个，不止这个，它还有更多的、更本质的一些方面。比如我们可以说，诗是特异的思维所能抵达的一切方面，是一种极致化的表达，是沿着生命的一切方向一切可能的极致化的表达。它除了明丽，还有幽暗、黑暗，这都是诗的表达。它是无所不至的，是最偶然也是最遥远的一次心灵的投掷。

从这个意义上讲，年轻人更敏感，有时候灵光一闪就是诗。老年人写出好诗的几率可能就少——但是不要忘了，它既是生命中最遥远的一次爆发和投掷，那么也同样需要更多的生活阅历和生活经验，那样岂不是可以投掷得更远？所以从这个意义上讲，大诗人更应该是年老的人。

艾略特年纪很大了还在写很好的诗。哈代晚年才更是一个诗人。

大诗人的标志，往往是能让饱满的创造力贯穿一生。那些很有特色的、早熟的灵慧的、呈现非常之态的，都是特异的天才。他们在少年青年时期，就完成了一生的写作。然而最伟大的诗人当中也有大器晚成的，由于他一生都在写作，才有了这样的收获。真正意义上的大师，无论是写小说还是写诗，都是一生的劳动之和，是这个数值的对比。他将饱满地呈现出整个生命的河流。

对于诗的渴求，志向是一回事，能否抵达又是一回事，但是把心放在那个高处就好。

讲一个故事。高尔基是当年苏联文学的泰斗，跨越新旧时代的传奇人物，走到哪儿都是被人拥围。他操办了苏联的作家协会，又是文学创作第一人，威望大得不得了。他主要是写小说，但是深深爱诗。我们可能都没有看到过高尔基的诗，只看过他的一个故事，这与诗有关。原来这个老头子在家里写了好多的诗，只是不好意思拿给人看。有一次忍不住，就交给当年正在诗坛走红的马雅可夫斯基，就是那个写阶梯诗的、很狂妄的诗人，无产阶级诗人。马雅可夫斯基看着看着，就忘了面前是一个多么伟大的人物，竟然气不打一处来，斥责说这个句子怎么能这样写？这写的是什么东西！不行不行！话说得不留余地，批评得毫不留情。

马雅可夫斯基说着，对方一点声音都没有，抬头一看，这才发现高尔基正用大拇指抹着眼泪。老人呜呜地哭了，绝望了。这是羞愧的眼泪，绝望的眼泪，是“命里八尺，难求一丈”的眼泪。

我们觉得高尔基哭得那么可爱，感受到一个大师在文学和艺术面前的那种谦卑，对诗的那种热爱。这样的老人可以不向强权低头，但在诗的面前，在文学面前，却非常谦卑。年轻的马雅可夫斯基也很了不起，他在诗面前可以忘记一切，可以训斥泰斗。而高尔基像小孩子一样呜呜地哭泣，多么可爱。

在越来越走向实用主义物质主义的时世，诗在文学版图上已经不是中心，而是处于了边缘的边缘，这真是一个大不幸。真正的诗人只好忧愤和孤傲。

其实诗才是文学的核心。好诗不多，并不代表诗的地位低下，这不需要诗去负责。好的小说家也不会风行于世，因为他们早就不再满足于编织一个破破烂烂的故事了。从文学的本质上讲，小说是居后的。直到现代小说边界的不断扩大，一切才稍有改观。现代小说的边界是橡皮做成的，不是木头，而且是弹性特别好的天然胶，可以大幅度地往外撑，越撑越大，里面包含了许多许多。但是严格地讲，就其固有的属性来讲，小说在品质上仍然是低于诗的。

打开中国古代文学史，士大夫们，几乎所有像模像样的人物从来不写小说。苏东坡如果写起小说来，皇帝写起小说来，面子上恐怕过不去。但他们一定要写诗。这是中国高雅的纯文学传统。

有人说中国高雅的叙事文学没有源头，这是一个误解。中国纯文学小说要继承，不能光继承一本《红楼梦》，也不能去继承话本，什么《响马传》《封神榜》之类，这当然不行。于是中国现代小说就一头栽到了西方，从结构到气息，全是学了这一套。所以它仍然走不远。因为文学无论如何一定要建立在自己的传统上，要找到一个渊源。

那么中国小说如何继承？当然要从中国的诗和散文，特别是《史记》——“史家之绝唱，无韵之离骚”——这样的瑰丽之中去寻找源头。它们的核心仍然是诗。

文学中医

从文学研究到文学写作，可能会有一个中国化的过程。但这不是通俗化和庸俗化的过程。一下又回到通俗演义章回话本那里去，更是危险，那将脱离纯粹的文学品质——这样说不是完全否定通俗作品的价值，而是在谈文学的分类和方向。

与文学一样处境的是中医。现在中医处于尴尬的局面，在一切求快并且实用主义盛行的时期，谁还愿意理解深奥曲折的中医。即便是操弄中医者，也有不少将中药当成西药来用。中医给搞成了一个怪胎。

好的西医也特别需要，问题是中西医的蹩脚结合，会毁掉许多发展和发现的可能性。有一位老中医在谈自己的治学经验时谈了一番话，让人听了一直难忘。他说自己以前跟上一位名老中医为徒，出徒后一度非常顺利，不知治好了多少疑难杂症。可是后来上级号召“中西医结合”，让他又学习了许多年的西医，结果从那时开始，他的中医技能就一落千丈，几乎给人治不好病了。再后来他痛下决心，彻底忘记西医，这才又重新成了一名好中医。

这里是不同的体系不同的思维方法，是走哪条道路的问题。如果走西方的、理性把握的科学体系，也非常好。怕的是二者的混淆裹缠，思维不清以至于彻底糊涂起来，那就麻烦大了。

也许是我们孤陋寡闻，现在几乎没听说谁还用中国的方法做当代文学研究。这种学术方法也必然会影响到文学创作。中国的文化土壤上长出来的作品，居然没有多少理论家用中国的方法去对待它，一张口就是“解构”“能指”“所指”，这怎么得了呢？

传说古代刽子手走到街上，出于职业习惯，总要盯着看人家的脖子。这和某些西式研究者看到一部作品的样子是一样的：要找下刀的地方，因为他已经掌握了一套固定的刀法。可是这一刀下去，作品也就完了。

问题是，不少人在运用西方文艺理论时，其实也只是惟妙惟肖地学来了别人的操作表情，而并没有学来真正的精髓。

我们如果暂时把西方这把宝刀锁起来，束之高阁，改用东方的针灸，或者什么膏丸丹散之类，可能也有必要。在东方出现一批文学西医未必是坏事，但如果全是西医，直接废掉中医，就不祥了。像龙口这个地方还有中医院，文学界怎么就不能有一个中医院？所有的学校都在教西医，有没有一个学校或一个教授开一门传统的中医课？

这可能也是时代的期待，族群的期待。

·第三讲·

中原失礼

中国流失的很多好东西，在周边一些国家和地区反而有所保留。那里原来处于汉文明的边缘地带，他们抱着学习的态度，漂洋过海到中国学习，所学到的每一点可以说都来之不易。他们因此就格外珍惜一些东西，并且牢牢记住了，记到现在。

同一片大陆上也有这种情形：中原地区丧失的一些好东西，在东夷就可以找到很多，反过来让文明高度发达的中原地区有一种自愧不如的感觉。就像当年孔子说的，“礼失求诸于野”。现在我们失去的“礼”太多了，有的存于边缘，到韩国和日本这些地方待一段时间，常常会有这样的感觉。当然韩日也有各自的问题，我们只是从中原失礼的意义上说一下。

比如我们这边有一个毛毛躁躁的孩子，他的粗野和愣劲儿我们都很容易想象，因为这样的孩子很多。可是他到韩国去留学，不出一两年就变得彬彬有礼了。我们见过不止一个这样的活生生的例子。

讲到地区和民族的文明、文化，讲来讲去反而容易让人糊涂。比如前一段热衷于谈“先进文化”，一打开电视就一定要出现一群老太太描得满脸通红，拿着扇子在扭。当然给“先进文化”配图很难，但也不能总是请出一群扭动的老太太。

还有，谈到一个地区的“现代”和“繁华”，画面上通常就要出现一些刺眼的闪灯、旋转的舞台，特别是要有一群跳舞的人、光着膀子唱歌的女人。总是如此，大同小异。

谈到文化，有什么更生动更具体的事物可以告诉我们？当地的文化人物，他们的劳动，还有书籍与民众生活关系的展示，这些是不是也可以列举一下？

文化是很抽象的，又是很具体的。它的水准和状况究竟如何，莫过于观察日常生活和人群面貌了。它在我们习而不察的细节和角落里表达得清清楚楚。走在大街上，如果跟海外一些较好的地区做比，会感觉“文化”两个字是多么的具体。不同地区的人神情就不一样——比如武咋咋的一群面孔，让人很快就会感觉到文明驯化和教养的程度如何。苛刻一点讲，这里许多人还是一些“生胚子”。

如果仅仅是按比例看，我们这儿一座城市受高等教育的人口已经很多了。但是总也解决不了举手投足间流露的那种粗野气。看来受到了怎样的教育是一个问题，另一个问题是，只要形成了一种氛围、一个群体，其中的个体如果不是足够优秀的话，他表现出的大致还不会是文明教养的差别，而更有可能跟从和化进相对野蛮的当地风习中，有一种向下的趋同性。比较起来，我们这里还是嘈杂了一些，总也安静不下来。何止是声音，刚才讲过，他们脸上的神情就不对劲。

文化素养较高的地区，人的神情会比较自然放松，会安详一点，举止也安稳收敛一点，动作的棱角也不会特别大。

人如果生活在比较野蛮的地方，就必然要生出对这种环境的戒备心，时间长了，他们的神情与举止也就变了。

所以一个地区一个族群的风气，人说话的语气还有脸上的神情，是最能说明社会文明程度的——这里面哪怕只有一点点差异，要改变，可能就要花费上百年甚至更长的时间。文明的汤水要调养一个地区或一个群体，需要的时日将是很漫长的。

举个例子，在公共场所我们常常看到一群等电梯的人——他们百分之九十都会堵在电梯口，根本不考虑应该站在什么位置，不考虑先下后上的问题，也不会自觉排队，不会礼让孕妇和老人儿童。而且他们当中总有几个人在大声喊叫，或者随地吐痰。

这样的一个群体，离现代文明还有相当遥远的距离。可是我们这里有一个可怕的误解，认为只要富裕起来了，只要有了大把的钱，一切也就万事大吉了。其实粗劣的人手中的钱越多，对世界的损害也就越大——当他们贫弱无力的时候，世界倒会更安全一点。

东方的优良美物

托尔斯泰接近老年的时候常常看孔孟和老庄的书。他的故居里至今还摆放着当年读过的这些译文，有画上的笔痕和折叠的书页。托翁跟人说：我如果能更早地读到东方的、中国哲人的思想，该是多么幸福啊！那样我思考的问题、我的整个人生都会大为不同。

作为一个异域人，托尔斯泰看待中国的文明和文化，看待我们这个礼仪之邦，当时有多么惊讶。他心里产生了一种敬畏和好奇，甚至还有一点迷惑不解。

歌德看中国的一本小说《好逑传》，上面写一男一女行走在旅途中，夜里住在一个店里，睡在一张床上，却能相谈甚好而绝无逾礼，天亮后揖别上路。他说这种高度的文明行为，只有在东方才会发生。

当然歌德的一斑窥豹难免把东方理想化了，但有一点是可以肯定的：当时的东方文明中有不少糟粕，但也的确有非常了不起的、极为优雅克制的东西。

我们现在处于一个野蛮的物质主义时代，对自己文明中最好的东西越发陌生了。我们将外来商业文化中最坏的一部分，与我们传统中最坏的一些元素结合起来，也就不得不迎接最坏的结果了。

这是最可悲的境况。西方和东方都有优良的美物，就看我们学习什么向往什么了。

敬畏食物

现在有些学问高深的人，也注意从最基本的传统经典开始学习，并用在教育下一代方面。像一些家训，一些幼年启蒙读物，有的需要扬弃，也有的可以借鉴，不妨拿过来好好用一下。里面有一些行为举止的强调，今天看是过于严格了，但想一想有的是巩固文明的，有的是意旨深远的，都通向了伟大民族的精神源路。比如“一粥一饭当思来之不易，半丝半缕恒念物力维艰”，说得何等的好！有了这样的思维，难得不去想象这是怎样的一种文明传统，难得不产生敬畏。

但是现在这种敬畏我们不但没有了，而且相去遥远，连个踪影都看不到了。我们现在是怎样的？单讲吃饭，刚刚有点东西可以挥霍了，有些官商场合就像当年的慈禧太后差不多，奢侈到吓人的程度，又哪里止于“吃一观三”。这很容易让我们想到那段饿死千千万万的人、吃树皮和观音土的历史，它近得就像刚刚转身，还没有来得及走远，这边就如此穷奢极欲起来——这个族群多么可怕，要么动辄饿死成千上万的人，连土都吃；要么就是做饕餮之徒，每一餐饭要扔掉三分之二。

大家可以回想一下那些频频举行的豪宴，那些财大气粗的权与钱的酒席，除了有一种犯罪感，再就是疼和憎，是担心上天的诅咒，恐惧报应的厄运。

一个人能吃多少？不过是那么一点点，可是菜要一道接一道上，桌子比乒乓球台还要大，菜色无数，不得不让专门的服务员把摆在稍远一点的不断地端过来调换，这样最后吃掉的还不到十分之一，绝大部分都要扔掉。

这个情景反衬的回忆，就是同一片土地上残忍地饿死、吃糠咽菜的一群群人。而对食物的敬畏，却曾经是我们民族的传统。

到海外一些地方，时常能感觉到这种敬畏的存在。比如他们通常使用很小的碟子，生怕食物剩掉。如果剩下扔掉，他们觉得不仅是浪费，而直接就是对食物的不敬。在韩国，对方在宴席上常常对客人介绍食物：这是哪里产的，多么好等等，他会这样强调。于是有人嘲笑他们，说无论端来多么简单的食物，都会说："好东西呀！很贵的！"

是的，食物就应该是很贵的——很宝贵的。

对食物的敬畏就是对生命的敬畏。无论是植物还是动物，它们都要损失掉自己的生命来到人的面前，变成食物，让我们果腹。想一想这是多么重大的事情。它毕竟也是一生！一条黄瓜，一个地瓜，一条鱼一只羊……它们终止了自己的生命，变成了人的食物。

该不该敬畏食物？我们明白了这些，才会理解西方常常出现的场景：吃饭前群体祈祷并感谢上帝赐给食物；还有那些宗教人士，他们宰杀生灵的时候，会轻念一句话，然后再做。这里面表现了多少的无奈和悲哀。我们甚至相信，只要人类不能终止吞食其他的生命，也就不会结束自己的巨大苦难。

模仿和跟随

我们被什么追赶着，总是一路疾跑，扔下了很多好东西。五千年来积存的糟粕与污垢念念不忘，最珍贵的部分却被遗忘，被那些激进无知、以追新求异为能事的人践踏。这其中包含着最大的浅薄和残忍。

到一个地方去，与其看他们探索创造了多少更新的东西，还不如看保守和挽留了多少陈旧的东西——这往往才更需要勇气，也更有意义。

我们常常把创新与速度，跟保守与缓慢相对立。岂不知许多时候缓慢就是快速，创新就是丢弃。有些人以“启蒙”的名义，送来的倒有可能是更大的愚昧。总结漫长的文明史，会发现我们丧失了多少宝贵的智慧。这智慧足够支撑一个民族的生存和发展。但是我们毫不怜惜地丢弃了，于是所谓的“创新”常常变成没有头脑的莽撞，没有理性的急就，是时髦的游戏或浮浅的模仿。

失去了传统就没有了强大的原创力，所以我们从人文到科技诸方面，时不时地就要进入一个自卑的、模仿的怪圈。

对东方来说，长期以来存在一个“体”和“用”的问题。这方面的争论很激烈。以什么为“体”，以什么为“用”，其实这种“体用”之辩恰恰是一个伪命题，也是我们的误区——学西方只学人家的器物，而不肯从价值观上改变，不知道西方的技术和方法跟他们的道德观价值观是一致的、互为因果的。

我们既要倡导理性，又不能陷入“理性主义”。中国进入现代化过程之后，那种对于强势国家的模仿和跟随，其实常常是无根的和盲目的。这时候，我们实在需要个人的觉悟，需要一点点从容感和自信力。

我们的文字、文学，就尤其如此。

个人的语调

打开一本杂志、一本书，多少会注意它的语调。这语调总是非常熟悉，大致都差不多，因为每个时代都有自己的语调，我们一般来说没有能力挣脱。几乎每一个言说者都别无选择地拾起了同一种语调，或者叫“说话方式”。语言就是存在，巨大的集体存在会形成无所不在的强大磁性，所有人都被它吸附过去——于是单个的人再也不会用自己的语调说话了。

这个时代的语调有什么特征？虽然一时难以概括，但是我们都不陌生，因为一听就觉得耳熟。这是所谓现代的开放的语调，物质和纵欲的语调——还有无根的卑微的势利的……它们纠合在一起，散发出刺鼻的气味。

一个时期有一个时期的语调。回头看“文革”之前，上世纪四十年代五十年代初，那时有那时的语调。就是这语调的不同，将一个个时代区别和记录下来。它们真的比内容更显豁。这些语调是怎么形成的？是风尚和权力，是势力和压力，是利益和诱惑，这一切加在一起，让所有人就范并习惯下来。这时候谁再想说自己的话、以自己的方式说话，谁就是异类。

而文学和人，是专门寻找异类的；或者反过来，异类也专门寻找文学和人。

比如这几十年的历史，从公社化公私合营，再到这之前的“一声炮响”传来了马克思主义，苏俄模式，到加入东方集团的喜悦——这一切综合在一起形成了那个时代的语调。翻开那时的纸制印刷品，再到歌声，无一不是这样的语调。

到了文革，随便打开一本书，都写满了阶级斗争，是这种乖戾而过敏、冷酷而激烈的气息，语言外向而刚硬，所谓充满了火药味和战斗性。文革语调是大家最熟悉的了，它是从上世纪四五十年代延续发展而来的，形成过程在四五十岁的人这儿都不会感到陌生。所以那时候这种语调并不让人有巨大的突兀感，也没有什么不适应性。

每一种时代语调的形成，其中都会有很重要的一些人物起到了关键的作用。以他们为核心，依次扩大到整个社会。民间的语言方式将被深度改造，回过头来再影响核心。这些东西混合一体，形成了那个所谓“时代的语调”。

今天的语调同样复杂，如果分析起来可以写一本书，最好不要简单地草草地概括。它当然来自一个漫长的演变过程：开放之初来自港台地区，比如文学阅读，海外软语让人有新异感。以前淹没的现代作家也出来了。扩而大之，通过港台的中介，西方的风气渐渐飘移过来。商业广告，男女脂粉，又加速了这个趋势。这种影响缓慢而深入，一开始反映到文学作品中，其次是媒体，再其次是公文，就这样一路改造过来。

语调既是言说的形式，又是言说的内容。

中国的语言基本上都是庙堂语言，而民间语言是好的，其力量是有的，但相对来说，在相当长的历史时期里却对庙堂语言影响微弱。

到了当下，所谓的民间语言更多变成了网络流行语，对庙堂影响不大，对现代汉语的规范典雅倒是造成了很大的破坏。

从这里谈起文学，可以说如果不能拥有个人的语调，就不可能写出真正杰出的作品——正因为这是不可能的事情，所以真正杰出的作家作品总是凤毛麟角。事实上，一个写作者往往首先在语调上妥协，然后才从其他各方面妥协，从写作立场到形式追求，悉数跟上这个时代——他自己也就一点点取消了。

怎么样保有个人的语调、探寻个人的语调，差不多成了全部问题的结点。如果做文学研究，不妨先从作家的语调入手，这样来辨析他的个性，还有其文学价值。

一个时期的语调总是附加很多累赘，把这些累赘洗去，个人的本质和干练才会显露出来。我们动手把时代的赘物剥离，需要相当的清醒、执拗和顽强。这里需要痛下决心，才能跟整个时代的说话方式稍稍形成一点距离。

有一个外国友人分析我们的写作，从语言谈到生活状态。他说现在的一部分人从模仿精英生活、羡慕精英生活，到充任精英之数，就这样逐步丧失了自己原来的朴素情感。当然，这里的“精英”和发达地区的“精英”档次有别，生活状态大不一样。但是生存的情感是无法假设的，是一个什么人，就会拥有什么语调。所以解决“身在何方”的问题，通常也就解决了个人的语调问题，解决了立场的问题。

有人说要到终南山去。终南山现在有了一拨人，他们继承了中国岩穴之士的传统，是现代隐士。陕西终南山是中国历史上隐士最多的地方，现在有人专门研究那里，开始注目“现代隐士”。围绕隐士有好多说法，比如岩穴之士，与城市隔绝者是一种隐；还有一种“大隐隐于市”——看上去和别人一样，实际上心在别处。另有一些人在朝为官，担当行政职务，是公务员，却能“朝隐”，这更是极少数的。三种隐法：隐于市，隐于朝，隐于野。隐于野当然是决绝的做法；隐于朝和隐于市是变通的做法，实际上难乎其难。我们对后者总是有所怀疑——那需要多大的定力，多大的逻辑性和理性的强迫力约束力，才能使自己在市与朝中隐起来。

隐于野，可以有个人的语调；隐于市隐于朝，怎么采用个人的语调？那不就暴露了？再问一句：拥有个人语调的目的是什么？既要拥有，那为什么还要隐？

所以说说容易，要真正拥有自己的语调，是十分困难的一件事。

乐观和悲观

当代人写文学史也许是非常困难的一件事。尽管这是非常有意义的，但是太难做了。这需要多么深邃的文学眼光、多么巨大的穿透力。如果只是将人和书罗列一下，人云亦云一下倒也没有什么。这种工作的性质与文学创作既有相似的地方，又有极大的不同。比如同样都要具备强大的感悟力，强大的个人性，但史的意识和能力还要兼备。

有一种很奇怪的文学史，就是众人合编的文学史。这种文学史一定要达成广泛的妥协，所以就尤其不可信，也不会有华彩。文学史是个人的，又是时间的。说到底有两个东西限制了文学史：一个是时间，一个是个人性。离开了个人性就是妥协的产物；离开了时间就没有深入持久的鉴别，因为没有经过时间老人给予的帮助。

有的作家可以骄傲地说一句：在相当长的一段时期内，比如说整个的新时期以来，出现了多少作家，他几乎没有判断方面的失误——当看了某一个作家一段时间的作品，就有了深入的感受，觉得这个作家资质如何、能走多远，会在心里给一个鉴定——后来几十年过去了，竟然发现自己没有错过。

这就说明观察与鉴定既具有个人性，具有穿透力，而且还有一点超越时间的能力。这是可能的。

但即便如此，随着时间的再度延长，他如果回头打量，仍然会发现局限性还是很大的，一些结论还嫌太早，总之仍然是比较幼稚的见解。个人的判断是那么样的不可靠，看来无论对谁，无一例外地需要时间的帮助。因为随着时间的推移，他会发现当年做出判断的论据，还是不够充分的。这是一个致命的问题——充分才能准确。

时间给了一个杰出的判断者更多的依据，他会不停地修正自己，但这绝不是对时间的妥协，而是对时间的尊重。他对一些作家的代表性作品的价值判断发生了变更。这些变更是必然要发生的。作家是一个时间的概念，大作家更是时间的概念，只有时间才能鉴别。

从这个意义上说，对当代写作完全不必要那么悲观。悲观是因为我们离得太近，离得太近就会有十分具体的感受：失落感，惋惜感，甚至厌烦和憎恶。因为耳闻目睹同时代一些嘈杂的声音，孱弱的生命，浅薄的表演，跟风的无聊，那些没有任何自尊的写作，那么粗糙混乱的挟持——越是如此，就越是谄媚，所谓的“越丑越嗲”。确实如此，有时候一个写作者可能连话都写不通顺，连基本的文学能力都不具备，却最能够依傍和善解势力。

面对复杂而具体的当代文学，失望是可以理解的。但是我们怎样退远一些以“遥感当代”，却也需要最大的智慧和胸怀。试想我们谈论唐代，谈到李白、杜甫、白居易，谈到唐诗三百首，那是谈论长达几百年间的文学积累。以那种感受来衬托现代，就觉得我们进入了一个文学的渺小时代。如果换一副眼光来看，今天的一切不过是未来几百年里的极小一段而已——而我们习惯上判断事物，大致是以十几年几十年为坐标的居多——看到这十年几十年的满目疮痍，就觉得一切都完了。

其实所有的文化腐殖土都会培植出茁壮的生长。

从这个角度想一下，或者就会对当代文学产生一点信心，会有期待。

另外，就算我们这个时代出现了杰出的作家，我们也不一定认识他，或者说简直就不认识——我们既然没有这种超人的判断力，对当代文学的全部沮丧也就失去了一个前提。

人们最常举的两个例子，一个外国一个中国。外国的就是凡·高，现在被公认为西方现代艺术屈指可数的几个人之一，可是当年差不多一幅画都没有卖掉。他贫困潦倒，最后自杀了。他是一个不被当世人所认识的伟大的艺术天才，一个以色彩涂抹的伟大诗人。中国的就是陶渊明了，辞官回家种一点地，非常辛苦，最后是饿死的。他文名寂寞，传播有限，长时间评价非常低。直到很久之后，他才一点一点被发现，被公认为了不起的大诗人，差不多说成了“屈李杜苏——陶”。

当代有没有被埋没的凡·高或陶渊明？不好说。十三亿人口，写作者众多，这个假设有点像在太阳系、银河系及其他星系里边寻找有生命的星球一样。在近乎无限的广漠里，对我们来说是一种巨量的、不可遥测的存在。所以那种存在的可能性不是百分之九十九，而是百分之百。

对于十三亿人口这么大的一个群体，当然蕴含着无数的可能性。

百分之百的存在，却不一定是百分之百的筛选、认识和保存。他们被证明的几率并不是百分之百。因为他们可能被网络所覆盖，被各种原因所忽略，最后谁也不知道他们。

这就是我们的乐观和悲观。

不做“闻人”

任何时期，民众对于精英的影响，精英对于民众的启发，都是相互作用的。精英通常做的都是一些什么事情？他们总是追求极度的完美，不遗余力地贯彻理想，深入专业，自我苛刻，然后不断地、百折不挠地宣传常识，纠正平庸。他们很难与大众达成共识。

“精英”这个词汇长期以来，特别是时下常常被扭曲，有时候差不多被当成了一个时期的聪明白领，当成了依傍有方的致富知识人。这是可笑的。

平庸的共识回过头来也会极大地影响和妨碍精英的看法，这是他们的痛苦之所在。在不同的时代，这种相互作用力也不同。比如在一些思想比较有力量的大时代，精英对于平庸共识的改变能量是巨大的。处于一个物质主义的、精神渺小的时代，一切往往也就反过来了。

物质主义时代，一切以现实和世俗的成功为标准，真是精英难为。这会让他们自觉不自觉地怀疑自己，在相当的痛苦中不断地反思。比如现在有的学府，文学教材中竟然把鲁迅拿掉，换上一些武侠小说。真是不可理喻。生活在现世，目睹了这样荒谬的事情，精英大概已经无言。

一些行时的、漂在面上的人物，旧时候被称为“闻人”。现在，有些很负责任的老先生，看到自己的弟子过于爱好热闹，到处讲演或上电视，就叮嘱一句：别这样了，你们可不能做“闻人”。因为他们知道，一个知识人只要成了“闻人”，也就不足道了。一般来讲那是很麻烦的，生命质地连同学问品格也就保不住了——不是不想保，而是保不住了。这就像一位做大研究的老先生说的：“开口神气散”。当然这不是指当老师的不能从事教学，这是两码事。

精英与“闻人”对立，二者从来不是一种动物。

阴郁的空间

从事艺术创作，满足最起码的物质需求是一个前提。吃不上饭，朝不保夕，一般来说很难进行高级的艺术活动。当然这也不是定律，陶渊明一生大半贫穷潦倒，直到最后的时刻还有精致的创作。这一类不凡的生命在艰难的状态下仍然有出色的表现。这是因为生命质地不一样。

各种各样的物质诱惑肯定对人有影响，这是对一般生命而言；对那些杰出的、志向高远的人，就不会发生太大的作用。有个西方智者说过一句话："在月亮上行走过的人，给他个县长还干吗？"也就是在说这个意思。领略过很高的人生境界之后，跟最卓越的灵魂对过话，拥有过那种绚烂的、巅峰时刻的极度体验，物质主义的诱惑也就不算什么了。

面对一个物质主义、商业主义、实用主义盛行的时期，很多人忧虑，忧虑我们的艺术、诗，以及其他。沮丧，张望，无聊，不敢多想未来……但是凡事都有两个方面，有得有失，比如现在，我们处在了极强的"阳性"——感受中物质是属于"阳性"的——物质的强势干预时期，"阴"就会受损害。但是阴阳之间必然要有调节。为了躲避强烈逼人的“阳性”，诗人只好留在了“阴郁”的空间里。

这里用传统哲学中阴与阳的关系，从感性和理性两个方面来试作解释——如果物质是阳性的，那么精神就是阴性的。物质满足现实的基本需求，其存在是明显和实在的，所以只能是“阳性”。相对于物质的显性来说，精神活动则是隐性的，于是称为“阴性”。一切的精神活动都在无形中进行着，在默默无察的环境里滋生蔓延。它们属于一个阴郁的空间。

在一个物质主义强盛的时期，精神受到了压抑。这种阴阳失调的时期，在中医学说中被称为“阳亢”或“阳狂”。这个阶段所要实施的调节手段，就是“滋阴潜阳”。在这样的现实社会中，阴郁的空间需要一再地延伸和扩展。

这个“阴郁的空间”对于诗人是至关重要的。一个诗人长时间暴露在灿烂的阳光下就会枯死，他需要在有所遮掩之处独自生长。诗就像一种特殊的菌类，强烈的阳光会杀死它，它需要在阴暗的地方慢慢滋生起来。诗是生命里面的一种有益菌，它只有在阴郁处才能繁殖，焕发出自己的美丽和浪漫。这样的空间相对来说是润湿而自由的。

人在光亮下会接受很多的参照，这个过程是不自觉的，个人想象的空间、感受的空间，都被框束了。而诗人需要开阔的浑茫和幽暗。实用主义者完全不能理解诗和诗人，诗人对他们来说也的确不可理喻。诗是生命里的闪光和悟彻，人类用它来对抗死亡和荒谬，当然还有平庸；对抗通常令人疲惫的种种世俗的约束，以及习而不察的惰性。所以诗需要在特殊的角落里受到保护，在一种沉默静寂中孕育。

巨大的阳性社会一定会投下浓重的阴影，那里就成了诗人的立足之地。诗性的孢子可以在这里裂变，可以一而十、十而百……无穷地繁衍。

诗已经不再尝试与这个阳性的时代对话了，也不再对这个时代大声朗诵。今天已经不可能出现一个倾听诗人朗诵的大场面了。

二三十年前曾有过这种阵仗：诗人要来朗诵了，结果礼堂大门都关不住，挤得满满的，每个窗口都挤进了好多脑袋。大家都要倾听诗人。诗人来了，不看观众，从侧门进入，低头走到台子中央，背向观众——猛地转身，泪流满面……

最后是暴风雨般的掌声。这包含了一种表演。诗在这样的夜晚，不经意间暴露在了强烈的光线下——我们担心它被光线杀死。后来，果然——诗很快萎靡了，遥远了，像退远的星光，永远不再返回了。

由此可见，将诗放在强烈的光线下是非常危险的。真正的诗人会不安，会悄悄地心怀恐惧地退到阴暗处。

有一篇纪行文章谈到去前苏联时期的一个省份访问，谈了一件趣事：那个地方的长官正在一个集会上兴致勃勃地大讲，正讲着，那边来了一个人，长官一见立刻收敛了，低声下气收场说：各位女士们先生们，我们著名的诗人来了，让我们热烈欢迎，请他讲话……诗人一点客气都没有，几步窜到台一通大讲，最后甚至激动起来跳到了桌子上。这让早就习惯了官本位的中国客人大惊失色。

可见那时，那个地方对文学艺术的推崇，对诗的推崇，到了这样的地步。诗和诗人在聚光灯下，在强烈的光线下——荣耀，显豁，但是也危险。这肯定是十分危险的。

在当世，包括西方、北美，欧洲另说，这种物质主义的阳性社会里，诗和诗人大致已经退回到了自己的角落里，那里是一片舒适的阴影。就在这种没有强光的阴郁的一角，诗人仍旧能够焕发出个人的想象，开始自己时高时低的吟唱。

从这个意义上讲，现在的诗以及所有的诗性写作，也包括极少一部分小说家，算是遇到了一个非常适合他们生存的时代——他们或许可以跟整个阳性的社会脱节、隔离，以至于部分地绝缘，于是这反而成为一个极好的屏障和境遇。如果把他们拉到现世的阳光下照耀以至于暴晒，他们正在阴湿中的烂漫生长不仅马上停止，而且很快就会凋谢和枯死。

诗人只有待在阴郁的空间里，在这里悄悄地、放肆地生长。

经常遇到一些诗人，他们目无旁视地聚拢在一方天地里，激动不安和勇气十足地探讨诗学问题。外面的人把头探进这个空间里看一眼，惊讶、羡慕，同时又大惑不解。这个空间里没有现实的光亮，幽暗，稍稍潮湿，当然也比较温暖。

阳性的一部分

与诗人不同，小说家也许天生就不能过于澄明和纯粹了，因为小说家总要有些烟火气。可惜现在的小说家烟火气太重了，常常发出刺鼻的气味。

问题是一旦进入诗性写作的范畴，小说的边界之内就要驻留诗人——他们一旦出现了，也一定是待在了阴郁的角落里。

在当代，这种真正意义上的诗性写作只嫌太少。我们的学术稍稍探进半个脑袋——探到这个并非充斥强光的幽暗的空间里，就会有另一种感受。当代学术大多数时候和阳性社会、物质主义搅在了一块儿，已经辨不出个体的区别，成了浑然一体，他们本身就成为阳性的一个组成部分。

成 见

一些人，一些作家，常被冠以“再发现”三个字。有时的确算是这样，有时却是被夸大，而不是被发现。人性里有喜欢故意反拨的一面，有逞强好胜的一面。但使性子对于学术来说仍然是没有什么意义的。

别林斯基曾经说过：经过了必要的时间之后，人人都将各归其位。一个人虽然经过了时间，但是不是“必要的时间”，还要打个问号。比如说后人出于各种原因附加的情绪，各种各样反拨的冲动，都要在时间里剔除才好。

有的作家在海外名声大得不得了，到台湾到香港，几乎只谈这一个，怎么也离不开这一个。为什么？因为大陆长时期不谈这个作家。这是文学史的偏颇，想不到回头引来的反拨力竟然如此巨大。这是人性的特点。反作用力和作用力是相等的，尽管这也多少有些彼此“使性子”的意味。

做学术是不能有成见的，阅读也不能。无论这成见的理由和基础是如何形成的，都需要放弃。

所谓“阅读之前放空自己”，就是不让心里装上任何成见。成见是做学问、做学术的害物。所以一些时候我们容易被莫名的好恶所左右，使自己得不到一个正常的印象和判断。

先放空自己再去阅读一个作家，那时觉得他有才华，他应该在文学史上占有一席地位，被我们认可和喜欢，这个就没有问题。不然就会不自觉地夸大某一种感受，影响持重的评价。比如某些著述，将曾经被埋没的现代作家给予了极为不同的肯定，认为不仅比鲁迅高，而且高得多了，是那个时期最具有超越意义的天才。怎么可能呢？作家的关怀力，作为人的激情，作品的深刻情感，文学含量，语言魅力，以及最终呈现的人格的力量，强烈的道德感，这些指标怎么能够忽略？这些指标即便退次一等，也并不妨碍成为一个好作家，但不可能是大师级的作家。

好的作家不一定都具备强烈的人道激情，比如他在语言方面给我们的强烈快感，他罗织的精妙的细节。他可以不去关心底层，可以沉浸在自己的趣味里。生活是五光十色的，作家可以表达这一切。

有些作家生前没能得到认可，人们不能认识他，他寂寂无名地离开了之后，才有人渐渐地发现他。比如有人九十年代就开始写性，写生活的荒诞，绝望和游戏，对主流话语的反讽，还有语言的机智，这些作品都好——但冷静想一想，其倾向仍然与时尚、与一个时期的精神潮流是一致的。所以从大的方面看，还是没有个人性的，是多少流于平庸的唱和者。

同样是写性，如果出现在文革时期就不得了。因为那个时候不允许描述情爱，戏剧中夫妻都不能同台。《沙家浜》中好不容易有个结了婚的阿庆嫂，男人阿庆还跑单帮去了，并没有登台。那个时期在性爱之类的表达方面，是一种畸形的苛刻和虚伪。如果在那个时候，有一类作家放肆一些——哪怕他是一个地下作家——会让我们多么感佩。这才是一种卓尔不群，一种对于人性经验的大幅度开拓。因为他有勇气反抗潮流，表现出了强大的个体力量。这就是艺术的力量。

可是我们看到的却正好相反：一个时尚风气和潮流的跟从者，看起来很有个性，其实是与时代趋向一致的。他与当时的艺术趣味是非常吻合的——有时候稍微快了半步，也就是快了半步，或者压根就没有快……我们对待泛滥的性爱、解构、嘲讽和玩世不恭这一类二十世纪以来的艺术老套，最好要有一种冷静的态度。

对一些作家作品出现的高评价，还要看来自哪里。是源于诗性的核心，还是趣味相投的意气与策略？是否有商业性的谋划？同一倾向的写作者研究者，对于一个相距遥远的、特别是已经逝去的作家，往往是相当慷慨的。这种种忘情和冲动，其实也是对自己热情肯定的一部分。我们很快就会发现，谈来谈去，不停地歌颂的某类作家和作品，大致上和谈论者自身的思维，还有趣味，是如出一辙的。他们不过是在强调自身的合理性。他们不会是这个时期最清醒的专业人士。

比如说在海内外得到极度推崇的某些观念，最重要最深沉的创作和研究人士，几乎没有盲目跟进的。这同时也说明：最明晰的思维往往是少数的，但是时间恰恰会站在少数一边。

通俗的品质

通俗文学的品质差异也很大。同样是通俗文学，国外那些赫赫有名、发行了千万册的作品，翻译到中国来，很多人看了不禁一愣，说这哪里是通俗文学——语言干净、生动、形象，思想似乎也并不浅直。

他们为什么误解？因为他们习惯了境内的通用标准。这个标准是由受众的文学素质决定的，像我们这些黄色、拙劣、低俗的所谓通俗作品，在另一个文明水准很高的族群里根本不可能大行其道。

可见不是人家的作品不通俗，而是真正的通俗文学就应该那样写，应该达到那样的水准。好的通俗文学也要求语言的简练和干净，要求在语言的平均数里做到最好，有一种明快利落感——像我们平时说的，“那两把刷子要好”。再就是，也要遵从人类的普世价值，不能公然倡导庸俗混世或诲淫诲盗。

在我们这里，不要说通俗文学，就是那些所谓的“纯文学”，语言已经极不讲究，甚至以拖泥带水和粗糙不堪为能事——有人竟然说“泥沙俱下也是伟大”。世界上一些著名的通俗作家，他们的写作态度是极其严谨的，有的作品甚至有宗教感、有神性、有雅文学才有的诗性因素。它们的确在思想、语言及各方面取得了最大公约数和平均值，编织出一个曲折的故事，让读者有一个舒服的结局，总之也是一个套路。这些作品中的人物就像理论家讲的，是类型化的，不具有生活中的无限复杂性——所以它仍然还是通俗文学。

境外的一些好的通俗文学作品，在我们这儿竟然被当做雅文学的代表去推崇，这多少有点讽刺的意味。可见比较之下，一些国家和地区的阅读水准就是高。

“产品”与“作品”

通俗文学需要尽量迁就和响应读者，这是无须质疑的，因为它是一种文化“产品”。我们常常感到不同地区通俗读物质量上的差异，惊叹异域某些同类作品的卓越——这是一个显豁的事实。

其实只要是动用了制造技术的“产品”，无论是物质方面还是文化方面，发展中国家往往就要落后一些。这是因为我们这里的商业市场形成既晚，远不够成熟；更主要的是，我们工业化的历史还嫌短暂。文化产品从本质上讲还是属于制造业，与技术化工业化程度有关。

与通俗文学相比较，也许我们的纯文学写作与世界其他国家的差异没有那么大，从某种意义上讲可能还自有其独特的地位。正因为它偏重于生命的冲动，创造个体不依赖制造的技术，而是一种灵魂之业。所以不同国家和地区尽管工业水准高低不同，也还是有得一比：你有你的痛苦，我有我的痛苦；你有西方的想象，我有东方的想象；你有骑马民族的那种勇猛，我有农耕国家的田园写意。

个体生命的心灵表达，不同的美学传统，许多时候是难以比较高下的。但是搬到了产品制作的流水线上，我们就要努力追赶和学习了。因为我们的文化产业化历史短暂，工艺熟练程度较低。比如说电影业，严格讲就是一种运用了艺术技法的文化“产品”，并不算严格的艺术“作品”——电影是导演、作家、演员、作曲家、摄影及美工师等综合完成的，并非一个人的独创，因而只能是众手合成的文化“产品”。一涉及“产品”，就要讲究制作工艺，讲究生产流程。我们的工艺水准比起西方好莱坞、比起欧洲，仍然是起步较晚的。

看一个国家的工业化程度，衡量其水准，不仅要看造出了多少卫星原子弹等等尖端奇能，不仅要看造出了什么万吨水压机和超级计算机，而主要应该从使用率和普及率更高的、基本的日用工业品来判断——比如签字笔、螺丝刀、抽屉滑轨、马桶软管之类——发达国家的产品经久耐用，可靠放心，可以经受长时间的考验；而发展中国家有可能举全国之力造出了卫星或发射了太空舱，却仍然没有能力让日常工业用品普遍合格。日常工业品的质量最能够体现一个国家的工业化程度。

工业化的评判与文学作品的评判几近相似：要看语言，看细节。

从这个意义上讲，我们的工业化、工艺水准仍然是比较低的。所以到了文化产品制造业，也就显出了自己的局限性。通俗文学如此，电影业也是如此。我们也许拥有比较好的导演——这很重要，因为电影是导演艺术——可是一部电影仍然不是导演独自解决的，这里还有剧本的问题。剧本对思想和人物故事等等有最大的规定性，特别是价值观的确立，这个要素解决不了，再有本事的导演也改变不了一部电影的平庸。

其次还有摄影、演员的问题。只有一拨把脸描得很亮的“明星”不行，他们还要具有真正不同的生命内容，要心中有书。比如演英雄，演大人物，对演员的要求就很高。只牢牢不忘把一个历史人物演成一个“好人”，这怎么行。演员没有学识，没有阅历，想演出一个相当量级的历史人物也不可能，他眼睛的重量就不够。

一个重要的历史人物无论有多少缺点，总有不凡的经历，出生入死，改变了江山的颜色，他的眼睛有重量，那目光如果有一吨重，我们的演员只有四两沉，这当然不可以。

除此之外还有好多其他问题。这些多到数不胜数的因素合在一起，由导演统领，把一个工艺流程走下来，最后的“产品”质量如何，那是很难说的。

而诗性写作全然不是如此，那是个体生命的创造，是独创的艺术“作品”，而不是艺术“产品”。它们二者有着本质的不同。

关注和不关注

有人对一些所谓的“文化热点”从不关心。这种不关心不是一种傲慢，而是因为思想和生命品质的不同，是这些造成的忽略。每个人的兴奋点有所不同，而这些不同最能说明人与人的差异。

在时下的数字时代，人人痛感时间和精力非常有限，比如一个知识人，会觉得有那么多急切要读的书供其选择。有时听说有些东西很重要，应该去看一看，但从今天推到明天，再推到后天，结果几年时间过去了，也不曾去看过几眼。

真的是时间问题吗？当然会有关系。但更大的关系，还是因为他对那些所谓的“重要”并不真正看重。凭一种直觉和常识，他知道那些众人关注的大热点大热闹可以暂时忽略，这并不会有什么太大的损失。

举一个例子，讲一讲人与人之间关注事物的不同。有人热衷于读康德，那种老式德语有多少人能读？即便翻译过来也并不好读。但是有人觉得太重要了，康德对于时下的中国太重要了——读康德并引起心灵的震颤，与之稍微地沟通和对话一次，对另一些庸常就更加不感兴趣了。

再比如说读普希金的《上尉的女儿》——普希金是以写诗著称的，

但有人直到今天再读这部中篇小说，那种感动还是不能平息。大师就是大师，伟大的天才真的是不可以重复。

有人一谈起文学就是托尔斯泰，就是鲁迅和苏东坡等人——能不能再谈一点让人眼前一亮、耳目一新的其他人？谈一点当代的、偏僻的，或者是古代的外国的，都可以。试一试，“恶习”难改。因为他们是那么大的天才人物，要超越这些人这些作品太难了——他们最有魅力，所以他们才最值得关注。他们对读者来说就是永久的热点。

可见关注什么，实在是非常大的事情。所以网上的一些争论，弄到家喻户晓了，有人还是压根儿不曾留意，这一点都不让人吃惊。

有人去参加公众场合的一些聚会，常常被最基本的一些“热点”给难住，什么众口相争、赫赫有名，他却基本上谈不出什么，因为从来没有注意过，更谈不上研究了。其他人总是不信，他们认为这是不可能的——他怎么可能不去关心这么重要的大事？其实他们就是不明白，人和人是不一样的，要允许不同的存在——在他看来，那些“热点”是非常不重要的，有的甚至是相当无趣和无聊的。

信息时代的人实在是太忙了，五六十岁的人，大事小事、公事私事，排来排去时间就没有了。处在这样年龄段的人，怎么可能步步紧跟时尚和热闹？如果真的跟上了，那倒是不正常了，有毛病了。

人的兴趣，比如阅读，是很神秘的。有时候人的判断力也是很神秘的，他仅仅是凭感觉冷落的东西，大多数时候也不会有多么重要。

古怪可爱的刺猬

刺猬是一种很奇怪的动物：浑身长满了尖刺，球起来不能碰，凶猛的动物也奈何不得，听说只有“化学武器”才能够对付它——比如黄鼠狼放出的臭气，会让它放弃自卫，束手就擒。

刺猬是那么小，猎豹、狗、浣熊，大量的凶猛动物，见到刺猬都要愁退。因为它团成一球，让它们无法下口。多次看到一只狗去对付刺猬，它用鼻子一拱，嘴一咬，就被扎了，又疼又气，头乱晃，哼哼唧唧跑了。

这里的老人讲，刺猬有一种很神奇的本领——动物不在大小，关键要看有没有奇能。刺猬身上有一种仙气，比如说它和蛇、龟这一类动物，在民间被认为是有灵气的。刺猬到一户人家的柴垛里居住，这家的柴垛就用不完。据说它暗地里不停地帮主人搬运柴草，使柴垛增值。

民间传说的几仙之一，就包括刺猬。

有人在野外小屋里睡觉，总听到窗外有人咳嗽，出去找，却没有人。后来经过了老人指点，这才知道是窗外的柴禾垛里有一只刺猬。大家可能以为刺猬不是猫和狗，不通人性。这也不对。有一个看油库的老人，院子里有个柴禾垛，他每天出来拍拍手，一个大刺猬就领着三个小刺猬出来了，与他玩得挺好，围着他转，让他抚摸。

还有人养过一只刺猬：把它放在大浴缸里，给它东西吃。别看它个头小，制造屎尿气味的能力却很强，顶得上一头小猪，一天不打扫整个屋子就满是邪味。他不想养它了，正要把它送到野外的时候，发现它死了——侧身躺在那儿，嘴长如猪，舌头伸出来一点……后来才发现它不过是在酣睡，睡姿可爱，似乎听得见鼾声。他动它一下，它扑棱爬起来了。

民间还有个说法：刺猬会土遁。土遁就是在地下遁行，就像《封神演义》里的土行孙一样。有人不信，就把它放在地上，用一个陶盆扣起来，上面再压一块很大的石头。谁想到第二天早晨起来，费力地把石头挪走，把盆子翻开，里边空空的什么都没有了。

刺猬和其他家养动物一样，性格十分鲜明。有一次几个人遇到一只大刺猬，它见了人慌得要命，给它牛奶和红肠都不吃。后来他们躲开，只把东西放在那儿——刺猬出来四下窥测，扬起鼻子嗅了嗅，觉得实在是安全了，才咯吱咯吱吃起红肠，又喝牛奶，享受着美味。还有一次逮住了一只不太大的刺猬，正揪着它的后蹄时，它就嗅到了红肠的香味，竟然挣着往前吃起来。比较起来，一只羞怯拘谨，一只大胆泼辣。它们聪明灵慧，沉默内秀，是非常可爱的一种动物。

万松浦书院的林子里有大量的刺猬，一到晚上它们就四处活动了，偶尔白天也出来。有的刺猬个头很大，团起来像足球，雪白雪白，一丝灰气都没有。

Tag

我们和它们

人和动物如果能好好地相处，益处无限。据研究称，一个做艰苦脑力劳动的人，如果有一只猫陪伴，疲累时抚摸它一下，也就是几分钟的时间，放松神经的效果可以抵得上户外体育锻炼两个多小时。这个讲法令人相信。猫的样子别致，俊美，还有点滑稽。它的鼻子那么精巧，妩媚的脸上竟然还有两撇胡子。狗有英武之气，与人交流的主动性更强。猫与人会意，狗与人响应。

不同生命之间的交流是至关重要的，是其他任何事情都不可取代的。人类在昏头昏脑的追求物质的庸碌中，有时觉得狗无所谓，猫无所谓，鸟无所谓，任何动物都无所谓。结果只剩下了人和人搅成一团的利害关系、争斗关系，常常弄到你死我活血流成河。想一想这种生活是不是有点可悲、有点恐惧？

大自然造物很是神秘。我们好像与狗没有共同语言，与小鸟更谈不出什么。但是要相信它们之间也有语言，与之相处久了以后，还会感觉它们和人类的情感模型是一样的。也就是说，人遇到什么事情会害羞，动物也差不多。它们和人一样，有痛苦，有莫名的烦躁。就连小鸟也会忧郁——现代科学研究发现，小鸟的确会忧郁。

它们和我们是极为不同的生命，就因为和我们置身于同一个星球上，面对了同一个大自然，所以就有了许多相同的情感方式。这是造物的奥秘。这些发现不是我们的一厢情愿，不是一己猜度，而是长期的经验和科学的发现。这些其实用不着列举，因为大家都有体会。

再说徐福

徐福就是替那个“千古一帝”秦始皇采长生不老药的人。由于他干了这样一件神秘的大事，也就出了大名。他这件事没有办好，或者说一开始就没有打谱好好办。史书上说他借这个机会逃到了海外，带走了秦国的好多好东西，从物品到人才，然后到大海深处的某个岛上——一般说是日本列岛——过起了逍遥的帝王生活。

关于这个神奇人物的故事，在民间不知经过了多少诠释。

他和许多历史人物不一样，一方面是中国的信史记载过，比如说《史记》里就有确凿的记述，虽然不是很多很详细。同时民间关于他的传说特别多。这就给研究者留下了很大的空间，也有相当的难度。不过这正是艺术创作的绝好材料。

围绕徐福有过一些作品，海外比国内可能还要多——但总起来看还不够多。涉及徐福和秦始皇的文字就更多了，因为这是个难以绕开的历史公案，也是毫无疑问的一个历史大传奇。

帝王不想死，日夜想着长生不老，想着成仙这种事情。他们只好求助于最不喜欢、最让他们疑虑重重的一些人，这些人就是齐国的方士们。这里的方士就是谈天外有天、炼丹成仙的人，与道家思想体系有渊源，但他们可能更重实践。也就是说，他们把道家的玄思玄想放手实验起来。

徐福这个人物太有意思了。因为这方面的文字写多了，有人会觉得重复——其实这个题材可以一直写下去，只嫌其少不嫌其多。不停地写一方土地，一片森林，一个海域，不但不是重复，而且是更为自信的挖掘和探究，这对于一个写作者十分重要。

在徐福这个人的研究方面，着迷者层出不穷。一般来说，中国和日本，一个是徐福的出生地和起航地，一个是落脚地和生存地。在这两地，对他的深刻迷恋都是相似的。中国时下有二十一个徐福研究协会，日本也有二十一个。由于徐福是由海岛链转道日本的，并且有过多次尝试，所以就在许多地方留下了痕迹，成了难以湮灭的历史，韩国香港台湾等国家和地区都有热衷于徐福研究的一些组织。

徐福作为一个特殊的历史人物，他的身上有一团迷雾。秦始皇是何等人物？聪明狡猾，霸气不用讲了，无论是文治还是武功都达到了令人惊奇的地步。他把中国的疆土往南扩得很大，统一了中华，车同轨书同文，统一度量衡。文化专制达到了极致，杀了无数知识分子，在咸阳坑儒，东巡到了半岛地区，又在琅琊台下杀了许多文化人。

而徐福竟然就是在焚书坑儒和琅琊台事件之后，接受了出海访仙的重任，率领五谷百工和三千童男童女，组成了一个浩浩荡荡的船队。这是多么了不起的一个大工程。能够摆脱秦始皇的残酷统治，挣脱帝王的强大磁性——权力是有磁性有吸附力的——这是何等了不起的一个壮举。

我们仅仅凭借个人经验去判断，就明白那是怎样的一场智慧和心力的较量。对徐福的研究，一度偏重于史料的挖掘，这当然十分重要；但是史料也就这么多，出土文物能够支持徐福研究的，国内不多，日本有一些。

文学写作者对于人性的好奇，与对那段历史的好奇紧密地结合在一起。这是大有可为的。从多年来的研究成果中，可以认为徐福在龙口湾、在万松浦书院这一带久久徘徊过。因为其中最重要的一说，是这里离他的出生地最近，而且离当年的起航港——东边的黄水河湾——只有几华里之遥。无论是龙口湾，还是港滦河口、黄河营一带，都是最好的航船停泊地。

徐福不是一般的方士，而应该是一个胸有丘壑的谋略家。他当然熟悉方士的一切奥秘，懂得炼丹术和航海术，但与这类方士大有不同的是，他内心里还是一个严格正统的儒家代表人物。外方内儒，这才是问题的关键。

也就是说，他或许应该是一个入世很深的、典型的中国传统知识分子。他带领的所谓的“五谷百工”、“三千童男童女”这一大批人中，到底是些什么面目什么身份？他的船上究竟还装了什么？

在焚书坑儒之后的黑暗大地上，他的这个船队所贮藏的奥秘太大了。

我们可以明白这个船队所载的，表面上看是“实用主义”者所需要的一切，就是说一切都是为了寻找仙人的必需设备；实际上却大有玄机。我们可以设想这些航船装满了被千古一帝所禁锢的思想和精神，装满了当时的各路精英。这才是徐福一行最伟大的意义。

非异人不写

我们阅读的作品，其中描述的人物有的平常，有的怪异。其实严格地讲，文学——所有的诗性写作，所写出的人物都必定是一些“异人”。平时看到的许多作品，大多在写庸常而不是异常。因为要写出“异人”之“常”和“常人”之“异”，是很难的。有时候我们觉得人都差不多，现实中的人即便有差异，也还是大致差不多，说到底都是平常人，都很庸俗也都很雅致，都向往文明也都粗鲁不堪。

我们常常忘记了人是被表面的相似所包裹的，如果深入理解，他们的差别是很大的，几乎每个人身上都有异质异态——文学的功能与力量，就是不断地发掘出“常人”之“异”。

杰出的作品，实际上是“非异人不写”。看一个作家的作品，如果平时平庸的文字看得太多，对那些庸常的描述就会习以为常，这时反而对诗人发掘的“常人”之“异”感到突兀不解。他会忘记人在特殊时刻的一些特殊表达。

把一些极致的、特殊的时刻抓住并逼真地再现，就是最深邃最生动的表达。当一个人拥有了这样的表达力和发现力的时候，那些庸常的评论者就觉得极不理解甚至不可容忍。所以他们就会搬出一套说辞，称之为“脸谱化的描写”。

“脸谱”是一种固定的类型，是夸张，而不是人性极处的生动。

平庸的读者分不清什么是“脸谱化”，不知道它与真正的生动传神的描述之间的根本区别。他们没有深入理解“异人”的能力。

熟悉的异人

举几个“异人”的例子。

一个著名大学毕业的朋友，在一个大机关工作。这个人学历较高，长得仪表堂堂，与人初见面时会板着脸，总之和大多数人都差不多。后来日子久了才会发现，这个人的冷静严肃都是努力掩饰而来的，他的内心其实很少有安宁的时候，热情得简直像一条狗——只有狗见了刚刚分别的朋友才那样激动，非要一下子扑上去不可。

这种突如其来的、不加掩饰的激动，一百个人里面连一个都没有。

有一次机关里让他搞一个会议材料，让他在部队的一个招待所里独自工作。他实在受不了，到了半夜还打电话让朋友去玩。有个朋友去了——那也是一个热情的人，两人一见面就高兴得又跳又蹦，从地上跳到了床上，结果把一张床都踏坏了。

如果不知道，还以为这两个人多年没见了，其实也就是两三天没见。不要小看这件事，因为这有些反常——一般的人是不会这样的，只有更单纯更特别的生命，比如狗才会这样。这不是“异人”吗？

有一次这个人跟一位正在走红的作家聊起文学，聊了一夜，觉得文学真是有意思。他是学哲学的，却在这个夜晚决定要转向文学。他跟那个作家谈文学专注极了，激动得两眼通红，头快要碰上对方了。他不让作家睡觉，缠着人家通宵达旦地讲。

那位作家是从东部半岛来的，结果被他特别巨大的热情给点燃了，几天加起来才睡了两三个小时的觉，夜晚基本上是没有睡过的。他们就坐在床上谈，时而在屋里走动，两手比比画画，口沫飞溅。

当然了，那个人后来并没有成为一个作家，因为写作的事情，实在不是一时的热情和一般的坚持就可以做成的。但这个人在开始的时候，在那几天里，是真实的向往和深刻的冲动。

这真是一个热情过人的家伙。他在其他方面非常正常，只是体内有着用不完的热情和激情——见了朋友又按又抱，不停地拍打，直到尽兴了才能稍稍停止下来。

这样的人在大机关里工作显然并不合适，结果大家都提拔了，学历比他低的人、工作时间比他晚的人，一个个都得到了重用。机关对他的评价是：人好，水平也高，就是……下面的评语是含糊的，因为他们对这样一个人既无法命名也无法理解。

他的家里人替他着急，催他进步，可他十分为难，不知道从哪里着手。他说套话很费力，刚说了几句文件上的话就绷不住了，就要露出原形。

不仅提拔不起来，就是继续留在大机关里也成问题，最后给分派到下面一个地方，安排了一个闲职。时间过去了几十年，有人再次见到他的时候，发现他也老多了，胖了。乍一见的时候他又要伸手来抱，可是这手伸出一半又赶紧缩了回去。他板起脸，说了一点平时的套话，但顶多过去五六分钟，那股热情又来了——两脚不停地活动，伸手一下按住了朋友的肩膀，摇晃、捏弄，使劲拍打起来。

这显然是一个“异人”，也是现实生活中一个活生生的熟人。

另一个是本地大学七七级的，也是哲学系的。这个人当年学外语，为了学得快，到了晚自习的时候就旁若无人地在教室的黑板上写单词，然后转过脸去嘟嘟哝哝背，背完再回头与黑板上的字母对照——错了就沮丧无比，对了，就像小猫一样伸头在黑板上蹭一下，幸福得眼睛都闭上了——这一切都是在大家的眼皮底下做的，似乎这教室里只有他一个人。

结果每到了夜晚，大家到教室里来，有一半也是为了看这道风景的。可是他自己竟然丝毫没有察觉，一直坚持这样“学习”下去。这又是一个熟悉的“异人”。

可见“异人”是处处存在的，而文学就是发现他们——发现“常人”身上的“异人”之处，或发现“异人”身上的“常人”之处。总之非“异人”不写，写出真正的“异人”来，才会是杰出的作品。

许多人只是强调写平常的生活，谓之“现实主义”。没有这样的主义，只有平庸的写作。他们不理解生活中的任何“异人”，也不承认正常的人还会呈现“异人”之处。

有一次一个朋友到某个地方去，住了一段时间总结说：这里为什么搞得好？主要是人员构成不凡，一共才十来个人，就有四个“异人”！然后他一一道出这些“异人”的名字，并指出“特异”之处。又说：某某单位为什么搞不好？一百多人啊，连一个“异人”都没有！

文学最终还是要写“异人”，要有识别他们的能力——“异人”是有的，有的表面一看就是，有的却是隐藏的、被世俗生活层层包裹的，暂时还没有暴露出来而已……

并非魔幻

一般人看了当代作品中某些“离奇”的描写，常常就要说一句:“魔幻现实主义”。因为这些年书上说得最多的就是这样的主义，所以一定要对号入座才好。

一个人的真实记忆如果太具体太深刻，写出来也许就会出人预料。比如在个人记忆中海边林子南边——离林子大概十几华里有一个小村子叫“西岚子”，那里发生的人和事就永远无法忘记。这个小村一共二十几户，都是从鲁南地区逃荒来的，他们在那儿驻扎下来，生儿育女，渐渐形成了一个小小的村落。

就在这个小村里，生活着一些很怪的人。其中有两个人可以和“魔幻现实主义”对号入座：一个叫金友的男子，他的乳头能喷射出乳汁。他跟人坐在一块儿玩，有时就故意将乳汁准确地射到某人脸上。这个金友还在，去年有人见过他，已经没有牙齿了。

还有一个女人，因为生肝病，被折磨得不想活了，就喝了乐果。乐果是一种剧毒农药。她为了坚决彻底地杀死自己，一口气喝了半瓶乐果。而且为了加剧它的毒性，还掺了一些火柴头——她想火柴一擦就着，药性肯定是暴烈的，就把一盒火柴的火药用指甲一点点刮在半瓶乐果里面喝下去了。结果一会儿药力发作，她一边呕吐一边满地打滚，最后昏死了过去。谁知她醒过来不仅没有死，还一天天好起来，原来的脸很黄很瘦，后来渐渐有了血色，肝病给治好了。

这个人一直活到八十多岁，去年的大年三十才病故。

生活当中有各种奇怪的事情，比想象的还要奇异许多。所以说到“异人”，我们自己看到的已经不少了，而不必满足于道听途说。

仍然是在那个西岚子村边，有一天来了一个推小车卖菜的胖子，叫卖之余突然高兴了，当众把路边一块大石头拿到膝上，手握半拳，大喝一声把它削断了。大家全惊住了，以为只有在小说和电影里才能看到这种奇人。

这个男人的家就在离书院西南方二十华里的一个村子中，那个村子就在河边。有人实在好奇，就打听到了他的家，相熟之后还讨要了一张照片：他正光着膀子砍石头，在石头断裂的那一瞬间留了影。他介绍了自己的经历，说以前有个师父，一直是教他这个，从十几岁教到四十几岁，还是不成。他差不多绝望了。有一天他上厕所去小解，正往外走的时候，突然感到身上有一种力量在鼓胀，那力量大得能砍断石头。他把腰带紧了紧，随手抓起了厕所旁的一块石头，“啪”一下就砍断了。

从此以后，他就具有了这种能力。

他说师父才是真正了不起的人：无论多高的墙或房子，只要感觉能蹦上去，身子一腾就上去了。他想跟师父学这个武艺，不太成功——他最后需要借助一根带子，它能甩多高，他就能跳多高，仅此而已。他说自己又不想偷东西，所以那门武艺没什么用处，于是不再练了，现在只砍石头了。

这都是近在眼前的“异人”。

对这些人的记忆是有意义的，会让我们理解人与生活的复杂性，打破我们思维的刻板与概念化。杰出的作品确实是“非异人不写”——它总是写出了“常人”之“异”和“异人”之“常”。现在我们想一下，无论是鲁迅、托尔斯泰还是雨果、陀斯妥耶夫斯基，或者是马尔克斯，他们作品中的人物个个都是“异人”。

他们写了大量的“异人”之“常”，所以有时并不让人觉得很唐突。但是仔细看，会看，就知道它们之所以那么有魅力，能够紧紧地黏住我们的目光，就是因为他一直在写的，全是真正的“异人”。聂赫留朵夫不是异人吗？这是一个异人！常人怎么能跟上一个堕落的女人去流放？这是一个贵族，那么高的身份，那么安逸的生活，却为这个女人痛苦不已，走掉了。但是由于托尔斯泰写出了“异人”之“常”，我们又觉得发生的一切都是可信的。

所以杰出的作品里没有常人，全是异人。他们擅于写“异人”之“常”。

当代文学里的“异人”太少，因为无论是发现“异人”还是描写“异人”，都需要非常的能力，需要笔力，需要对人性非同一般的理解力和洞察力，能够在人性最偏僻的角落里游走……

非异人不读

如果是一个大读者，他可能是“非异人不读”。

一部作品没有写出“异人”，就不会有太大的意思，不会是一部有魅力的作品。那些大诗人自己就是“异人”，他们当然非常理解“异人”。只有他们才能将一种意象在瞬间抓住。所以诗是“瞬间”，小说是“过程”。有人可能问到叙事诗——那不是“过程”吗？

那些呈现“过程”的诗，或者本质上并不是诗，或者是一些片段的连缀。这种连缀给人一种跳跃的“过程”感，严格来讲却不是一般意义上的“过程”。苛刻一点讲并不存在真正的叙事诗。

异人异见，往往像闪电一样划亮。

没有诗眼，就发现不了“异人”。有时候眼前站着一个“异人”，我们却会觉得平平常常，没有什么特别的。“异人”实际上很多，这里，现在，就有几个“异人”，可能我们完全不知道。

关于爱情

可以说，爱情无时不在无处不在，是一种最普遍的生命现象。关于爱情，不仅是文学的专利，而应该是许多事业的焦点和核心。爱情不光指、不完全指那些缠绵的故事，什么分离和团圆的故事，而是指所有的爱心和情意。它不光产生在异性之间，不光产生在人和人之间，还产生在人和植物、人和动物、人和土地、人和风景、人与天籁……之间。

有人说这样讲太空泛了，不具体。实际上只要是爱，使用的感情是一样具体的。心灵的这种细腻和热爱，对待异性的那种爱，在其他时候也是一样。爱是同质的，没有什么区别。那种温柔，拥抱，无比美好的企盼和思念，都是一样的。有时候看到一些令人沉醉的风景，恨不得与它融为一体，那种情感是很有深度的。

在情感特别丰富的人那儿，爱也是最多的。所以天才的人物爱也是最多的。但是这种爱更本质，更深刻，并非要表现为异性之间的欲望。

有人问一个有意思的、执拗的文化老人，问他与另一个文化老人的关系如何？因为他们处于同一个大时代，都是很重要的人物，曾有过许多交往。这个文化老人的回答很直接也很有趣，说：他这个人太有才华了，但是我不喜欢他。问者不太理解，再问，他就解释说：才大欲必大，那人有那么多老婆……我不喜欢。

文化老人的这段话里，其实是将“爱”与“欲”做了区分。这种区分是有必要的。那个被他指责的老人，“爱”不见得多，“欲”却很大。他的欲望是很具体的。

托尔斯泰也不是一个清心寡欲的、没有异性之爱的人。但他更深刻更广大的爱，却在一生的许多方面弥漫开来。他的整个文字传达的，他的行为，都可以体现出来。那是非常饱满和充盈的一场连一场的、不曾间断的大爱情。这个爱表现在异性之间，也表现在其他更多的方面。比如他对灿烂诗境的陶醉沉入——这些在字里行间不停地焕发和生长的东西就是爱。他的一生是对爱理解和实践的一生，是人类最高尚最美好的部分。

所有杰出的人物，都是最能爱的人，诗人就尤其如此。

场 态

不同的写作者面临的任务是不一样的，对有的人来说，写长篇小说并不算最沉重的任务，因为在单位时间里，任务最重的可能是写诗。小说的内核虽然是诗，但相对来说散文化的讲叙和描绘还是要放松一些——如果面对极其紧张的、高难度的那个瞬间，还可以把它稀释到绵长的文字里面。

写诗就是另一回事了，那是在长短句子间、在极有限的篇幅中完成的一次次艰难捕捉。那时如履薄冰，稍纵即逝。也可能因为这种紧张，有时会造成一些表达上的障碍。太重视，太爱，对每一个字的珍惜，像走在刀刃上一样，害怕割伤。这是特别的状态。

人在感觉生命最饱满，相对幸福和愉快的时候才写诗。没有各种世俗的烦腻来打扰，才愿意写诗。有人说“愤怒出诗人”，可是对另一些人来说，愤怒生气的时候不光不能写诗，连小说也不能写。这里的“愤怒”当然是指人的情感饱满，而不是指生气。

幸福的时刻写出来的诗，却不一定是令人愉快的。可能幸福的时刻也适合回忆痛苦，描写阴郁，这都有可能。但必须是个人生命状态很饱满的时刻，让写作和抒发化为一次最大的享受——同时又是一次最大的考验。

一些不适合写诗的时段，就退而求其次，比如写小说和散文。但这也是另一种写诗的方法。包括一些文论、一些演讲，都是在写诗。写作者一旦离开了那种氛围——场态——就没法进行这种精神劳作。写作者必须在一种“场态”里。

有的演讲者从来不写讲稿，不要提纲——那会是一种损害，因为它会破坏“场态”。“场态”在时间里生成，时间换掉了，移动了，“场态”也就改变了。

“场态”这个概念不是写作学中使用的，但它包含了什么内容，究竟是什么意思，我们是可以感受和领悟的。

无趣的现代

文学进入工业化社会之后，城市化进程加快了，走得越来越远之后，才产生了所谓的城市作家。这是一些专门描写都市生活的人。这种人在过去是不存在的，因为人人都是田野大地上产生的，生活环境就在那里。所以古今中外的文学，最主要的还是表达人和自然的关系、人在这种生命大背景下的各种故事。

古希腊史诗，中国少数民族的史诗，都大致是这样。其中关于自然风貌的描述、一些惊心动魄的人与自然的场景，构成了最重要的部分。这是伟大的文学传统。

如果说仅仅是描述闹市故事、现代技术下的特异生存，也可以成为成功的、动人篇章的话，那也只是一个很小的支脉、一个很短的阶段。经典的气质不是如此。

整个文学现代主义的过程，跟工业技术现代化的过程是同步的。人越来越摆脱大自然的束缚，最终却发现仍然难以摆脱大自然的掌心。现代主义文学也会有这样的觉悟。人的文学表达越来越向内收缩，写尽了人的变态和心理曲折，基本上没有了大自然的描述，没有了这种物理空间。文学的品质发生了变异。

现代科技在发现的同时也在遮蔽，变得更为狭促和浅薄。人类对于自然，神灵，对头顶上那片星空的敬畏，已经在淡漠。这真是一种大不幸。

在当代，一些杰出的现代主义作家其实是有这样的觉悟的，他们仰望的时刻仍然很多。他们的目光不会一直局限在现世的庸碌中，更不会仅仅停留在冷漠的荧屏上。只有心智未开、初见世面的写作者才会追赶时尚，一头扎到所谓的“现代”里，浑身散发出塑料和化纤的气味。

现代文学给人的整体印象，就是变得小巧而又琐碎。这总的看还是比较无趣的。

文学的火鸡

人类在现代的诸多探索，很像外国人讲的一个笑话：感恩节要吃火鸡，有一户人家提前买来一只肥肥的火鸡。它第一天熟悉了环境，第二天又搞明白了这个家庭的其他一些事情，第三天又有进步，第五六天基本上全搞明白了——可惜不久感恩节到了，它也就给杀掉了。

我们人类在这个星球上很像这只可怜的火鸡。我们一天天探究上帝的奥秘，一天比一天懂得更多。什么数学物理，现代科技，从加速度到相对论，全都搞明白了，还想探索外星——只可惜“感恩节”也逼近了，这个我们没有搞明白。

随着时间的推演，人类搞明白的东西越来越多，可是最为重要的、让人敬畏的、不可超越的大觉悟反而会离我们越来越远。人类对现代科学，对心理，对变异，对精神疗法，对这些奇巧和奥秘确实搞懂了不少，但“感恩节”的问题，即对于那只火鸡来说最致命的大问题，我们还没有搞懂。

文学的方向也是如此，要关心更大和更根本的东西，不要做一只文学的火鸡。要不停地寻问和探究从哪里来到哪里去的终极问题——让这个追问应该统领和弥漫于一切的文字和细节之中。

十九世纪前后的文学家，比起现代作家更接近于那种思索和追寻。他们看起来很固执甚至很笨拙，知道一座楼房无论怎么漂亮，城市无论怎么繁华，毁掉是很容易的，有时只不过是转眼之间。世界不会因为多盖了一座高楼、多了一些酒吧——什么“极地酒吧”、“黑松林酒馆”这些五花八门的名字，再弄些女人跳舞男人吹萨克斯，就会有了格外的安全感。相反，这样会更不安全。总而言之这还是火鸡的快乐。

人类对于命运的大限，对于自然的敬畏，要在心底，在眼中。信仰就是这样产生的。

这当然不仅仅是一个文学问题。现在说的是文学的舍本逐末，包括那些现实主义作品，罕有作家在探讨人类和宇宙的根本问题：我是谁？我从哪里来？我到哪里去？

作家如果总是陷入日常生活，就会缺少一种“疏离的神情”。

2009

康德的鞋子

康德对于中国现代人或许是最遥远、最陌生的了。不是他的名字我们不熟悉，文化人还是知道康德的。但是他的思维方式，他关心的方向，他的强大理性，他的推演和实证，跟东方的感性思维相去甚远，以至于在这个物质主义时代里，让我们十分生疏和不解。

我们读康德读不懂——有的地方懂一点，有的地方怎么也不懂。但是渐渐会有一个强烈的感受：此刻我们太需要康德了。在一个极其实用主义的社会，一个缺少理性的族群，一个走入物质热病的时代，就特别需要、尤其需要康德。

实用主义的毒素已经侵入到我们的骨髓里了。有人说，这里的人不是没有理性，而是“实用理性”。“实用”跟“理性”结合在一起，想一想都让人迷惑。它们给硬捏到了一块儿，让人生疑。“实用”和“理性”在多大程度上、在怎样的情形上对立，我们不知道。我们太多“实用”了，我们唯独缺少“理性”。

我们特别需要康德，无论读得懂还是读不懂，都应该努力拥有。这是对东方智慧的补充？或许是吧。中国人对康德应该有热情，应该爱他。

这个不足一米六的人，一辈子没有走出那个小城，却在思考最广大最永恒的东西。有人几次请他到大城市去生活，他从来不为所动。康德一定要在边缘之地，思考中心的问题。这个小城现在属于俄国，改名叫加里宁格勒，是离俄国很远的一块飞地。

人的兴趣很不一样。前几天北京搞一个欧洲展，这边有一个人听到消息一定要去。别人问他为什么要放下手里的工作，路途遥遥地赶去？他说这个展览上有康德的一双鞋子——我要看看康德的鞋子，看了就回来。

我们不知怎么对这个人肃然起敬了。他一定是读了康德的好多东西，不然的话不会为一双旧鞋子这样奔波。他相信这双鞋子里装了伟大人物的信息，他一定要亲眼去看一下，感受一下。

他回来以后有人问看到没有？他说看到了，是一双皮靴，大约合三十八码或四十码——因为有玻璃罩着，没法度量。

不足一米六的人，在人高马大的民族里算是矮小了。可是矮小的人却有大能量。这双鞋子对于他来说，已经不算小了。

他回来后心安了，真是不虚此行。他看到了康德的鞋子。

· 第四讲 ·

诗笔记

读到一些“诗笔记”，就是用诗的形式做的日记和笔记——这样有个好处，作者每到一地，只用很少的文字就可以做一些记录，而且这些记录可以超出具体的事物，留下更多的回忆和联想空间——只在一瞬间，那些复杂的感触就被作者捕捉到了，并用诗的形式记录下来。当然这些诗句可能还需要在后来不断地打磨才好。

因为是诗，所以其中更具体的思维指向、一些溢出理性边界的意绪，也许只有作者本人才能知道，可能这也是他无法用更清晰的语言去表达的那些部分吧。很久以后，当他看到这些长长短短的句子时，会通过并超越那个特定的对象和场景，联想起许多许多。而如果是过于具体翔实的记录反倒没有了这样的效果，那时的记录更确切也更局限了。

“诗笔记”是写作者以一种记录的心态完成的，这与一般情形下的创作心态还是有些区别。一些著名的诗篇其实都可以看成是“诗笔记”——当年的李白杜甫，还有陶渊明的部分诗作，就给人这样的感觉。“诗日记”“诗笔记”，那么质朴自然真挚，原生性极强，是真正的有感而发、源于内心的冲动。而一般意义上的笔记和日记，则属于散文范畴的文字，那又是另一种效果和功能了。

这些记录中到底有什么，冲动和兴致，感悟和灵慧，更有超越的想象和烂漫，都囊括在这些诗行中了。比如写一次远行、一个经历的事件，用一则短小的札记也可以完成，但是它记叙的边界大致非常清楚，这期间的所见所闻所思尽可能地被写下来，都是通常的做法。而一首诗却是思绪飞扬的，或许还有特别的晦涩和内敛，余下的空间也就更大了。这会让人在将来回忆整个过程的时候，除了记起事件本身之外，还有与之相关的一切气息和色调。诗有一种无限的辐射力，这是超出散文的方面。

比如现在读一首诗，它是记录一次国际会议的——其中写的是会议上的情景，但却写到了与这个会议似乎毫无关系的一只兔子，写到了兔子耳朵上的毛发，有“毛茸茸的会议”之类——这是一种怎样的感受？为什么说一个会议是毛茸茸的？像一个动物吗？又是什么引起了他的这种触摸感？它的温度、色彩，气息，似乎都远远超出了一次严肃的、我们大家都知道的那种会议的程式。关于这次会议，他人无法知道更多的具体事项，但是其他的什么东西，倒好像被作者这首小诗捕捉到了并转达出来。也许对一次会议花上几万字的描述，都不能囊括这首小诗的另一种复杂性，以及话外有话的奇特意绪。

诗笔记的简单与繁复，更在于它的不可重复性和极端个人性。一首诗只有十数行，百余字，记录下的东西却会更多更繁。它甚至包括了很多细节，这些细节都留给了另一个时空里的想象。

诗是瞬间的闪烁。一瞬间出现的意象、领悟，让人当即记录下来。散文化的笔记让人回到具体和现实本身，持笔者更多地让理性陪伴，那将是另一种文字了。上面说到的那首诗中除了“兔子”，还有几处用了“俺”字——它也许是当时涌到作者脑际的另一个意象。在欧洲的那个环境中，眼前的面孔有些陌生，整个的文化土壤给抽掉以后，作者强烈地意识到自己的东方身份。“俺”字是东部方言，在这里身份感也就变得强烈了，它不仅强调自己是一个东方面孔，而且还处于东方的边缘——使人联想到相对于西方文化的边缘……这些当然都不是理性的推演，而只是一瞬间的感性笼罩，它远远地大于理性。

当然，更高的理性并不排斥诗性。感性和理性运作的过程有些神秘，许多时候是不可以拆解也不可以分析的。

一辆精神之车

万松浦书院有许多照片，中国的外国的，当代的和逝去的；泰斗级的人物，或者平凡而亲切的各界朋友。但是整个大院里的人物雕塑只有一个，就是鲁迅先生。大厅里的人物肖像都是中国的贤人君子和学问家，算是主题鲜明。登堂入室以后，就知道这里要继承什么了。肖像中既有学术人物，也有诗人。书院把浪漫的想象和缜密的学术紧密结合，视为一体。

现在的大学过于注重知识的传授，而中国古代就未必了。孔子就是道德和学问的结合，没有这种结合，严格讲就没有学问。但是学问作为一种形式和传递工具，让道德存在下去。道德运行于学问之中，学问又为道德所牵引。这儿有孔子、孟子、荀子等，还有屈原，李白，杜甫。这可以看出书院是怎么看待诗性的浪漫，怎么看待创作和学术的——它们应该结为一体。可能没有一种纯粹的学术不是诗，也没有一种诗不包含着深刻的学术，很高的感性和理性总是相亲和的。

一开始有人说书院只需挂孔孟这一类圣贤，怎么还挂了诗人？这就是我们理解感性和理性的关系，这就是学问的总体。很高的感性笼罩了一切学问，可以无数次地诠释而不显得匮乏；而深邃的理性总是闪烁着诗性之光。

当我们阅读孔孟的时候，觉得这些道德文章情感丰沛，总是被弥漫其中的强大诗性击中。没有诗性的学问是干瘪、枯燥甚至是虚假的。只有让学问在感性的氧气里自由呼吸，学问才是活的，才能够不断生长。

在鲁迅先生的注视之下，人们会想到置身现代社会所需要的挑战性和批判性，会向往一种深沉的理性。书院不是一处文学院，它应该顽强地继承中国古代书院的那些传统。有人讲了过多的“扬弃中的继承”，其实时下只需要多讲继承，继承是第一位的。中国著名的书院有多么好的气息，它们的精神支持了一个民族。它们至今还拥有强大的感召力。说到扬弃，那暂时还不是一般人所能做的，大概得好好想一想再做。

至于继承中的发展，当是做现代书院的必须，不论愿意还是不愿意，肯定都要发展变化，因为此刻立足于当代，必然要面临很多最新的问题，这是古人不曾遇到也不曾解决的。比如说数字时代的来临、全球化，古人没有遇到；一个民族的物质主义和全球金融经济的结合，古人也没有遇到。这些新问题逼迫我们不得不作以回答和应对，这个过程肯定要伴随了新的探索。

但是现代书院还是紧紧拴在中国传统书院的这驾马车上，这是一辆精神之车。一旦断掉了精神之绠，书院很可能就是即兴和冲动的，是极其无聊的场所。现代书院必须是一个稳重的、深沉的、思索的地场，是判断和追索的所在。对于古代圣贤，应该敬畏在先。

谈到书院的成长，缓慢一些不要紧，这不是什么可怕的事。总是追求速度，追求虚荣，必会彻底毁掉我们。书院到现在十年了，似乎没有做过什么惊天动地的事情，它只是在不停地做下去。这里没有好大喜功，没有那些声名显赫的大活动，起码没有轰轰隆隆，动辄天上悬起了气球，露天歌台通宵大唱，烟花爆竹噼啪不断。这里不接待“闻人”，只默默地务实做事。它的耐力和韧性有多长，中气有多足，继承中国传统文化的雄心有多么大，出发点和落脚点有多么纯粹，却是需要时刻注意、需要时间去检验和鉴别的。

默默地做，稳稳地做，深沉地做，守住这种品质，这才是最为重要的。就这样，一点点接近着现代书院之道。

清　寂

世上许多的事情，一味追求速度就会做坏。我们的脑力跟速度是相匹配的，时间没有给予那么大的智慧，也就不该有那么大的速度。做事情不能靠几个聪明的头脑，靠一时冲动或豪情大发，靠灵感一闪就成了。大事情需要大时间。我们历史上犯的一些错误，有的就是因为大事情交给了小时间，结果只能做糟。大智慧的形成，绝不是短时间内可以完成的，也不是一个天才的头脑灵机一动就可以解决的——当然也不是众多的头脑简单相加的结果。

说到个体和群体的关系，我们有时候把物理能量和心智能量混为一谈，觉得既然一万个人可以在一天里完成那么大的劳动量，那么一万个人的思想在一天里的积累肯定也是不得了的。但事实上往往相反。因为物理能量的累积和叠加，绝不等同于思想和精神的能量。思想力许多时候靠个人，靠个体，靠他们在寂寞的时间里、灵慧的时刻里去逐步形成。

一个伟大人物的思想力是难以预料的。

书院必须有耐心把自己放到时间里去，在时间里走入冷静和接受孤独。必须孤独，必须清寂。光寂寞还不够，还得清寂。浑浊的寂寞也有，一堆混乱而没有头脑的人凑在一个地方寂寞，那就更糟。没有清寂的时间相加相叠，就没有万松浦书院的现在和未来。有信心守住“清寂”，才能做些事情，才能健康地存在，才会有一点价值和意义。

“和蔼”与“安静”

在今天，我们也许不必一味追求和展示尖音、发出尖音。许多尖音是可疑的。尖音有时候会传达远方，而传播得越远也就越是引人注意。但这并不是我们的初衷。所以这里的大门书写了四个字：“和蔼”、“安静”。为什么要和蔼？和蔼表明我们面对学术论争的那种安定和从容，讨论问题的态度和心绪；安静就是力戒浮躁，保持一种清寂的环境。这既是一种主观的追求，同时也是现实的需要。如果来了一些人和我们讨论问题，动不动就吵架，一切也就无从谈起。如果整个环境搞得很喧哗很浮躁，不得安稳，也很难拆解思绪的纠缠。所以在这个时代里，和蔼和安静并不易做，但它的确非常重要。

剧烈的批判和反抗就蕴含在和蔼与安静之中。如果能有这样的蕴含力，力量肯定是很大的。安静与和蔼者也会是更为激烈者。仅仅是尖叫，是表演欲，是闹动静，虚荣的东西就会乘虚而入。个人做学问如此做事业如此，一个单位如一个书院一个机构，也是如此。

这些深沉下来的道理古人很懂，但是当代的欲望社会中，人的屁股都是很热的，结果自己把自己烧坏了。现在必须强调价值观，包括追求的格调、操守、准则。也许这一切在今天的书院里还没有全部清晰严整，但它一定会逐步形成并深入人心。也许这样的环境离我们的要求还差十万八千里，但我们追求的精神却会通过行动、语言文字，默默无察地扩大和感染。有价值的东西必要保留下来。

在隔壁猛烈地敲打

不应该把当代诗歌与整个当代文学对立起来评价，因为文学总是呈现自然而然的一致性。看到不少分析，它们将当代诗歌与叙事文学分割拆解开来判断——一方面多么好，另一方面多么糟。这其实不太可能。当代文学是同一个躯体，它的某个侧肢即便有些不同，也不会有太大的或根本的差异。更何况整个的诗性写作在本质上是一样的，不同的只是侧肢之别。

在纯粹的文学把握之外，将诗当成一个特别的门类独立出来，这不可能。而在纯文学的浑然一体中，将诗看作它的核心，倒是一种更贴切的理解。诗的品质决定了纯文学的品质，如果它的品质是好的，整个纯文学的品质就是好的。反之也是一个道理。

“就诗论诗”地看待中国当代诗歌，也许是专门的诗评家的事情，但这里仍然需要更开阔的视野。一个时期的诗歌风向、内在特质，一定与这个时代的其他方面紧密相关——物质主义时代的一切挑战，还有文学做出的回应，都留在字里行间了，会有磨擦不去的痕迹存留下来。在整个当代文学中，只看诗歌所抵达的高度、它作为一个坚实的内核怎样缓缓地移动，是至关重要的事情。所以我们常常把诗歌和小说之类做统一观，在两者之间穿行，一边比较和把握整个的文学风貌，它的倾向。

由于诗更少一些市场属性，没有那么强的功利性，所以乍一看它比小说要纯粹许多——这只是初步的打量，是表面的特征。它们内在的一致性才是主要的。从表达的形式上看区别当然明显：一个是过程，一个是片段。但是作为雅文学的小说的“过程”，却并不一定是线性的，它仍然是一些片段的连缀——通常将线性埋藏和压缩了，只突出了一些片段。但是诗却完全不需要线性的表达。

有人认为诗作为一种文学形式已经不能囊括现代生活的复杂感知，不足以用来把握现代生活了，所以它的衰落和凋亡也是必然的——现代主义的文学表达必然要走向小说，因为小说的边界经过了无限扩大，诗性已经足够了。除此以外，小说还有好多别的东西，有巨大的包容力，这是诗所不具备的。

对这样的道理，从根本上讲是不能赞同的。因为小说无论怎样具有诗性，其叙事的属性和品质仍然不能取代诗人的吟唱。某些更纯粹的感悟、完全不可以用一般语言形式去言说的境界，以及微妙的思绪，只有诗句才能够完成和抵达。

这个时代如果没有玄思的、极致化的诗，没有诗性写作在前面引领，文字的世界就将是板结的荒漠，会变得庸俗不堪——整个文学之车既走不远又走不快，还要深陷于现世主义的泥淖之中。所以诗的更大意义已经远远超出了诗本身。

由于诗完全隐在了阴郁的空间里，不接受阳性世界的诠释和传导，它自己已经做出了世俗层面的巨大牺牲。从另一个意义上说，没有阳光的投射，它也会丧失某种东西，这种东西可能是光合作用下生成的一些元素和能量——这是一个悖论。诗在做出牺牲，而它牺牲掉的东西有时候也可能是致命的。但正是因为这样，它对于整个文学的发展才起到了酵母的作用，有巨大的催发作用。

现在的文学写作面临的主要问题不是读者的多寡，而是其他。比如诗性的折损，比如缺乏与宇宙对话、向广漠世界叩问的能力。这样久而久之，文学那种潜在的巨大能量就会丧失。

而诗人似乎不可能彻底背离自己的神性，这与叙事文学作者好像是不同的。如果没有当代诗人在那儿强烈地叩问，在隔壁猛烈地敲打，小说家这边肯定还在沉睡。所以从这个意义上讲，小说家应该睁大眼睛，在坐起来倾听之余，感激那些不停地敲打的人。

可惜纯粹的诗人仍然不像想象的那么多，他们当中的模仿者太多，而拥有个人语调的又太少。

民族和个人的语调

现在如果停止了诗的写作，那大半是个人的原因：丧失了诗的表述能力，有了莫名的障碍。另一方面也因为对新诗的怀疑——苦于找不到自己的形式，不愿沿袭翻译诗的语调。这个语调是蛮可怕的，这已经是一个公众语调、集体语调。什么时候才能逃脱集体语调和时代语调，这其实是小说家和诗人面临的共同任务。

一个年轻的天才诗人，曾经把个人的生命经验很好地囊括和容纳进来。但不幸的是他年纪轻轻的时候就结束了——这和兰波还不一样，兰波的民族性非常强，尽管突然中止了写作，也还是极大成功的地域诗人。还有，在他来说，诗的技巧与诗人的生命是合一的，他把整个青春都用来寻找绝对的诗的语言，感官放纵成为他打通诗艺道路的手段。而我们可爱的天才还没有来得及找到个人的语调、民族的语调，而更多的是翻译的投影时，就走掉了。所以这是一个不幸的、走在路上的天才——他没有完成自己，而只是显示出巨大的可能性。

所以这是时代的、整整一代人的悲剧，而不是某一个人的悲剧。悲剧是双重的：一是年轻天才的早夭；再就是寻找个人语调的队伍还没有出发，最优秀者已经离去了，不是脱队，而是彻底消失。天才诗人如果活得更久一点，个人的艺术经验与生活阅历一起增加，就会不自觉地把个人的生命特质更多地融入诗篇之中。他或许会等到大觉悟大创造来临的那一刻。

个体的觉悟很重要，但有时候也极需要几个人形成的“小群体”，这会像尖刀班一样往前冲刺。谦虚的人会觉得自己志向很高能力却很差，那么这样的人最适合加入积极探索的群体。寻找自己的语调，这需要多大的天赋和才分。

有时候看别人写作有那么多缺憾，但是看花容易作花难，每克服一点点障碍都需要耗费一吨的汗水。站在那里说出一句有模有样的话很容易，要自己做出实绩来就难了。比如新诗很可能还有遥远的路要走，比预想的要遥远得多。平时，因为我们的小说烟火气太重，于是就转而赞扬诗，这是建立在一种特别的心情和感受之上的缘故。在物质主义时代，诗的大方向是对的，而小说的大方向可能就不太对，当然这不过是大致的感觉。

其实诗的语调是最难的。一首诗，如果捂住作者的名字，说是外国人写的也完全可以。一会儿是阿赫玛托娃、什么斯基，一会是艾略特聂鲁达——更新的现代诗人就更多了。感觉差不多都是这样，互相反射投影，类似的词汇组合，语调的借用——谁聪明一点组合得就好一点，夹杂上多多少少的个人感触；如果再聪明一点，再把个人的生命体验放上一点，那就是一首像模像样的现代诗了。谁认为这样的作品仍然不满意，那就亲手作一下试试看。这真是最难的事。

真正的诗要找到民族的和个人的语调，还要完全从自身的生命体验出发。

好的叙事作品与诗当然只能是同一个道理。不过它们二者当中好像隔了一道墙——那些有影响的小说传播较远，因为它更世俗，它在阳性的世界里如鱼得水，存活，迁就，妥协，然后传播。它们很难听到隔壁的敲击声，墙是很厚的。

发现他的急遽和狂热

看待作家与作品，有两种情况很容易使评价标准受到影响：一种是进入读者视野的作家和作品是新的，带有很新的元素，所以也就格外令人耳目一新，留下很深的印象；再就是更早的时候接受的激动才更难忘怀。比较年轻的生命对一切都有新鲜感，而且看任何事物都会放大——在我们童年的遥远的记忆里，到哪里去玩，看见一棵树、跨过的一道门槛、院墙、楼房，这一切在回忆中都觉得很大——但是以后长大了再去看，那里的一切不过尔尔，远不像记忆中那么大那么高那么雄伟。这是因为一个新鲜的生命，他对客观世界的新奇感，会无形中放大眼中的事物。

每个人都会有这样的感受，过去的记忆更深刻更难忘，而随着阅历的增长，那些深刻的记忆就会不停地被强调和被放大。因为随着年龄的增加，看到的现实事物越来越多，渐渐也就疲沓了繁琐了——这时只有过去的记忆是簇新的，它们会时不时地泛上来，独立突出在一切的当下感知之上。

一部作品如果深深地感动了我们，往往会具有开拓的意义。这个开拓是双重的，一是对当代文学经验的拓宽，再就是对作家本人写作内容的拓宽。读者和研究者会记住这些——作为恒久不变的一些文学指标，可能就是这样逐步形成的。

任何人经常阅读同一个作家，又不能拉开审视的距离，也许就会产生疲惫感。即便这个作家是多么的千变万化，长出了三头六臂，也难以克服某些气息的相似性。因为这毕竟是同一个生命的产物，而且越是杰出的作家越是在“重复”，在主题人物地域空间诸方面，一再地“重复”。这种“重复”如果不进入十分仔细的、诗性的阅读深度，将是很难理解的，也很难获得快感。所以越是阅读一些拥有持久探索力和坚持力的作家，对阅读者的挑战也就越大。实际上如果退远一点，用一种遥视的目光，就会更超脱地去打量这个作家和作品，发现他的急遽和狂热，他作为一个生命的不可停止的燃烧——这其中的变化不是太少，而实在是太大了。

有的作家在经过了长久的跋涉之后，其作品无论就文学和思想含量还是其他许多方面，都达到了自己的最高点，但给读者的触动却不一定更大——因为读者背负着过去的印象和感触太多，昨日的激动会抵消和妨碍今天的接受。作为读者，这就需要换上一副敏锐的“生眼”，重新焕发自己的艺术遥感力。

大劳动者

国外一些作家尽管译过来的东西不是特别多，在本地也不算特别高产的作家，但总量还是出乎我们的预料。长期以来我们受“一本书主义”的影响，认为写一部差不多的作品就足够了。一般三五百万字也就是很高产了，多了既无必要也不可能——人的一生用来折腾的时间远远超出劳动的时间，这是通常的现象。

一个在创作上没有过多间断的作家，有相对连续的表达的作家，在我们这里是不多的。我们的社会变动太大，也还有其他方面的原因，所以一个生命很难留下绵长的完整的记录。这是一片土地的不幸，也是一个写作者的不幸。我们东方，跟那些文学的大劳动者还有一道不可跨越的鸿沟。

大的文学劳动者有点不可思议。比如说某个革命者兼作家，只活了四十一二岁，一生都在流放和暴动中度过，几乎没有多少时间用来写作，可也还是留下了整整一大排著作。还有类似的人物，不过活了五十多一点，写作的数量更是惊人：两千多万字。英国的狄更斯只活了五十八岁，翻译过来的作品折合汉字就达一千多万。

那些杰出的生命所拥有的巨大创造力，不是一般人能够理解的。

他们怎样运用时间、焕发和释放出这么大的能量，我们无法知道。

我们这里有一种权威的老生常谈：写得少才能写得精，所谓“厚积薄发”。我们总是不断地听到行家里手的殷殷规劝：少写一些罢，赶紧体验生活，到生活当中去。

好像我们永远缺少的都是“生活”，那就去找吧，可能越找越糟。哪里不是生活？到处都是生活。说到“第一线”、“前沿”，每个人或每部作品都有不同的“前沿”，它确实是在不断变化中的。

生命个体千差万别，可以少而精，也可以少而坏，可以多而好，也可以多而糟，在选择上实在不必非此即彼。“少而精”尤其不应该成为生命力贫弱和创造力枯竭的借口。

生命的神秘性和诗的神秘性是一致的。那些生命力特别强悍的人，无论长与短，都是一条汹涌澎湃的河流。鲁迅讲从血管里流出来的都是血，水管里流出来的都是水——没有办法，有的作者就意味着创造和生长，意味着吐放不尽的才华，意味着剧烈的燃烧。

写得少才写得好？这是一个神话。天才的身后永远有一团火光在追逐，他怎么会停得下来？

神秘的东西

要遥感一个作家的全部写作，客观地不带成见地排除一切虚幻的印象，面对整个生命信息的包容、技艺和阅历磨损了的激情、某一方面达成的平衡和妥协……有时候平衡是完美的，到了一定年纪，有了思想阅历和见识，可以非常均衡地使用表达力——但这时作品里最神秘的东西也会消失——那种特殊的、一旦触动灵魂就让人念念不忘的某种东西——它是感动力，又不仅仅是。

杰出的作品许多时候是感人的，但又并不完全如此。感动力是重要的指标，但却不是唯一的指标。不让人感动的作品同样可以伟大。有些现代主义作品并不让人感动，却有让人尊敬的疯狂的激情，可以对另一个生命产生奇特的震撼或其他种种效果。作品对于人性、人生经验的某个方面的延伸和扩大，都是重要的指标。还有一些作品吸引我们，让人念念不忘的是里面的一些情愫、一些感慨、一些特殊的情怀，它能唤起生命体验里的美和崇高，留恋和沮丧等种种情绪，让人产生深刻的思悟和喟叹等等。可见杰出的文学作品不单单是用来感动人的。

有的作品感动得让人哭出来，但哭过也就哭过了，哭过以后还要回到复杂的诗性把握上来。文学作品不光是为了赚人眼泪，如果那样也就简单了许多。

真正深入的文学判断不能过分迁就街上的声音，实际上与之稍有妥协，诗学也就取消。真正意义上的文学史一定是个人的，因为对诗的判断一定是个人的，如果有一个编写集体，主导者也必须是一个人，并且要把他强大的个人性贯彻到底。

更凝重的深棕色

谈谈托马斯·曼。这是一个了不起的文学标本。

他二十多岁就写了《布登勃洛克一家》(上下卷)，是一部难以逾越的家族小说，成为后来的家族小说写作的必读书。这部小说创造了难忘的华丽和完美。对于一个二十多岁的人来说，上帝太眷顾他了，给了他那么强的感悟力和表达力，对于人生和家世等诸多至为复杂的问题能够把握，整部书写得恢宏大气。

在他中老年以后，人们提到的最多的一部作品，还是这部家族小说，因为这真的是一部杰作。他有“语言魔术师”之称，最成熟的时期写了长篇小说《魔山》。这本书写的是一个人在肺病疗养院的故事，与之前的作品相比较，可能更厚重更完美了。这是一部欧洲的文明全书，饱满、充实、宏富，要了解欧洲文明就看《魔山》。这本书只要看下去，收获肯定会很大。

它比起《布登勃洛克一家》，变化很大。那个时期青春的生气，新鲜与活泼，有着另一种心弦叩击力。那时候的青春华丽浓重，却又不失庄严。但尽管如此它仍然无法取代《魔山》，这后一个时期有了更丰厚的艺术储备和个人修养，再加上漫长的阅历，时间所给予的一切繁复，都在《魔山》里边堆积、融汇，使得它有了另一种颜色——更凝重的深棕色。

我们更喜欢哪一部？很矛盾。我们往往不知道哪一部更好，只知道它们是不同的，对我们来说都是极为重要的杰出创作。

阅读托马斯·曼，特别是对这两部书的比较，可以给我们诸多深刻的启示。德国作家离我们那么遥远，我们可以遥感他，把焦距推得很远。如果读内地当代作家，就不能这么超脱和超越了，我们就难免有成见——成见是最大的判断屏障。

就一个写作者来讲，当技巧、情感、思想、阅历诸多因素达成一种综合的高度时，有可能是最好的时期。如果他写了几十年，几乎每一部作品都呕心沥血，那么就会是相当丰厚的艺术经验的积累。他的个人判断力一般不会错。认真的作家会以全部的心思去写作，绝对不会放松和粗率，不容许自己从以前的高度上衰退下来。他将在每一部书中投入最大限度的劳动，以尽可能饱满的状态去工作。这种情形下产生的作品尽管互有高下，但一定是各有不可取代的方面。

青年时期的锐气与清新，中年的笃定与干净内敛，进入老年的厚积薄发和冷静，这一路都将留下自己的痕迹。

但是作家本人最看重的、认为做出了最擅长的表达的作品，却未必是他人认可的。作家付出了劳动，产生了感情，并且更加清楚一部作品是怎么产生的。作家本人的判断，许多时候是独特而深刻的。

文学蒙昧主义

文学研究和文学写作总是大致同步的。在市场主义的统领下，文学的蒙昧主义必然会大行其道，有时还会让人觉得是一种常态。在市场无所不在的强大的说服力面前，再倔犟的专业人士也没有了申辩之功。他们一般是羞羞答答地跟随，合作十分默契，关系十分良好。

但多少也有例外的时候，比如有时为了表达自己的倔犟气，以及为了证明自己的专业恪守，说不定也要暂时离开"主潮流"和"主语调"一会儿，改而坚持一下，冒出一些看似古怪的想法。但是如果仔细辨别，他们坚持的不过是一个时期的"副潮流"和"副语调"。这其实与跟随市场主义的意义相差不了多少。

"副语调"总是"主语调"的陪衬，就像音乐演奏中的和弦。对于市场主义这个"主潮流"，"副潮流"常常是"精英主义"和"专业白领"的混合物——这里的"精英"是被混淆和歪曲的一个概念，准确点说它只是浮浅和平庸的代名词，是最经不起推敲的实用型的半通的知识分子。这个阶层与独立性和创造精神基本上无关，与思想与艺术的深沉探索更是无关。可奇怪的是，这部分人却总能成为这个时期的"精英"，仿佛他们才最能够与市场主义对立——起码看上去是如此。其实这不过是表面化的一点打闹和怄气，真实的情况是，再也没有比这些文化白领更适合陪伴市场主义的了，它们的确是十分和谐的一对孪生兄弟，深层利益紧密地交合在一起。

另一个“副潮流”和“副语调”就是时代的嬉皮士——这是任何时候都不会缺席的混迹于时髦中的“文化纨绔”。这在鲁迅的年代被他老人家深为厌恶的“二丑”，在时下往往是大行其道的。他们的“了不起的意义”，更有天生就存在的“艺术气质”，总是被一再地倡扬和夸大，而他们的浅薄气和无所不在的破坏力却总是被隐藏下来。

“文化纨绔”永远是时代的另类“主旋律”，他们是野蛮传统的嫡生子，而不是一般的时代顽童。所以对这一类的迎和与奉承总是安全的，最终也是获利丰厚的。

我们的好心人偶尔也会有不同程度的混淆和迁就，没有办法分隔得更细，这是因为理性还不够强大。表面上看各色人物总是一群一群的，所谓的物以类聚人以群分，但往深里想一想，思想与艺术，诗性劳作，只能是充分和严格的个人化——也就是说要永远坚持独立的探索，发出质朴的个人的声音。这不会是和声，因为这种声音在任何群体里都不可能一直被包容，但却是真理的坚持者们最可贵的特质。

没有强大的理性，就不能始终贯彻对诗性的维护和把握。我们不能跟随街上的声音，哪怕这声音是来自所谓的“高尚街区”。毫不犹豫地丢弃自己的基本判断，这肯定是危险的和可悲的。我们对于“和声”的附和以及解释，非但不是启蒙，而是送出了更多的蒙昧——对于大众来说，文学蒙昧主义实际上是最有力量的，而文学启蒙者却一定是孤独的——任何时候真正的启蒙者都是生不逢时的，而混迹于蒙昧主义的一群，却常常会汇流成一个时代的最强音。

相当明显的保守倾向

情色文学不是诗学范畴的话题。古今中外围绕它的哲学和美学诠释太多了，但究竟有多少意义还值得怀疑，这或许真的是无趣的。爱情作为一种伟大的力量，无论如何还是要跟淫乱划清界限。这与传统中一再歌颂和肯定的家庭的神圣感不应该是完全对立的。诗人应该传递爱的力量，而且有这样的权力和能力。有一部分人把淫乱、赤裸的性爱和另一种伟大的力量混淆了。有人说爱情不仅是一种伟大的力量，而且是革命的力量。“革命的力量”包含了什么意思？就是说它有一种彻底改变和摧毁某种大格局的威力。这种力量跟西方的基督教、东西方对家庭神圣感的歌颂，当然不能完全对立起来——它们之间虽然也有不同的方面，但是不能对立。

色情用佛教或基督教的观点来看，都是魔力所为。纯粹的诗性写作有相当明显的保守倾向，他们不愿承认那类作品具有某些传颂者所标榜的哲学深度和美学价值，更不可能承认它的什么伟大意义。他们有自己的领受方式和理解方式，不愿意逾越和僭越。否则他们会视为一种堕落的行为。

情色写作虽然不必当成洪水猛兽，但作为专业研究者，也不需要从所谓的“认识价值”上为之张目，那样就等于再次犯昏。个别故作高深的人会以市场主义的一些原则来套用诗学的原则，这是完全的文不对题。他们认为一部作品既然经受住了市场的检验，也就可以跟上理直气壮了，殊不知这种检验一钱不值。

理性和常识的检验，公理的检验——保持一份平常心的判断，也许这才是更为重要的。

重新拣回沉重的理性

不同的年龄段欣赏的东西肯定不一样，兴奋点也不一样。但这里仍然有一个问题：我们如何运用理性来判断现世的价值？这就是平常说的“回归理性”。如果这样，现实的许多问题都会得到较好的判断。可见这并不完全是年龄段和兴奋点的问题，而是理性与否的问题。

人云亦云，迁就，混淆和忽略，盲目地跟从大家的声音，不动脑，庸俗荒谬的思想潮流就是这样形成的。如果运用理性，就会发现现代社会里很多的价值判断是有很大问题的。因为人们不停地被世俗生活、各种各样的欲望力量、利益集团——它们合在一起千百次地强调，整个社会就会形成一种通行四方的、很难改变的固定的价值观。

比如体育活动，以及这种活动中涌现的人物，通常叫“体育明星”——这些人在资本社会商业社会里是具有超强价值的。因为这是与商业利益连在一起的，也就是平常说的“吸金”能力。物质主义社会最高和唯一的价值标准就是“金钱”，这是对人类生存意义的最大异化。以前我们只谈其他的异化，却很少谈金钱的改造魔力，其实它可以无所不在，可以彻底摧毁一个族群经过千辛万苦确立的价值观，让一切都淹死在欲望的浑水里。

在商业社会，一个体育明星比一个著作等身的思想家、一位对人类做出巨大贡献的科学家，不仅知名度要高许多倍，收入高许多倍，即便是受到的社会推崇也要高上许多倍。这就头脚颠倒了，整个社会转晕了。

人类在这种价值体系中生存，其本质仍然是寄身于一种野蛮和蒙昧的环境中。一个海外华人如果打出一手好球——他个人倒没觉得有什么特殊，那只是专长和喜爱——立刻搞得两岸三地都兴奋不已，大小报纸拿出无数版面报道，各种照片连篇累牍，像迎接一个挽救万民于倒悬或及时制止了地球毁灭的超级英雄凯旋一般——世上的事物还有比这个更荒唐更可笑的吗？可奇怪的是没有人觉得这有什么不正常，甚至觉得一切就该如此。

这一切是怎么来的？仍然是金钱至上的价值观造成的。体育竞技活动有极大的通俗性和娱乐性，它可以吸引目光，招揽各种广告，和巨额收入联系在一起，和电视转播收视率联系在一起。它对于人类生存的意义有怎样的价值，在这些根本问题的思考上，倒没有多少人在意。实际上现代体育在许多时候不仅无助于人类生活的进步，反倒是严重地摧毁了现代文明。因为它在很大程度上已经是人类所追求的力与美的敌人。

体育的本质是什么？它对于人类的生存意味着什么？它的起源和演变过程是怎样的？这些最基本的询问不能没有。对任何事物都应该如此，不然就会走偏。在人类科技欠发达，工具很原始的时期，一切要靠体力，靠生理优势去争取生存的权利。那时候不仅要战胜动物，还要战胜疾病适应自然，强化生理机能真是生死攸关的事情。人的奔跑速度，强大的臂力，蹿跳能力，几乎决定了一切的机会。随着人类科技文明的发展，人的生存质量越来越依靠思想，所谓的“靠思想站立”，体育对于生活的意义就有所转变——增强了鼓励锻炼，强化体质，磨炼意志的成分，也增大了娱乐功能。体育精神里面有人性中的“优美感”和“崇高感”，会引发人类对于人格风度和个人英雄主义的向往。体育活动给人的美感，给人的身心带来的快感，是无法忽略的。所以人们通常将文娱和体育连在一起，常常讲的就是“文体明星”，强调了这二者的内在一致性，指出了娱乐的功用。

娱乐是必要的，但娱乐总归是娱乐。如果竞技性体育活动与商业主义结合，就会从精神上妨害社会。比如它会走向自己的反面，与健康为敌——残酷的竞技体育一定是毁坏身体的，是以破坏人的身心健康为巨大代价的。除此之外，它还会不择手段地攫取奖励，刺激人的贪欲心，追逐名利。商业运作者会千方百计参与整个竞技活动，并且从内部操纵这些活动，将单纯的体育赛事搞出令人生畏的黑幕。更可怕的是，因为这种畸形的竞技所投入的巨大人力物力，已经造成了超出想象的浪费和挥霍，严重损害了民众的基本利益。不要说在一个发展中国家了，就是在高度发达地区，这种资费投入也是既不合情又不合理的。

现代社会给予体育竞技中的优异者以极大的赞美，感谢他们在这个过程中展示的力量和美，这是完全正常和可以理解的。不能理解、让人匪夷所思的只是其他——在这种现实的反衬之下，思想反而变得愈加没有价值，并且总是被排斥和被垄断；维持健康所必需的最基本的体育活动也被忽视或排挤，以至于大多数群众连最起码的体育活动场所都找不到。

体育和艺术可以是通俗的，也可以是高雅的。但是一味的通俗化就必然会导致低俗化，会败坏一个族群的素质。时下的体育在很大程度上是走向了低俗的娱乐——不顾一切地谋求商业效果和名利本位主义，其精神内质是低劣的。

与清晰的理性思路相对立的，一定是少数利益集团的谋划，所以他们也一定是残酷的竞技体育的强力推手。他们会以狭隘的民族主义和肤浅的爱国主义遮罩理性，以有害无益的虚荣心刺激他人，让人昏头昏脑地接受和容忍这个过程中的攫取和剥夺。

现在的专业体育与竞技体育起到的基本是坏的榜样。因为他们既不是健康的表率也不是精神的表率，损伤身体并且与物质欲望紧密结合，所以越是在世界范围内取得越（优）异的竞技成就，也越是要在其他许多方面付出沉重的代价。

与现代竞技体育差不多的还有文艺娱乐，比如那些歌星之类，其中大量名利双收者恰恰不是雅艺术的追求者，而是最通俗甚至最低俗的一路。而今世界上最为通行市场的艺人，一场场盛大的演出都少不了强调性、欲望和放纵，总之离不开这样的主题。而社会回报他们这些恶劣行径的是什么？不是大面积的抵制，不是谴责，而是滚滚而去的金钱和震耳欲聋的掌声。

有时候这些欲望的表达跟生命的激昂爆发变形地糅合在一起，让人们面对复杂的艺术现象一时难以识别——但是他们推广的价值观，他们的形体动作，更不要说荒谬之极拙劣之极的歌词，直接就是与普世价值，与几千年来所形成的基本的伦理道德相悖，而这些要鉴别一点都不需要什么高深的知识，只凭起码的常识就可以判断。他们的嚎叫令社会不安，令人堕落——一些歌星的大型演唱会上，许多舞台动作直接就是猥亵和下流的。一些性话语被抽象和简化，提炼为一种有毒的“艺术语言”。这一切不仅没有经过现代理性的检视和抗斥，反而受到了商业主义不怀好意的推助。一些所谓的“摇滚巨星”，风行世界的娱乐偶像，其中相当大的一部分都曾经有过、或主要是从事低俗纵欲的表演。

艺术表演是这样，文字阅读领域也不例外：高雅纯洁的语言艺术相对冷寂，而那些浮浅芜杂拙劣低俗，甚至是色情的教唆、暴力和性，总是风行于市井被专业人士鼓噪一时。

反衬之下，我们可以看到那些严整的思维、深刻的思想、艰辛的劳作、卓越的艺术，是怎样被污损、淹没和践踏。

社会的健康发展，人的有尊严的生活，首先是从现代价值的重新打量开始的。没有这样的一场重新开始，一切都谈不上。在物质主义商业主义热病中昏睡的族群，必须先回到冷静，然后才有可能重新拣回沉重的理性。

文学和未来

阅读正是如此，不同年龄段会有不同的爱好，但他们应该在真正的杰作面前更多地达成一致。有时候年轻人特别喜欢的东西——由于年幼无知的原因，等到年纪稍大就会反悔——那时候回头再看会觉得自己原来那么可笑。如果是一个早熟者，就会更早地超越这个阶段。

过去我们一些作家总是机智地宣告：我要为青年而写作，抓住了青年就是抓住了未来。

这些话乍一听好像是对的，至少没什么大错，因为青年人拥有更多的时间，于是他们就比老年人更能代表“未来”。但是再一想又不对了——每一个青少年都要长大，他们只要一长大就不再为幼稚时期的东西所吸引了——这样岂不是失去了“未来”？

可见即便按照那些过于聪明的逻辑来计算，为青少年写作仍然还不够“未来”，而应该将服务对象大大提前一些，干脆让我们为牙牙学语的小童去写吧，这样不是拥有更大的“未来”吗？不过我们都知道这种想法是多么可笑，因为要满足这样的稚童，大多数作品简直是没法下笔的。

现在看也许冷静一下更好，因为说到底，文学写作虽然有个“未来”的问题，但也不是个机械的年龄问题——因为所有人都会长大。单纯以年龄来计算，为青年写作还不如为老年写作更划算、更拥有“未来”——当一个个青年成长为中老年时，他们也就真的迎来了自己的“未来”。而且这时候他们的判断力更强也更稳定，鉴赏水准也更靠得住。

看来努力写好，更少一些功利性的盘算和谋化，写出真正能够经得住时间检验的作品，也就是为“未来”写作了。只想满足和讨好那些年轻人、幼稚冲动的人，赚得一时的口彩，这毕竟不是为文之道。

任何一个人都有心智成熟的过程，都有阅历增长的阶段，所以在阅读方面，还是要鼓励多看经典。经典就是能够超越年龄阶段的作品，其文学含量不会因时间的延续而过多地耗损。当然也有一些文学史中必然要提到的作品，读起来没有多大意思，那大半是因为它出现在一个必要的时期，在当时是一个具有代表性的符号。也就是说，它是作为现象被提到的。但是经得起反复阅读的真正的杰作，一般而言总是较少受时间局限的。

显然，真正的“未来”其实不是相对的，而是恒定的，是指能够超越时间和空间之上的具有人类普遍性的那一部分。

知道得太多

一般来说，一个人的好奇心越重，生命力也就越强。等到一个人什么都不想知道，什么都不爱好了，这个人肯定是走向了衰弱。年轻人精力充沛，所以对各种事情才格外好奇，对外部世界有极大的新奇感，这都是自然的。许多人越是年轻就越是迷恋网络之类，多少也是这个道理。还有许多人担心自己被时代抛在后面，没法与大家对话，总想知道更多的事情。因为平时的确是如此，知道的事情越多越可以与人讨论，可以有更多的参考，用以推导眼前的事情，感知这个世界。不要封闭自己，这是我们被一再告诫的。

但是从另一个方面讲，又常常听人说“太阳底下没新事”——人世间总是由一些差不多的事情在改头换面、不停地循环下去。从文学表达上也可以明白一些道理：最杰出的小说家为什么不再一味地专注于写故事？因为组成故事的元素也就是那么多，什么谁爱上谁了，谁死了谁活了，谁搅入了什么阴谋之中——这些元素可以不停地组合，各种奇怪的故事也就出来了。不过世上的故事讲来讲去也就是那么多，可见真正的新意不在故事上。怎样把这个世界最大的隐秘揭示出来，依靠的还是“细节”与“超细节”——这才是诗性的极致。

从阅读上讲，将无所不在的好奇心与探索经典的极致之美结合起来，这或许是最重要的。

于是我们发现了自己的窘境：现在常常忧虑的不是知道得太少，而是知道得太多。各种信息太多了，什么网络小报广播电视杂志书籍——连风里都是各种各样的声音。我们的视听已经被严重堵塞，五官负担大大超载。这一切已经影响到我们的思考和判断，因为既没有时间也反应不及，各种参照实在太多了。

所以一度跟什么隔绝，把窗户关上不但不是坏事，而且成为必须要做的事。如果想做一个葆有巨大创造力和思悟力的人，还是需要想想这两个字：清寂。由此我们可以理解美国那个梭罗跑到湖边林子里封闭自己的奥妙，他种地写作，想些事情，清心寡欲。这果然使他聪明了许多，比别人特殊了一些。他知道的事情都是城里人闹市中人所不知道的，而那些人知道的，大致都是一些重复了无数遍的东西，所有那一切都登在报上印在书上，知不知道、早一点知道晚一点知道都无大碍。

他在林子里，读报纸不方便了，口耳相传的声音没了，心思容易集中。更要紧的是，他开始考虑一些更大更遥远的问题了。也就是说，他的心里装上了大事。

心里要装大事，就要回避小事。

再比如美国的女诗人狄金森，一辈子没怎么走出她的房子多远。她死后，人们从她的抽屉找出了一沓沓的诗稿，这才发现了一个伟大的女诗人。她的思维所抵达的角落，是当年好多辉煌一时的人物所不能够抵达的。她穿越的思维空间，是那些双脚印满了欧亚大陆的人也难以想象的。她靠了什么？不过是与世隔绝，不过是封闭自己，不过是两个字：清寂。

但是这样说，只是道出了一个方面的道理，并不一定是要人人都走这样的极端。因为从另一方面看，一些激烈参与社会生活、推动社会波澜的人，也有高屋建瓴的气魄，有力挽狂澜的力量。像雨果，常在国会演讲，参与党派斗争，被流放等等，结果也是一个精神和文学的巨人。他到了晚年过生日的时候，总理探望，民众在阳台下彻夜不眠地游行。他去世的时候，棺木停放在凯旋门那儿，供民众瞻仰。怎么看雨果都是个伟大的人，巨人。这样的人常常处在社会剧烈变动的漩涡里，是个看得见的显著的推动者，大参与者，一个了不起的人。

于是今天我们判断一个诗人的成长，会陷入一个悖论：知道得更多好，还是稍稍闭塞更好？是尽可能地回避，还是要勇敢地投入？不知道。不过我们大致可以明白，雨果等人并没有亲临一个数字时代，如果他走进了这个时代，也一定会为信息轰炸而恐惧的——说不定他要逃得更快。

事实上，雨果如果整天在议会里演讲，整天参加革命，整天反对小拿破仑，没有被流放到那个岛上，也不会有时间写作。字要一个一个填在格子里，饭要一口一口吃，一切都不是空穴来风。可见即便是雨果这样的伟人，一生也有过大回避。大清寂和大热闹肯定是相辅相成的。

这里的意思是说，一个人要根据个人的承受力与其他条件，以个人的创作规律和思想规律来调节生活节奏。不能盲目或简单地模仿他人。不能简单地说一定要封闭窗口，一定要回到个人的空间里去寂寞才好。但有一点是肯定的，对于我们当代人，百分之九十以上是知道太多，热闹太多，个人时间太少，回到过去太少，阅读经典太少——挨近各种垃圾太多，时时有被这些掩埋的危险。

比如出版物，每天一车一车运进运出的文字垃圾到哪里去了？它们从印刷厂出来，可不是为了直接回到造纸车间去循环的，而大多还是被那些粗劣不论、不挑食的好胃口给吞下去了。想一想，长了这样的好胃口有多么可怕。如果吞下这类东西更少一点，我们不仅可以节省大量的精力、时间和热情，还可以保护大片的森林。

现在印刷技术极为发达，两个星期就可以把一本书推到社会上，半月之期就可以迅速地制造一岭文字垃圾——但是就像候鸟一样，它们一会儿飞来，一会儿又消失——它们无法长久地停留在原地。

档　案

写作者渴望有更多的机会利用历史资料。比如说从八十年代初就开始了解密档案，各地档案馆都有了利用档案的制度，民众可以查阅许多档案。但是我们知道，到档案馆去利用档案资料的人很少，比图书馆的人少多了。

我们这里的人还没有利用档案的习惯。而在另一些地区就不是了，那里任何一个档案馆都像图书馆一样，许多人都在那里阅读。因为许多时候读档案比读一般的图书更有意义。

查阅档案才容易了解事情的真相，而且有一些档案不光是内容特别，其他的一切也都令人动容：纸张、笔迹，甚至是气息。有的还带着一些当年的痕迹。整理战争档案的人偶尔会看到极特别的印迹。还有人从档案中发现战地邮局发行的邮票，油印的或石印的，这些都非常宝贵。

本地一些馆藏丰富之极，有的不是一般的档案馆，如孔府档案，这是独一无二的。接触历史档案就像进入了无尽的宝藏，每天从档案库房出来，全身都是历史的尘埃，这里的尘土都是几十年前的，因为有的案卷不知多少年没有打开过，一捆捆放着。

关于参与编纂几十卷历史档案资料的经历，对一个写作者来说十分重要。看过的历史档案资料不下一两千万字。粗粗看过的就不是千万字的问题了。那些档案的形成是各种各样的，有些文字记录者没有文化，水平很低，文件的题目都不通，字迹错漏很多；但有的文辞古旧，内容艰辛，是老学究写出来的。有时候在档案库房中看半天许久以前的文字，感受着那些奇特的世界，再次从里面走出来，有一种恍惚离奇的感觉——就像在时光隧道里穿行过一样。

海量的资料，岁月积存的隐秘，这些文字不可能不影响一个人的认识，不可能不影响他对事物的判断。有些内容记得，有些只存个印象——哪怕是浮光掠影，仍然和没看过不一样。

贵人多忘事

人是一架神秘的记忆机器，感受力非常奇特。比如有时候看一部作品，某些部分因为是很长的自然景物描写，也就略过去不看了——它们与情节无关，与人物塑造也没有多少关系，所以一般读者觉得读不读皆可。但是即便没有仔细看下来，在阅读感受方面也绝不是空白。作家为什么要写这些自然景物而且许多时候不厌其详？当然自有缘故。海明威说过这样的意思：如果一个作者知道这个东西，书里即便不写读者也仍然能够感觉得到；如果他心里没有这个东西，那书中就会有一个“窟窿”。

他的这个说法对于理解写作的奥秘很有帮助。海明威说得有点神秘，但一个有长期写作实践的人不会觉得过于玄妙。我们可以理解他的意思。就是说如果写作者对所要描述的一切都烂熟于心，都安放在心里的一个大局中，那么他在落实到文字上的那一刻，省略的部分就一定会留下与其他部分相衔接的丝绺，或者是暗榫之类——这一切都看不见，也不必经过详尽的提示，但是阅读时会感受到它们的存在，所以也就不会觉得有什么空缺或遗漏，也就是海明威说的，不会在作品中留下一个“窟窿”。

写作者不可能对一切的省略部分一一交代和提醒，那样就破坏了文字节律，破坏了行文张力及其他。懂得省略并学会省略，是写作的窍门，是最必要的功夫之一。许多作品叙述上存在的问题，都是详略不当造成的，是基本功的缺失。

阅读与写作也是一样的：有些文字只用眼睛粗粗扫描过去即可，或者干脆就缓缓地翻过而已。但奇怪的是这与没扫描没翻过仍然大为不同。脑海里有了一些记忆——而这记忆与仔细阅读的部分又有不同——它隐在脑海深处，模糊不清，只在需要补充的时刻一下跳出来，浮现上来，使整个的艺术感受变得完整和丰富。

现在将这种记忆功能与电脑做个比较，可能会有助于理解。我们脑子里有好多个空间，就像电脑里有工作区和不同的保存区一样，当我们不停地通过声音和眼睛以及嗅觉的输入，形成了无数的“文件”之后，先要放到“工作区”里，而“工作区”的储存是暂时的，不一定全部转移到长期保存的区域里——一旦转移之后，那就要长期存放了，只有需要时才能从其中检索调阅出来，而平时是隐藏的。

同样的道理，由于不停地形成一些“文件”，人脑的“工作区”里不知有多少碎片，这大量的碎片肯定会影响大脑的运转，而我们人类对此却无可奈何——因为我们不能将自己的脑子“格式化”。所以及时地遗忘一些不太重要的东西，就成了人的一个了不起的能力。头脑的清晰，大约很大程度上不光是来自记忆力，而且更是来自那种及时的遗忘力。所以那些特别了不起的人有一个特征，就是能够迅速地忘掉没有记忆价值的事物——我们有一句老话叫“贵人多忘事”——为什么是“贵人”？就因为他能及时地把碎片驱逐出去，不放在大脑的“工作区”里。

这样的能力我们一般人是不具备的，不是不想拥有这样的能力，而是我们的强大判断力没有养成，不知道事物的轻重，看过一个东西，尽管并未有意记住，但仍会形成一个很大的碎片存放在脑海里。上了年纪的人总说脑力退化，其实也未必，因为科学测试得知，一个老人的脑容量足够工作所用，其退化原因当别有他解。这就是脑海中的碎片太多了，它们积攒了一生，又没法"格式化"，所以只好让它在那里阻碍我们。

从这个意义上讲，又带来学习和阅读上的一个悖论：是不是读书越少越好？我们每天不停地阅读，再加上听来的知道的其他事情，综合起来不知是多么庞大的文件量，长此以往，即便我们有再大的"工作区"，再大的储存区，大脑的运转也肯定要慢下来。所以说我们还是要注意少输入一点信息，让我们头脑的运算能力工作效率得到提高。可是这不等于提倡懒惰，因为学习就等于输入，那些最有效的知识学问缺失了，一切也就谈不到了。看来关键问题是怎样少看、看准，就是说要看最好的、输入最重要的知识。

由此我们也可以明白，古人为什么钻研学问那样深入，那样有见解，其中的一个原因就是他们读书相对地少。古人看起来读了很多书，但那些书是大字宣纸印刷的，满屋子的书还不如我们现在一个架子放的多。他们脑子里碎片少，读到的书都是极其精准的，只盯住这几本书读，读透读深，思维与见解紧紧围绕着手边的学问。我们当代人比起他们，虽然广博了，可是无用而有害的碎片也太多了。

我们知道得实在是太多了，而这其中的一大部分无聊且害处极大。

这就是学习和阅读的一个悖论。一直说的"读万卷书"，古人的"万卷书"和今天的已经大为不同。从这里来看，我们真的要考虑怎样才能少读一些书、精读一些书。我们不得不把更多的时间花到经典里去。

从古装的大字宣纸书，到采用现代技术印刷的书，已经经过了大大的压缩；然后又到了光盘和芯片时代，这时的储存已经是海量的扩展了。如果我们的眼睛热衷于数字阅读，这种输入扫描的量将是更加可怕的，我们的头脑根本无法承受。由此可以知道，当代人为什么越来越不具有思索力和研究力？为什么越来越缺少个人见解？很大程度上是数字时代的输入变得空前容易，头脑中的碎片变得空前巨大——一个孩子，年纪轻轻脑子就被碎片塞满了，思考力也就被破坏了，他的一生又怎么办？所以现在的一些人，到了二三十岁了，应该是思考重要人生问题的时候了，跟他们接触，常常会觉得其思想非常简单和片面。

历史上的骆宾王、李白那样的天才，法国的兰波，十九岁就写出了一辈子杰作的天才，还有早熟的莱蒙托夫——就讲这三十年吧，回头看国内新时期文学史，在三十岁之前写出相当重要作品的人也不在少数。而到了现在的数字时代，三十岁了还是孩子一样简单。他们已经被那些无聊的碎片堵塞了。

所以，阅读的问题比过去变得复杂了。怎样读少读精，更多地回到经典，是全部问题的症结。一般来说满足于网上冲浪，吸取海量信息，对创造力的损坏将是不可逆转的。

所谓的小说做法

开始一部作品的创作，由头可以有许多。比如说有一个好故事要讲出来，有一个感动人的形象要塑造出来，有某种很特别的思想要传达出去，或者说有一种难以言说的意境要描述……但是仍然有一些创作的由头是讲不清的、稀里糊涂的。这种情况下有时也能产生好作品。比如说对于气味的记忆，对于某种情绪的记忆，都可以诱发写作一篇小说。

一个作者随着对文学写作的深入理解，对于诗性写作的把握力会变得强大，在表达上就会进一步压缩故事，膨胀细节，依赖语言。因为文学就是一门语言的艺术，离开语言什么都没有——语言里面包含了细节，包含了思想，包含了故事。

作者一路追求的东西会越来越多，那种在不自觉的文学教育中形成的“小说做法”之类，会退得越来越远——真正的小说做法会成为个人的，而不是普遍的教育中所获得的通用之物。

鲁迅讲，不要相信那些所谓的“小说做法”，这是有道理的。因为小说做法既然可以传授，它就是纯粹工艺层面的，而真正意义上的文学创作却是心灵之业，只从技法方面去理解，会离文学的深意越来越远。文学写作是个人生命深处的感动和冲决，是不能重复的行为，所以那些百试不爽的、可以传授的东西，能够与无数人沟通交换的法门，严格讲是难以回到个人的。

但是作为一个文学研究者和教育者，对一些最基本的方法、一些常理和通则，仍然需要了解并用来施教。不过在实际使用中，坏就坏在把这些常识性的东西给夸大了，当成了文学的本质，这就错位了。

文学与化学

接触一个做文化工作的“通人”，他谈文学的词汇比很多专业人士一点都不少。文学和艺术在许多时候的确可以用来夸夸其谈。不过我们听来听去，还是那些老词和套话，什么群众喜闻乐见，什么到生活当中去，什么高于生活源于生活，生活是创作的源泉，人民是创作者的母亲，这些话一般说说，是说不完的。

只停留在这些泛泛的理解上，等于什么也没有说——不，比没有说更坏，因为这是对艺术本质的误解和覆盖，离开了具体性和个人性，离开了理性的分析，把极复杂的问题简单化和表面化。事实上一切都要复杂得多。

文学艺术中的“生活”两个字，包含了深邃晦涩的内容，不是一般人可以轻言的，这是涉及专业性极强的诗学问题。动辄就谈艺术与生活的关系者，对“生活”两个字其实一无所知。他们嘴里的“生活”是奇怪之物，是实际中根本不存在的东西，是十分古怪的概念。他们让文学艺术创作者深入的“生活”，不知道该怎样命名才好。真正的生活像浑然漫流的河水，像无所不在的空气，是任何生命都不可以摆脱的不可以疏离的存在。一个生命只能在生活之中。

艺术之于生活，不是“源于”和“高于”的关系，而是截然不同的两种事物。“生活”变为“艺术”，不是经过了凝聚和压缩的结果，不是发生了这样的物理变化，而是发生了化学变化。无论将“生活”怎样集中和概括，都不会成为艺术。艺术需要酿造，艺术是酒。不经发酵的粮食是变不成酒的。

文学并没有高于生活，因为文学压根儿就不是生活。

一个写作者必须有酿造的能力。然而非文学和伪艺术是不需要这种酿造的。我们许多一直被当成标本肯定的所谓的“艺术”，其实只是一些概念化表面化的、经过了“集中”的“生活”，并不是什么真正的艺术品。

写作者跟上人云亦云，并付诸实践，只有一个非常粗率的理解，把“生活”提炼了加工了，力求做到“高于生活”，让它变得“更强烈”了，这也仍然不是文学。

通俗艺术也许可以类型化，它们可以概括“生活”，但是诗性写作是不可以的。

文化馆气

在艺术价值方面，我们惯常说的一句话就是："越是民族的，越是世界的"；有人再压缩一下："越是地方的，越是民族的"。这个说法可能是成立的。这里的意思是说，一个作家，地方色彩越浓、地方性越强就越好。但另一个方面，个人的文化视野、艺术视野越大越好，这两个方面合在一起才能形成一种张力。

作家在表述上保持的"泥土"感是非常重要的，他强烈地带有那个地方所给予的气味、色彩，没有这些就没有了个性，他依赖于一块土地的支持，抽掉了这个基础就没有了个人独立的可能。

但是这并不意味着作家一定是孤陋寡闻的，相反应该对这个世界的思想和艺术有一个总揽，有个纵横交织、对接应变的处理能力。

但事实上二者总是难以兼备，或者是无根的，或者是狭窄的。过分满足于一种地域色彩，保守内向，并且发展到排斥一切外来的和新颖的事物，这就是新的地方主义的特征。这种特征于大的艺术格局或许无害，但对于坚守地方主义的创作个体却有极大的害处。那些津津乐道于自己的地方色彩和地方趣味的人，有时个人的文学开角很窄。

我们感觉不到李白和杜甫、苏东坡这一类的大艺术家，总是津津乐道于他出生地上的一切、受制于这一切。苏东坡写眉山的东西不多，因为四川的眉山对于苏东坡不是全部，他的文化和艺术的视野是非常宏阔的。他可以从自己的地方性走入一个更加辽远的大世界里边去。

作家从家乡这个路径进去以后，往前的路途还很遥远。如果境界纠缠在原地不前，艺术的那种魔术般的百变能力也不会具备。评论家会说，这是一个地方作家。这其实是贬义的。这个贬义是指写作者器局太小。他鲜明而强烈的地方色彩并没有升华到一个更高的高度，没有上升再上升，突破阴晦的云气，上升到一个澄明的平流层。

作家立足于故土，气度却不能自限，不能萎缩。

所谓的基层作者，接触泥土，知道很多民间奥秘，这是一个多么了不起的资源。但是当这一切不能够放在一个更大的格局里，不能被时代的思想光芒所照亮，也就会或多或少地散发出一些“文化馆气”。这是一种很难言喻的气息，如沾沾自喜和简单排拒，浓郁的地方色彩加强烈的地方封闭性，总之很不好界定。

泛爱主义

一部书中写到的一个革命人物，他的爱每次都很投入，都很真挚，都很宝贵，都很神圣——新的爱情因为离得太近，刺激性太强，他也就再一次献出了全部心身。但是这并不意味着对过去的爱有什么背叛。这是他的逻辑。

书中想表明：爱情是一种伟大的力量，它因为葆有其纯粹性才伟大。这跟那种淫乱的原欲是有区别的。如果不能做一个区别，那就有了问题。爱情是人性和生命中的一种最高的存在，这种力量是无所不在的。爱情不光是表现在对异性方面，也表现在好多方面，书中的人物试图让我们理解：一个具有强大生命力的人，一定是一个泛爱主义者。这类人物不能在一般的法律意义上去审判，也不能用一般的道德去判断。爱在他来说是过于复杂又过于简单了，既是最真最纯的所在，又是交织无限痛苦的深渊。在他的爱情里面出现了最宝贵的东西，同时又蕴含了最危险的东西。当他的爱情观作为一个普遍的社会伦理准则的时候，也就会即刻崩溃。

诗的尺度

诗的这把尺度过于细腻和独特。在这里，任何人都没有权利否定那种淳朴真挚的向往，贬低这种伟大的力量，因为这等于违背了诗性，更违背了人性。诗中所歌颂的许多东西，与社会生活里的惯常的标准是大为不同的。古今中外，到底歌颂了多少“荡妇”和“第三者”，已经无法统计。然而这里援引的两个词已经打上了引号，就是说它作为通常法律和社会道德意义上被贬低和被斥责的对象，却蕴藏着真纯强大的生命力量，而且是不容置疑的美。

发现和辨析这种力量大概是非常困难的，不能用凡心，而需要用纯粹的诗心。但是尽管如此，却也绝对不能构成淫乱和纵欲的理由。真正意义上的爱情永远是神圣的，是道德的。真正的爱情被置于遥不可及的崇高地位上，在最美的地位上，被人们欣赏和歌颂。

如果怀着这样的虔诚之心对待爱情，就会原谅生活中那一个又一个所谓的“失足者”。诗人愿意一万次去歌颂那些真实深入的性情，而绝不去肯定一个冷酷然而却在性关系上白璧无瑕的君子。所以每当诗人呼唤真爱的时候，也就是向世俗无情的面孔做出了一次反叛和攻击。

这种包含了风险的挑战，其实是向着人类最完美的目标进发，可是道路阴晦而曲折。在诗的全部神秘和隐晦里面，有一种和谐一致的美丽在生长。它不是诉诸阳性和世俗的世界，它仍然要回到那个浪漫的阴郁的世界。这两个世界，在诗人那里是不能互相交织和沟通的。这是一个非常复杂的诗学问题。

现实主义者会把这些看成一个敏感话题，而一个真正的诗人却不会当成一个问题。对于后者，一切都是自然而然的。他的立场和观念非常分明。他就是这样的一个人，一个诗人。

生活中，那些二百五诗人常常是一个荒诞不经的家伙，是实行多种尝试的家伙。这种诗人反倒是可疑的。因为他既然如此自如地回返世俗的阳性世界，轻易地拆除了两个世界的壁垒，也就需要我们警惕了。

蹚过绝望

说到人性之恶，还有绝望的话题，都不是几句话能够讲明白的。每个人的具体情况不一样，承受力不一样，面对生活的方式也不一样。不可能有一个现成的方法放在那里，让人人受用。不管怎么说，人也只有坚忍地生活。

人们同意这样的说法：一个正常的人如果到了四十岁还不曾感受绝望，那也是不可能的。体验绝望并不困难，困难的是绝望之后怎样选择。有的人绝望了就做痞子，向下沉沦；有的人绝望了还是“自知不可为而为之”，这之间差异太大了。总之能够积极地生活，能够多少帮助这个世界，好好地劳动，就已经是很了不起的人了。所以感悟到绝望并不是什么深刻，绝望之后的顽韧，才是真正的深刻。

“绝望之为虚妄，正与希望相同，”这是鲁迅说的。让我们蹚过绝望，走进顽强吧。

·第五讲·

阴 柔

人类历史经历了较长的母系社会，余下的时间就由男性主宰生活，他们在这几千年里更多地介入社会改造和其他一些活动。所以长时间里都以做一个所谓的“男子汉”感到光荣，认为男人的地位很高。也正因为如此，到了现代就有人不断地强化女性主义、女权主义，男权社会的时间长得让人有点不耐烦了。

其实这样的社会对男人有利也有弊，比如男人承受的人生压力特别大，他们会有另一种懊恼，所以在大多数地区，男性的平均寿命都低于女性。他们负担的责任太重、义务太大，接受的磨损就更多。这也造成了他们的一些特殊性，比较女性，男人把握世界的方式就不太一样。

说到“阳性的世界”和“阴柔的世界”，男性主宰的社会生活可能更多地呈现阳性，而女性面对的却大致是另一种生活；她们的人生视角，还有感受力都和男性区别很大，因而有更多的机会进入到阴柔的空间。

所以女性拥有的思维方式，更为贴近诗意的理解。无论西方还是东方，女性往往更容易进入诗境，她们如果有条件，甚至会操办一些诗人和艺术家的定期聚会。所谓的“贵妇人沙龙”就是这样的，这里曾经孕育了欧洲的文学，在法国和俄国，一度等于或代替了当时的文坛。当时没有作家协会，她们就是作家协会；没有文学讨论会和讲习班，她们就是文学讨论会和讲习班。

陀思妥耶夫斯基第一部长篇小说面世时影响很大，最早接纳他的除了个别评论家，较公开的场合就是贵妇人的文学沙龙。他那在儿朗读自己的作品，由当时最著名的女性把他介绍给彼得堡的文坛。

不过他也在那里遭遇了自己最大的不幸：一些人出于嫉妒等原因，在沙龙上斥责和污辱了他。陀思妥耶夫斯基因此受到刺激，癫痫病发作，倒在了地上。这疾病不幸地伴随了他的一生。也就是那一次，他发誓不再跟文坛人士打交道，躲开一切的文人聚会。这给了他一个非常惨痛的教训，它甚至塑造和影响了陀思妥耶夫斯基的人格。

诗人里尔克也是一个很著名的例子，他和贵妇人交往密切，一生的写作活动都和她们紧密相连。贵妇人特别爱诗，给他提供了优越的物质条件，让他享受安静和自由的生活。思想者卢梭也有这方面的经历。

当然贵夫人背后还有她们的丈夫，他们胸怀宽广，令人敬重。这也是由全社会的文明水准所决定的——当时普遍有一种推崇独立思想和艺术创造的风尚。

一个男性作家或许兼有女性的心理特性。有的作家甚至会有同性恋倾向，兼备女性的阴柔和男性的阳刚。这样，他在打量这个世界时视角就变得多重化和复杂化，可以把两性对待生活的对立与矛盾协调起来，全部囊括。

这是一种生命体悟方式。如果是单纯的男性视角，就会过分地局限在阳性的世界里——这种生活更多地带有世俗生活的规范性和条理性，多少影响着诗人的恣意和浪漫。

有人可能讲，如果女性从事文学岂不是更好？当然，从某种意义上讲，文学的事业、诗人的事业应该更多地属于女性。诗应该在一种阴柔的空间里自由烂漫地生长。但问题是诗性的生长仍然需要很高的理性介入和把握，有时候还难免经受强烈的阳光辐射，要能够在阳性的世界里穿行和走远。这两种力量有时候是对立的，有时候是携手并行的。

所以一个好的女性作家往往有一点男性因素存在。法国女作家尤瑟纳尔是一个同性恋者，是法兰西学院唯一的女院士。还有美国的作家斯泰因，也是同性恋者。男性作家和诗人中的同性恋者就更多了。这好像不是一个偶然现象，它或许由生命的内在神秘性所决定。

我们想深入和了解诗学问题，就不能满足于使用现世通行的法则去推理和演绎，而是要面对一些复杂，一些幽深、神秘，甚至是晦涩和灰暗。它绝不是我们早就被告知的那些平均化、表面化概念化的日常教育范式所能囊括的。

文化泡沫

文化泡沫和其他泡沫一样，形成之后总要破碎。它们从开始到溃败，有一个很长的积累过程。经济泡沫的破碎，现在从欧洲和北美可以看到，关于金融危机等方面的著作这段时间出了很多。文化泡沫比金融泡沫大概来得要复杂得多。

文化泡沫的形成，追究起来也许很费力，需要更专业更具备目光穿透力的人才能破解这些问题。它不像金融泡沫那样，积累的时间也许更加漫长——往前追究，可能需要从白话文运动或更遥远的什么地方开始。当然还包括了冷战时期，东西方两个集团的碰撞及融合，以及近期的社会和文化潮流等等。

尽管文学处于一个民族文化传承和文化结构的核心部分，但也只是文化的一部分，不是全部。在研究整个文化演进的历史和流变的时候，不得不把文学作为一个比较特殊的事物拎出来考察。这样就要谈到前苏联，世界上第一个社会主义国家所形成的文学对中国的影响、中国“文革”时期的文学、改革开放之后的文学，最后是伴随着西方经济强势，让我们逐步接受的西方现代主义——所有这一切文学资源的综合与沉淀的后果，都需要结合起来考察。这是一个十分复杂难解的过程。

商业主义物质主义，开放半开放的市场经济，深入引进的西方资本的游戏规则——这些都形成了一种对文化和文学的牵制。另一方面同样重要的是，还要把数字时代的中国考虑进去。这样才能稍稍接近一点真相，看到文化泡沫是如何形成的——怎样生成和怎样破碎，最终还要迎来一次彻底的崩溃。

这种种分析和追溯是非常麻烦的工作，要梳理它远非一己之力所能完成。在这么短的时间内，大概很难把它全都讲个清楚。我们不过是谈一点感性认识，并尽可能地进入理性把握的层面。

有些现象谁也不能忽视。比如网络传播，一些蜂拥的文字，它们铺天盖地而来，各种信息、讨论，包括文学写作，都出现在上面。什么博客，微博，伴着新技术一波又一波浪头掀起来。这是文字和语言的堆积，也是观念和思想的堆积。重要的门户网站在一些突出的热点问题的讨论上，发帖量和点击率像潮汐一样起伏涌动。这本来会是一次强有力的公民表达，但事实上却并无可能。就文化和艺术创造的意义上来说，它们非但没有因此而变得繁荣起来，反而更加呈现出碎片化和表面化，造成了空前的喧嚣和覆盖。而且，这一切总是越来越给人无聊和疲惫感。

大量的文学传播品质极其低劣，最终是垃圾成堆，仅有的一点闪光的东西也被湮没了。纸质读物，网络媒体，以及各种单行本的出版都搅在了一块儿，起到了进一步推波助澜和互相淹没的作用。比如过去在重要的文学期刊上发表作品，那是相当庄重的一件事，也与这种劳动的性质相符。可是现在一切都不是那么回事了，影响大小且不论，可怕的是这简直成为一种多此一举的事情。

在轮番的信息轰击中人们已经疲惫和厌恶，不再愿意倾听和注视，也不再愿意接受任何新的刺激。因为人的承受力毕竟是有限的，消化力也是有限的。关于主义、思想、见解等种种解释，各种新的或半新的、创造的或抄袭的，全都搅在了一起。人们已经懒得去弄清它们的真伪，也不想探究，因为在文化方面受骗上当的经历太多了，最后的觉悟就是尽可能地关闭自己的视听。这是一个民族对待文化的最可怕的冷漠态度。

当代人除了纠缠于物质和欲望，还能相信什么？人们从很早的思想与文化的资源上也得不到支援，因为一切都被挑战，到处都被质疑，精神和思想领域没有了任何权威，没有了任何神圣，没有任何可以依赖的东西。一度喧哗过和热闹过的，很快也就过去了。泡沫不停地形成，又不停地破裂。

在重要的价值观方面达成一致的可能性在减少。什么公信力，千百年来形成的标准，都在丧失。文化上曾经形成的那种强大的影响力，由此而来的巨大的记忆和传导功能，正在消失。我们借助于网络和出版印刷所形成的文化的繁荣，已经走向了反面。一切越来越难以寄托希望，既不寄托创造的希望，也不寄托记录的希望。传导力很差。一切不过是阵发式的，快速形成又快速破灭，最终留不下什么深刻的印迹。一个漫长的时期，或许还要连累上一个时期，在积累和记忆上接近于虚无和空白。

彻底的冷漠，无信，这就是所说的泡沫的最后崩溃。

这种崩溃的可怕，在于一个民族的精神走向了四处飘散，没法整理和收拾，没法集中精力去做任何事情。这是比经济泡沫的破碎更可怕的一种结局。所以有勇气面对这种危机并设法战胜它，可能是当代社会最大的难题。

为什么至少要梳理到白话文以来这样一个遥远的过程？因为从那

个时候，对于中国传统文化的质疑就开始了。我们的语言方式改变了，思维方式也改变了。全盘西化的努力中，传统中贪婪的物质主义被我们拿来了，最好的东西却被我们遗弃了。野蛮的破坏力到处留下了痕迹，满目疮痍。对传统的梳理是最慎重最艰巨的任务，是极精密的工作，可是至少在上百年的时间里给粗暴简单地处理了。对远近传统的失望、不知所终，羞愧和耻辱，带着这些复杂的感受对接了数字时代，也就突然发现自己站在了“白茫茫一片大地真干净”这样一种可怕的境地里。

我们将经历相当长的孤寂和清冷。文化泡沫的破碎，将让人失去安定自己灵魂的东西。但愿我们能够振作起来。

向上穿过平流层

“所有的文学写作都是和自己对话”，这个说法尽管接近于事实，但是大多数人却不能直言。因为这样表达个人的写作状态是费解的。一个写作者会问自己为什么写作？这竟然成为最简单也是最复杂的问题。

如果在过去就很好回答，现在不行了。他既然忠实于自己的感受和实践，就会仔细地辨析和回忆，找出个人的兴奋点，寻觅作品形成过程中的一切细节。他渐渐发现有另一个“我”出现了——他会在更高和更远处注视着自己。

现实中的“我”是一个在阳性世界里忙碌的人，而另一个“我”则滑向了阴郁的空间，在那里孕育出双翅，然后起飞，一直向上穿过平流层，飞向更远更高处。那是一个神奇飘逸的、充分理想化的诗性的“我”。

诗性写作不存在与他人达成共识的问题，而只需开通那个遥远的对话。但可悲的是我们总要笼罩在现实的烟火气中，总要左右窥测——在这片滞重的气氛里，一旦离开了共同的趣味甚至共同的语调，就没法往前推进一寸。

地心引力太大了，没有另一个“我”的强大双翅，就没法起飞，不能向上穿过平流层。

少数人的历史

从语言、语调、对话方式，再扩大到文学的性质，就会发现，真正的诗性写作是属于少数人的，这些人才能够辨析、记忆与保存，让其留下来——也就是说这是一部少数人的历史。但是我们总是有意无意地把这个显赫的事实忽略掉。

艺术常常属于那些任性者，他们在偏僻处探索，是对一切世俗的合理性不断质疑和批判的极其倔犟的生命；同时还属于那些在文体方面，在诗意中顽强掘进的个体。他们不能成为与众人达成共识的多数派。

有人举出一些个案，比如说法国的雨果和巴尔扎克，他们在当年的雅俗共赏：不仅被高层和核心认可，还拥有大量普通的读者——他们起码在文学史的意义上是不朽的，成为了文学的恒星。这个现象，其实与当时法国的文化风气与民族素质有关，也许很难用来做普遍的类比。

于是可以就此心怀梦想：假如不能做一个少数派的话，做一个另类的多数派不是最好最划算的吗？是的，很多人都愿意这样，可是谁能真正做到？这不仅是屈指可数寥若晨星，而真的是可望而不可即。

其实只要是雅俗共赏，就一定是自觉不自觉地做出了妥协。这并非没有代价。今天阅读雨果和巴尔扎克，对其中的一些过分通俗化、令读者心头闪现的那一丝不快和遗憾，很可能就是当年妥协的代价。当时究竟为什么、在怎样的情形下，写作者给自己的杰出篇章注入了凡俗和平庸？这会是十分耐人寻味的。幸亏这些还不足以毁掉整部文字的光辉。同时，我们还要问所谓的“高层”与“核心”——它们究竟是怎样的？这个诘问是绝对不能省略的。一个时期的“文化核心”是由可以影响人类历史的精英构成，还是由一些奴颜媚骨的投机者拼凑，这当然不可不辨。文运对雨果巴尔扎克等人格外地慷慨，他们毕竟处于一个特殊的时代。

说到文运，还要看他们诞生在一个什么样的族群里。如果他们生活在一个素质低下、犬儒主义盛行、庸俗和纵欲的群体中，那也就没有这么幸运了。

不在话下

拥有理性一点的头脑，这对我们十分重要。因为中国的文化本来就是感性比较发达，理性比较欠缺的，我们平时即便公允和冷静地谈论问题，也总是强调“情理之中”，但实际上总是“情”多“理”少。分析事物很容易简单化和表面化，只偏重自己的感觉。

比如现在写作者动不动就说到的“民间”和“体制”，不少人以为不在公家的某个单位上班就是“民间”，就是“体制外”了。事实上哪有这样简单，所有人都在时下的一种体制和格局里，只是具体的生存方式有所不同而已。

其实是否“民间”或“体制”一点都不重要，只有不求甚解的人、因为某种原因变得十分急躁和敏感的人，才会特别重视表面的“身份”。生命力的强弱、生命的性质、才华和质地，最终是这些决定了一个人的道路、立场和方向。如果是一个生命力强悍的人，给他一份工资一个差事，就能够改变他的精神品质？反过来，一个卑微的人，因为贫困和倒霉就会变得崇高起来？这怎么可能？

一些伪命题常常要被不停地讨论。比如一个人是不是辞职了，是专业作者还是业余作者，是不是在协会里兼职或在大学里当了教授，竟然都成了至关重要的问题——这真是很无聊的讨论。在这种伪命题面前，一个人最重要的生命劳作反而会被忽略，一些鸡毛蒜皮却被抬到了需要认真探讨的地步，这只能流于滑稽和混淆视听。

只有极不自信的人才会一路纠缠这些。一个人有了公职，更不要说加入专业协会了，就一定会不同程度地失去创作好作品的资格，这种认识不仅荒唐而且近乎一个笑话。如果仅仅是进入所谓的“民间”就可以写出杰作、仅仅是愤然辞职就可以不朽，那大家还等什么？

问题当然绝非那么简单。文学，深刻的诗意，这一切的追寻可能要复杂一千倍。可见说到归总，是否“民间”并不重要，重要的是写出了什么。是否辞职和退会也不要紧，关键还是要看作品写得如何。至于人格和人品之类，在职或在会也不一定就是“双重人格”——一个人拥有两个国籍，那叫“双重国籍”，“人格”通常还不这样叫。

还是那句老话，即应该尊重个人的选择，尊重其劳动方式的选择。我们不能强迫他人一定要失去工作或离开专业协会，因为这一切还得看他本人愿意不愿意。按说一个真正的“民间”人士当更懂得尊重别人的选择、更加具备自由精神的，既然如此，那就更不要在这些方面强迫他人了。凡事一定要整齐划一，这不是平等和自由的心态。再说，即便进入“民间”的举动真的是创作伟大作品的不二法门，他人也仍然没有权力在这方面代为做出硬性的规定。

一般来说，一个人失去了强大的创造力，也就乐于拿别人的“身份”之类说事了。

通常，一个人无论怎样自信，都不能强调自己的选择为唯一的正确和伟大，因为每个人的具体情况不同——一种生活方式对一个人是好的，对另一个人却未必。一个人作了专业作家是好的，另一个人可能从事业余写作更好。仅仅站在自己的立场上指责他人，或堂而皇之地说一些不着边际的话，不仅毫无意义，而且还极为有害。刚刚脱离了一种环境，然后就发出吓人的尖音，那倒有可能是胆小鬼的行径。

一个写作者加入或不加入专业协会，本来没什么好说的。可是在有些人眼里，加入或者退出，竟然比勤奋写作、比写出好作品更加光荣和重要。由此看来也不能过于天真了，如果今天再读鲁迅先生《致榴花艺社》的信，当会有更深的体味。那些拍打胸脯者，那些不停地怂恿别人冲锋陷阵者，倒极有可能是另有心术；而那些群声附和者，则不过是“红眼睛阿义”们而已。

宋朝的苏东坡身在朝廷，还能清醒地表达个人忧患，写出了那么多不朽的诗章。到后来他一路被贬，差点被杀，该变得完全沮丧和绝望了，可他却能同样欢歌，沉醉于语言的狂欢，生命的多趣与深邃得到了饱满的呈现。一个人若有这种能力，这种生命的强悍，那还有什么障碍会阻止他？我们现在基本上不问，也压根儿忽略了苏东坡是不是“民间”这个问题。

给一份工资就能斩断一个人的深刻忧患，加入一个协会就不会歌唱、不会寻找、不会浪漫和幻想了，这还有什么好说的。这其实是不在话下的。我们谈论的是诗，是那种炫目的绚丽和致命的追求，是搭上了一生的向往，何必耿耿于怀是否“民间”这种事？

不停地发起这一类话题的人，大半并不是为诗的前途而痛苦，也不是为他人的“双重人格”而耿耿难眠，倒极有可能是为自己孱弱的生命而绝望，于是就要不停地絮叨——以指责和炫耀的口气。

真正的“体制外”是不会指责的，更不会炫耀，因为他们在做自己的事情，他们没有时间。

探究心和好奇心

作家的两颗心是重要的，一是诗心，二是童心。杰出的作家，这两颗心是永远怦怦跳动的，不会因为年龄的增长而失去，不会因为世俗生活的压力而丢弃。好的作家有一种极其淳朴的保存力，这决定了他与其他生命的不同。在踏入坎坷的人生之路的过程中，有时不得不向各种东西妥协，而妥协的过程就是忍受污染和腐蚀，渐渐的，童心丢失了，接着诗心又给毁掉了。一个人保持好奇心，保持对崭新世界的那种鲜亮的感觉，是非常困难的。但是真的会有一部分人把这些东西保存下来——他一生的挣扎和奋斗，很大程度上就是为了保留这两颗心。

前边说过的苏东坡——他的大半生处在穷困潦倒的境地，有时处在朝不保夕的生活里，却能保留那么多儿童的趣味。他研究菜肴、丹丸，保存有好多的药方；他跟和尚道士们在一块玩耍，吟诗弄文；晚上月亮好，他会带一壶酒驾船出游——最有名的前后赤壁赋就是这样留下来的。他对大自然，对小鸟，对人间的一切趣事都保有探究心和好奇心。可如果是一般人处在他的境地，早就绝望了，忧伤而死了，但是他还抱着那么大的情趣生活着。一方面可以说他的生命力十分强盛，另一方面也说明他被童心和诗心给挽救了。

那是既淳朴又简单的一颗心，一颗干干净净的心。

优异的生命往往如此：当思考起一些复杂的社会问题时，他会拥有特别的缜密和专注，考虑其全部的综合因素，这时候他是沉重和谨慎的；但从那个思维领域里出来，看到一朵花、一个孩子、一只动物，又立即会焕发出一种天真单纯的气质。这看起来决然不同的两个方面会统一在同一个人身上。李白如此，杜甫也如此。屈原诗中一再写到那个周身披满了鲜花的男人，是多么可爱。他把君王比喻成“美人”，不停地倾诉和吟唱。屈原也是一个特异的、单纯的生命。

李白有一首诗很能打动我们：“李白乘舟将欲行，忽闻岸上踏歌声。桃花潭水深千尺，不及汪伦送我情。”“踏歌”就是高抬两腿踏出节奏，边踏边唱。李白和汪伦的年龄都不小了，却是这样对待朋友，这样告别。

今天如果有个朋友用此方式为我们送行，那他不是一个精神病也是一个半傻——不是真的人家傻，而是我们远离了童心的纯洁和质朴，已经难以有那种即兴的焕发了。可是一个诗人应该有，所以当一些杰出的诗人做出一些常人看来不可理解的、突兀的举动，其实是很真实朴素、很自然的表现。

人性的共同点

孔子说得对，人性真的是十分相近的：无论相距多么遥远，无论时空变化如何，无论是古代和今天、西方和东方，人性都是十分相似的。

一个中国人在彼得堡生活了几十年，他对初来乍到的人谈起自己的生活感受，说刚来时在这里满眼看到的都是浪漫的异地风光：俄罗斯的建筑，高鼻梁蓝眼睛的人。这种外在的形式跟我们差异明显，让人产生新奇，要好好习惯一段时间才行。但是在这里生活时间长了，就感觉跟在中国生活是一样的，人的处事方式，思考问题的方式，也大致是一样的。当然习气不同，文化水准也不同，这些方面有许多区别——时间长了以后会发现，大的方面、更内在的方面，却是基本相同的。人性中的优点和毛病也大体一样，只是表现程度不同而已。

不同族群的交流存在一些问题，除了语言的障碍，其他往往都是被夸大了的。在人性的深层，比如喜怒哀乐这些，都是一样的。面临的一点现实的区别，比起人性的共同点来还是要少得多。无论在美洲还是在欧洲，都会有这样的感受。二者在沟通时，只要进入人性永恒不变的本质部分，就会发觉障碍立刻消除了。

实用主义的文学叙述

诗与小说比较起来不是一个“过程”，而是一些“瞬间”。真正意义上的诗性写作比如小说，则是这些“瞬间”的连缀，是由这些连缀和镶嵌而形成的一个“过程”。这与通俗文学的区别，就在于雅文学中的叙事部分不是一种线性思维，而是一种互嵌的、并置的思维。所以当用线性思维去解读诗性写作中的叙述，就会不得要领，就会难以进入。

叙事文学与论述文在表达思想时，区别在于前者不光没有一个结论，而且一切都是通过局部的语言细节中实现的，它们一直渗透和保存在这些局部中。它并没有在其中凝结成某个结论，而且也不能从这其中分离出来。

诗意在阴郁的空间里繁衍和生长，诗性写作中的叙事文学也是如此，但不同的是叙事作品能够抵抗更强的紫外线辐射力，可以长时间在阳性世界里穿行而不致枯萎。但现在的要害问题是，当代小说过多地暴露在强烈的光线下，以至于发生了变异，根本不想或难以返回阴郁的空间里。

所以叙事文学有了更多的世俗化，而很少看到陌生化。它们由连缀的“瞬间”、由跳跃方式变成了线性的滑行方式。于是也就渐渐蜕化成另一种写作，即通俗写作。物质时代和商业社会里的写作活动，很容易走向这样的蜕变。实用主义的文学叙述，它的基本特征就是强化故事，压缩细节。而诗性写作一定是相反，它要进入和强化那个“瞬间”，不断地膨胀和扩大细节。这个“细节”不仅是一般意义上的情节之下的叙事单元，而是具体到语言的细部——细节——词语。

如果没有进入这样的细节，几乎也就不存在诗性叙事了，它所要完成的故事则没有什么文学价值。现在即便是所谓的“纯文学写作”中，也有相当一部分叙事作品并没有进入语言的细节，所以还应该算做“准通俗文学”。

分析那些诗性写作的叙事文本，就会明白这一点。它们一再把故事破碎，把情节压缩，极力避免线性的滑行方式。它们虽然仍旧保持了一个“过程”，但它们的本质仍然是细节，是片段，是那些偶然和“瞬间”的闪现。

形 式

也许世间没有离开形式的内容，所以仍然还要谈谈形式的重要性。这不是“形式主义”，而只是内容的另一个方面。比如宗教活动，最明显可见的就是它隆重的仪式，它的一些禁忌等等。这时候我们已经分不清哪些是内容，哪些又是形式了。

实用主义者以直取内容为借口，首先会从摧毁形式入手，接着再破坏和改变事物的本质。所以有时候为了捍卫内容，就不得不一再地强调和恪守形式——非要坚持这样繁琐的步骤不可，非要遵行这样复杂的规范不可，它虽然刻板然而非常有效。

当内容坏死的形式被一遍遍重复时，所有人都会心照不宣，明白自己在做多么无聊的事情。比如语言的苍白无物，套话和谎话堆积的环境，就表明了它宣达的内容正在坏死。这时候的形式无论怎么频繁地循环重复都是无济于事的，因为它本身就一直在闹剧气氛中，从开始到收场都是这样。

最坚固的形式往往也是信仰的一部分。没有信仰是真正的不幸。没有敬畏，鄙视真理，比朝不保夕的生活还要悲惨。动物的主要时间都用来寻找吃物，而现代人类已经沦落到差不多的地步。群体中的相当大一部分只相信两个东西：一个是权力，一个是金钱。二者说到底都是利益，都可以迅速地兑换成吃物。如果是毫无利益可图的权力，那也是没人留恋的。

一个族群如果跌落到这个境地，再谈论其他则没有多少意义了。礼义廉耻不存，忠孝节义被弃，剩下的又会是什么？有人会说这些全都是口号和招牌，是形式，可就是忘记了它所具备的具体内容。究竟是害怕形式的制约，还是直接厌恶内容本身？随着时间的推移，一切都会变得越来越清晰了。

不相信真理，不相信这种追求的意义，只把眼下和未来都交给实用主义，世上再也没有比这个更危险的事情了。

关于“主义”

“理想”和“理想主义”还是有区别的，这里不可不加以辨析。理想是理性推动下的美好设想，是没有舍弃感性的理性。一个人对于生活，对于事物形成的美好渴念，是理性思维和感性思维交织的结果。他一定会从理性及愿望出发，不断地回到客观现实；他会在生活实践中充实和鼓励自己，贯彻理性，去顽强地对抗世俗社会里各种各样的荒谬。一个人和一个民族，没有理想会是可悲的。

但“理想”加上“主义”就有些问题。它一开始也是借助于理性的推导，形成了各种对于生活的美好想象和设计，但不同的是它夸大了这种设计和想象的永恒性和不变性，把它凝固成一种概念并给予迷信和崇拜。其实任何理想都会面对具体的生存现实，每个人的生存又各有不同——所有的美好设想都像逆水行舟一样，需要奋力向前，需要继续探索。

将那些一成不变的设想和计划、一种内容相当凝固的理念放在不同的时空里，并且认为这是百战百胜的、永远的和唯一的正确与依赖，就变成了一种“主义”。理想并不能解决一切问题。理想是一种理性设计和美好向往，但它更是一种精神探究的力量——这种力量是重要的、不可取代的，但却并非唯一。

精神往往会变得越来越遥远，渐渐就会被抽象化，脱离了实际内容，会被架空，然后变成一个符号，变成简单的冲动之源。回过头来，这种冲动一定会跟最初赖以形成的那种理性思维形成对立。

盲目的热情和冲动在生活中有太多的例子。这种热情和冲动一旦替代了理性，一旦脱离了具体现实，变为僵死的教条，变为偶像般的意义，也就具有了极大的毁坏性和覆盖性。所以用理想来替代一切、抵抗一切的绝对化的精神力量，就是通常说的“理想主义”，它常常会变成理性和科学的敌人。

人类历史上的灾难与“理想主义”的关系，也许需要我们正视。事实上，人们很容易为了自己那个所谓的“理想”而排斥异端，消灭不同意见，从而导致了思想专制。这就是“理想主义”的后果之一。

理想因人而异，每个人的理想的具体内容都不尽一样，从绝对的意义上讲，他人不能走入，而只能接近。人将美好的想象与具体的经验紧密结合，并且要依赖强大的理性。随着阅历的丰富，生活的变迁，一个最初形成的理性推导也需要不断地修正和改变，所以任何人的理想内容都不可能永远一成不变。

有时候我们很容易把“理想”和“理想主义”混淆，就像把“技术”和“技术主义”混淆了一样。技术是好的，没有技术，很多操作就是低效能的。但技术只是一门专业，一门科技，如果把它当做抵挡一切的良方，当成万能的法宝，一切都靠技术，从生产到治国，到生活的方方面面，那肯定要出大麻烦。超出技术能力范畴的使用和寄托，就成了“技术主义”。

总之使用“主义”这两个字时，可能还需要慎重。

“父亲”的缺席

人们发现许多作品中缺少“父亲”，并想象这是不是一种有意为之——其实作家大约不会从理性上约束自己，刻意地多写“母亲”而不写“父亲”，一般不会是这样。这大概是一个潜意识中的问题。

文学作品都歌颂母亲。这在写作者来说是一种本能。歌颂母亲就是歌颂生长和创造，歌颂生命，就像人类感激大地一样。

诗人一度、或者不自觉地要逃离具有强大约束力的阳性世界，回到自由的阴幽的空间。这样一种取向是具有反抗意义的。“父亲”代表阳性的主宰，代表秩序、规范和责任，代表物质和现实。而“母亲”是包容的，是可以依偎和寄托的，是属于幻想和浪漫的。“父亲”和“母亲”分别是这样一种不同的象征。

有一些作家一再写到“父亲”，这时“父亲”或者是作为反抗的对象去描述，或者是当做现成秩序的颂扬和肯定。对后一种情形我们都不陌生，许多作品就是把“父亲”放在那样的一个位置上的。

但是那些能够代表一个时期精神和艺术高度的写作，尤其在诗性写作中，“父亲”常常只处于两种状态：一是缺席，二是置于被怀疑和反抗，甚至是被审判的地位上。

当然这不是一个约定俗成，也不会是一种很清醒的行为。这是诗学范畴里的问题，而不是一个现实的写作学的问题。

有的作品中“父亲”的形象不是一般意义上的存在，不是特别显性的，而是隐性的。比如当写到“父亲”这个形象时，常常只是在思念当中，在怀疑当中，在批判当中，在辨析当中——即便最后走向对“父亲”的肯定时，也是辨析、质疑、再度审视之后的结果。而这一过程中的“父亲”一般是隐身的，所以基本上可以作为一个缺席的角色去理解。相反，当写到“母亲”时，情感总是相当地饱满、自由和敞开。所以对比之下，“父亲”在作品里仍然是处于一个很尴尬的位置上。

“父亲”所代表的世界，通常不是一个被极力肯定的世界。跟“父亲”连在一起的所有生活，都会被追溯和质疑。而怀念，则属于站在童年的位置上去遥望。潜意识里跟“父亲”遥远而生疏，有疏离和剥离感，这是没法改变的。大概所有的生命跟“父亲”的情感与跟母亲的情感都有明显的区别。对待“母亲”可以无话不说，可以充分信赖；一个人愿意为“母亲”付出的一切，却未必愿意为“父亲”付出。这是什么原因？无论是一个男孩还是一个女孩，回忆一下对父母的情感，都不难发现这种区别。这种区别来自哪里，我们还不太知道。

“父亲”代表的显然是一个更现实的世界，他跟这个世界紧紧地扭合在一起，不可分离。无论“父亲”怎样想逃脱这个世界，也还是这个世界里的一分子。“父亲”、“男人”，他们更多地介入生活和创造生活，肩负了不可推卸的责任，迎来了个人的荣耀和死亡——荣耀属于他们，死亡也属于他们。所以到了战场上，首先要保护的还是妇女和儿童，冲锋和牺牲的首先要是男人。就是在和平年代里，男人的寿命也远远低于女性——因为他们生活在第一线，而女性在第二线，是负责养育的，是整个家庭和温情的象征。

离开了“母亲”，哪里有诗和文学。诗是一种生长，是连接母体的一种延伸和回归、一种小心翼翼又大胆泼辣的探索过程。诗人总是泪水涟涟地歌颂“母亲”，擦干眼泪再去打量“父亲”。

上帝赋予了男性绝望、悲凉、牺牲等等品质，在悲剧里面，男人总是占据核心位置。无论是西方的史诗还是东方的抒写，都表露了所谓的大丈夫气概。大丈夫气概就是男人的承担，承担悲凉和毁灭；而女性就跟温柔、抚摸、温情、生长、哺育这一类词汇连在一起。

男人这种命定的角色是很神秘的。我们这里不太说“上帝”，但可以称为大自然和宇宙间那种不可逾越和无所不在的强大规定性——这种规定性铸就了男女角色的区别。悲剧更多地在男性这里，于是崇高也更多地在男性这里。而美丽属于女性。当然，如果美丽的气质中表现出崇高，那就更加撼动人心了。

一切都是回忆

严格地讲，一切写作都是回忆。或者写了很遥远的事情，或者是比较贴近的事情，但肯定都是回忆。有人只说自己写了眼前正在发生的事情——那是准文学，是报道，不是严格意义上的文学。

所有的文学都是回忆，每一个写作者都很容易得出结论：自己的文学是从回忆之路上走过来的。比如说开始的文字，肯定是从记忆的某一刻开始，然后才有后来的一切。

有人出生后最初的记忆就是一片荒原，那时候还看不到远处的海——后来可以到海边去，记忆里便有了海。还有河流、丛林等等，是这样的一个世界。这个世界给予的一切，是作家最早的感知和记忆，对其一生的创作都是最重要的。对于所有从事写作的人，最初的记忆肯定都是极重要的。其重要性并不意味着他会一再地描写这些具体的生活环境，而是这些环境对他作品气质的规定力。

有一部分人可以不停地写最初的记忆，不停地写丛林海滩动物河流等等。有一部分人不写，他的出生地明明是另一个地方，并在那个地方生活了一段时间；可是他作品的主要内容，却是后来的一些经历。这是不是跟刚才的推导有了矛盾？没有。因为仔细看，他对生活的判断，对于人和人之间关系的判断，很大程度上还是以记忆之初的那些事物作为尺度。作家最初的记忆，总是最重要的参照物，他要以此和后来对比、映衬，阐发生活理想，抵达美学追求。

童年的经历具有无可比拟的规定性。比如说童年经历了嘈杂的生活，到后来对嘈杂就没有那么大的排斥力；如果童年经历的生活是非常安静的，后来一旦进入了嘈杂就会厌烦，痛恨，恨不得立刻逃离。童年接触人多，长大后对熙熙攘攘的所谓“人气”会持一种肯定的态度；如果小时候是在缺少人烟的环境里生活，他跟这个热闹的世界就会设法保持一个距离。

一个作家的风格与气息都来自童年。严格地讲，人的一生都在写自己的少年，再写一点青年和中年。到了老年，往往全部换成了更早的回忆。一个人无论怎样树立表现当代的决心，实际上写出的，仍然是不能摆脱的少年情怀。很难看到一个好作家离开了少年情怀。少年情怀可以解释一切，推导一切，拥抱一切，包容一切，对比一切。

一位作家或许在很晚的时候“返璞归真”了，用大量的笔墨写起了童年生活，而且写起来很愉快，速度也很快，个人也比较满意。其实这一点都不突兀。因为几十年的写作中，他的很多时候都在那种气息和气氛里工作，虽然写的不一定是童年的内容。作家可以写激烈的斗争，可以写城里的生活，可以写流浪，可以写一个人的挣扎，婚姻，但是童年那种气氛要一直给他力量，给他支持。

作家在写作的时候要不停地回到过去的记忆，把现在要写的所有生活，都拿到那个地方去浸泡一下，就像把食物放到嘴里咀嚼一番，再到胃肠里转换成自己所需要的营养一样。有北方人到韩国或南方某些地方，吃东西不习惯，因为那里什么东西都是红的，辣得要命——他们就在桌前放一大碗白水，取了任何菜都先放到碗里摆一摆洗一洗，然后再吃。作家的这一大碗水就是童年，现代的所有生活作为写作的材料，都要放进这里洗一洗。

文学有一颗种子，那是童年植入的。

同性恋

现代医学研究中的结论是，同性恋是一个基因的问题，不是可以用来追求的事情。在所谓的“新时期文学”初期，本地一位作家曾经痛心疾首地说：咱们这里不会出现什么大作家，看看吧，这么多写作的人，连一个蹲监的、一个同性恋者都没有，真是太平庸了！

他说得很认真，不是开玩笑。这是从某一个意义和角度说到了生命性质，以及人与社会的复杂关系。作家要露出本真的面目，更本质化地显示生命的个性。这段话的意思是，如果能够自然地显示和呈现，为什么这么多人都不约而同地循规蹈矩，那么平常而平凡地过下来？

一个群体没有被激活，一个生命没有被激活，是这样的忧虑。

但是生命的状态并不完全是表面化的，这仍然不仅是形式的问题。这里面真的十分复杂。无论多么着急，还是要等待机遇，等待发酵，生命的激活有一个过程，更有一个环境。如果不是因为基因的特别，也不一定发生同性之恋，这需要是自然而然的事情。

有的作家等了好几年也没等来这个生命状态，竟然不惜自己实践和尝试起来。结果效果并不十分理想——甚至让自己厌恶起来。就因为他没有那样的基因，不能适应这种事情。

由此可见大多数人还是需要一种平凡的正常的生活，在爱情方面也就是男女相爱。

这里说的是，不要急切地去追求外在形式上的模仿，不必急于跟最时新的东西求同。如果不是一个同性恋者，但是具有那种包容力和理解力，并且愿意站在另一性的生命体验中去感受事物，也是很好的，也会有双重的收获。男性或女性只从自己的角度去感受事物，会遮蔽许多东西。从这个意义上讲，同性恋作家会有杰出的表达，也不是不可以理解的。但是通常情况下，这样的人也要忍受很多偏见的排挤。

杰出的文学人物中同性恋很多，洛尔迦、兰波、魏尔伦，这串名字还可以更长。任何事物总是有得有失，像英国的王尔德因为同性恋坐了监狱，但他确有过人的才华。他的打扮很怪异，人也狂妄，性倾向在当年得不到宽容，如果是今天就有了先锋性了。那个时代不像现在，但也不能简单地用时代进步来概括这个现象，而是要多方面地去理解：一方面是同性恋的群体在扩大，他们不停地争取自己的权益；另一方面，科学的发展也为这部分人提供了坚实的根据。基因就是那样，还有什么话说？所以尽管神秘，大家还是容易理解和包容他们了。

作为一个写作者，不是仅仅做到从异性的视角去观察和理解问题就可以了，而是要真正回到生命的内部、本质，去理解社会生活和人性，这样就会进入更大的丰富性。

引我们飞升

歌德有一句诗:“永恒的女性，引我们飞升”。这里面包含的意义一直让人深思，但并不能确定他在说什么。她们是美好的指代，是精神的象征还是其他，只能让人想象。“我们”指大众，普通人，还是男性？如果是前者，那么女性就被排除在大众和普通人之外了。所以这里的“我们”还应该是男性。

男性作家把一切生长的希望、完美的想象都寄托在女性身上。女性对于他们，是一种永远的神秘。异性作为一个大的界别，构成了世界的另一半。作为抽象出来的女性，却是美的综合与极致。

男性诗人写出的诗句，女性诗人也有可能写出。但我们不太肯定她们会觉得男性会引她们飞升。那不可能。歌德的这一妙句简直囊括了人类世界最大的奥秘。

上天规定和造就了男性和女性，二者也就没法互换。这是永恒的角色。至于现代科技条件下的变性手术，给人的第一个感觉是大惑不解，再就是我们人类实在是闹过了头——我们已经不满足于向人类挑战了，而是向上天，向无所不能的伟大的自然本身，向一种无可逾越的神秘力量挑战。

还有克隆人的想法，也让我们恐惧。有一些界线如果逾越了，会有意想不到的灾难性后果。幸亏变性人还不多，克隆人也还没有成为事实。

有些东西想一下都是犯忌，更不能去做。那种稳定的神秘感一旦被打破了，魔鬼也就撒向了人间。

因为我们不能放弃最后的也是唯一的希望，不能毁掉引我们飞升的那种飘逸而伟大的力量。

创造的张力

古代讲“万恶淫为首”，认为任何的恶都不如淫乱更大，并且是万恶的开始。这是一种透着虚伪的意气和夸张，还是严格的思维和推论，到了现代也许能够看得更清一些。

“现代”是一路解放、解构过来的，是一个单向的过程。几乎所有的叛逆和自由都离不开性的解放，离不开这样的话题。因为这是最通俗又最具有撩拨性的，是付出最小收获最大的一桩关于思潮的买卖。一些浅薄的伪女权主义者竟然走向了自己的反面，公然将自身性的解放视为一种真正的权利。

黄色和暴露的程度，往往被视为一个地区开放与自由的层级，甚至当成繁荣的标志。也正因为物质欲望的确与性欲望联系在一起，所以那些在性关系上放肆的地区，还真的有些畸形的繁荣。在这种有效的简单的实践引导之下，社会就一味向着性的方向解放，并将其作为整个社会敞开的一个最重要的窗口和出口。

时下中国人总结古代社会的发展，常常要提到齐国和管仲。异口同声的看法是，在管仲这个“千古良相”的治理之下，齐国才走上了开放和发展的康庄大道，他们采取的是一种“海洋文化”、“商业文化”，这比秦国的农耕文化不知要好多少倍。一个较为统一的看法就是：如果当年齐国统一了中国，我们今天就完全是另一副样子了。

历史一经这样的假设，可说的话就多得不得了。管仲治下的齐国经济的确繁荣，但也最为糜烂。它的都城设立了世界上最早的官家妓院，比雅典还要早得多。与此同时存在的还有伟大的艺术——孔子听了韶乐“三月不知肉味”，就发生在齐国首都临淄。为了繁荣齐国的经济，只要是大商人来到城里，规定中是要有女人陪住的。

齐国当年搞的那一切我们觉得非常眼熟。所以今天许多人认为管仲真是伟大，是一个完美的现代宰相。

物质主义时代对应的是阶级斗争时代——那时候我们最崇拜的人物是商鞅，因为商鞅是搞阶级斗争的好手，杀人如麻，渭河都染红了。现在需要另一个榜样，他就是那个制造了糜烂和繁荣的管仲。今天批判和挑剔管仲是没有市场的，因为他是开放搞活的代表人物。

可见性的解放从来不是孤立存在的事物，而是和整个社会精神以及政经法度联系在一起的。性也不仅仅是局限在男女界限之内，而是一个时期的人性持守程度，是人性的取向。人性败坏了，一切都将毁坏不存。

上天设定的生命的产生是无比庄严和神圣的——人的情感、神秘的向往，这一切中间所蕴藏的巨大的创造力，就是一种道德力。失去了这种道德力，创造的张力也就丧失了。

一个人对于最美好事物的向往，最极端的象征就是两性之爱。这是难以言说的爱，永远不能忘怀的爱。这种爱的力量可以引申到一切方向的创造，它美好的触角无所不达。一旦这个方向之源力量之源被破坏了，整个社会秩序也就溃败了，价值体系也就被摧毁了。全社会绷紧的严整思维，创造的涵养之力，全部给释放和撕破了。

健康的社会一定是精气神饱满的。不停地打哈欠，满脸倦容，一边说话一边搓眼睛，脸色灰暗——这样的群体面貌还会有什么希望？

人有正直和刚毅，才会有力量。

人心与物质国力

有人认为只有伴随恶的释放，创造力才会得到释放。人类似乎就是这样不幸，在这个可怕的过程中使物质变得“极大地丰富”了。但是这里面有一个致命的问题，就是怎么才能掌握恶的释放和创造力之间的均衡。第一这很难把握，第二在经验中、在榜样中，我们已知的那些国家和地区是否算得上最可依赖的证据。

由于实践的深度和广度所决定，人类对于先验和超验的真理不可能轻易地全部证明。也就是说，关于社会实践的真正依据和判断仍然处在艰苦的探索之中，不能过于武断地下一个结论。还是回到战国时期的齐国为例，如果单纯以那二三百年的齐国的兴衰起伏为鉴，许多人，特别是自身处于历史变动中的那些人，一定会为管仲时期的繁荣叫好，并认为这才是一条富民强国的正途。

可是纵观更长的历史就不是了。因为他们会发现更大的因果关系，发现过分地倡扬物欲所带来的巨大破坏力，发现这种局部的、短时期的所谓繁荣的可怕后果是什么。这样一种物质主义终于将齐国导向了毁灭。

管仲时期的齐国富得不得了，最后却被相对落后的农耕国家秦国给消灭了。齐国物质极大地丰富，科技极大地发达，如史书上记载：齐国的人民是那样地富裕，临淄城的一般市民都遛狗养鸟踢球，趾高气扬，穿绫罗绸缎。士兵又是怎样？他们的装备好得不能再好，但是后来遇到一拨拼命的秦兵，扔下武器就跑掉了　在那个冷兵器时代，不怕死和意志力才是第一位的，科技装备之类还起不到决定性的作用。齐国已经在物质主义的侵蚀下走向了大面积的腐败，人心涣散了，财富作为一种单纯的物质国力，已经没有什么用处，甚至成了累赘。

可见，靠不择手段毁灭正义道德换取所谓的物质国力，无异于为煮鸡蛋而烧毁了房子。

当然，对一味地强调“精神力量”，对所谓的“理想主义”，也需要有足够的警醒——它有时候也是相当粗暴的，简单的乌托邦主义也会造成遮蔽和幻觉。我们不能从否定一种线性思维，跌入另一种线性思维。我们只有更理性地面对这个复杂的世界，强化和重视个体经验，保守一点，珍惜五千年来获得的全部经验和思想成果，在现代社会生活中加以综合——也许只有这样，才能获得起码的冷静。

今天的一些尖叫者，他们手里的武器非常简陋，不过是从这种线性思维蹦到那种线性思维，是一会儿东一会儿西，是搬弄现成的概念，完全没有个人的独到见解，也看不到个体经验的烙印，甚至没有个人的口气和语调。这就太廉价也太简单了。

不需要质疑

有一些问题从局部看、阶段性地看或许有一些道理，一旦将其扩而大之，从更大的方面着眼，或许也就不再那么简单。比如对“纯文学”这个概念的使用，就极不理想。纯文学，严肃文学，雅文学，诗性写作，这些说法一再被人们引用，也全都不那么令人满意。大家都可以修正它，都可以换一个词来说。但是无论怎么换都不一定准确，不过好在都知道它意味着什么——中国外国大致都是如此吧，认为它是和通俗娱乐文字相对应的一种文学。

有时做文学批评的人也在质疑纯文学，说哪有那么多“纯文学”，能“纯”到哪里去等等——这倒是另一个话题了，因为这些是不需要质疑的，这只是个称谓问题。无论西方还是东方，文学艺术都有雅俗之分。对雅俗之界的严格与苛刻，既是一种普世标准，更是在一个商业主义时期对学术品质的必要鉴别。如果连这些最基本的东西都拎不清，学术大概也是无法进行的。

怎样给雅文学定义？大家的理解不可能完全一样，但大致还是能够趋同。它不是一个存在不存在的问题，而是怎样去理解的问题。纯文学和通俗文学也不是一刀切开那样清楚，有时候雅文学也有俗文学的一些元素，俗文学也吸收雅文学的方法。比如国外的某些侦探小说，甚至表现出真挚而质朴的神性，有强烈的宗教倾向。当然这只是一些个案。

一般来说武侠小说、言情小说、谴责小说等都是通俗文学，但这方面的题材一旦经过了诗性写作的处理，又会是极好的雅文学作品。所以人们常常强调，说“怎么写”更重要——其实“写什么”也同样重要，因为通俗文学总有些相对集中和热门的题材。对有些领域，许多作家一辈子都不曾染指。让一个雅文学作家拿出大量篇幅颂扬一个权势者，窥视官场里的一些曲折事情，一般来说是比较困难的。再比如写企业家如何成长，大概也很困难。

当然这些都不是绝对的，而只是一般的情形。

心怀厌恶的恪守

雅文学是充分葆有个人性的，因为它必须脱离时代语调，没有这个前提，不会是诗性写作。现在大部分涌流的文学艺术方面的信息堆积都是极度碎片化、世俗化的。它以极其琐碎和放纵的形式，把世俗化的生活无限量地呈现在读者面前，所谓的阅读，就是被那些始料不及的千奇百怪的现实参照所阉割和牵引，让心情深受影响。这种视听环境与诗性写作所需要的起码条件形成了巨大的不可调和的矛盾，就像敌我矛盾一样。

如果说一个诗性小说家还可以在这个现实的世界里穿行，并按时返回到个人的空间里去休养生息的话，那么他却毫无可能在琐碎而平庸的堆积中稍稍驻足，因为这会彻底让他紊乱，折损最后的一点诗性。没有办法，他只好封闭一个畸形世界的入口，绝不在那里做片刻停留，因为他害怕再也不能返回到个人的空间里了。

所以目前不仅是经历单薄的年轻人，也包括中老年人，有可能不得不像戒掉毒品一样戒除相当一大部分视听制品。这是心怀厌恶的恪守，并渐渐会成为现实生活中的一种斋戒仪式。没有其他办法，就是要有这种仪式，就像我们要遵守一种宗教所必要依赖的那些仪式一样。

这是万不得已的，也算是时代逼迫之下的一种仪式。

“副语调”与“副潮流”

西方现代主义文学土壤比我们丰厚，历史比我们漫长。它在二十世纪初就开始出现了，到二次世界大战后达到了鼎盛时期。那时从绘画到文学出现了一大批大艺术家。我们这里直到八九十年代才算窗口打开，接触到所谓的现代艺术。那种新鲜感刺激性非常大，一场时髦的学习也就开始了。这不仅形成了一个思想的“副潮流”，还构成了一个时期的“副语调”。那时候最为时髦的人才会走进这种潮流和语调里。

“主潮流”和“主语调”还是批判现实主义的传统。但作为一个“副语调”，在一个方面已经是相当强劲了。虽然跟上了“副”也未必是好事，但是对于整个文学格局来讲，它仍然起到了一个激活的作用。这个作用到了综合者手中，最终还是会有好结果和大收获。

但可惜的是，人们沿着时代的“副语调”“副潮流”还没有走得多远，就来了市场经济，出版界就来了版税制。“副语调”和“副潮流”太晦涩，也就没有了市场。这时候唯一的“主潮流”“主语调”就是市场，一切都要服从于这个硬道理。赚钱，出名，销路和读者，是这些合在一起的诱惑。“副潮流”也就放弃了，转而回到了比一般的“批判现实主义”还要通俗的境地。看起来二者相距甚远，实际上万变不离其宗：追逐时代的潮流和语调。

为什么要一再强调逃离集体的语调？因为这是诗性写作的前提和内质。

如果在如此依赖读者和市场的文学态势下，哪一个写作者又突然重回八十年代中期，回到现代主义的晦涩式的呓语，保持那种单纯的现代主义的模仿与探索，人们仍然会心存钦佩的。这时候的坚持不仅是一种执著，而且是一种纯洁。

这就好像在“文化大革命”的时期，那时候的戏剧演出夫妻都不能同台，是彻底的禁欲时期，这个时段如果有人放肆地写“性”，那就是另一种意义了——敢于离开“主潮流”和“主语调”。

诗性写作是个人的，是反抗的和批判的，只有逃离“主语调”才能焕发出强烈的个人力量。现在，商业主义物质主义时代，“现代主义”的晦涩必然式微，于是当年的“副语调”也就销声匿迹，“副潮流”荡然无存——起码在叙事文学中是这样——在不具有市场属性的其他文学样式方面，有可能是另一种情形。那些地方，当年的“副语调”和“副潮流”早就成为“主潮流”和“主语调”了。这又成了同样令人生疑的东西。

也许有人注意到，现代主义的探索从来没有终止过，所有真正意义上的纯文学写作都在进行这种探索。但这已经不是形式上的简单模仿，而是本土上的一次强旺生长。这样的写作既是本土的又是现代的，既是过去的又是未来的。最有现代意识的探索，真的从来都没有停止过。但他们从来没有进入过“副语调”和“副潮流”。所以越是在市场化的形势之下，他们越是能够坚持。

我们可以在阅读中寻找那些个人的语调，他们是一直脱离时代的“主潮流”和“副潮流”的一部分，所以他们不太可能被冠以“先锋”

的字样。

只要加入了“副潮流”和“副语调”，也就只能消除了个人性，这是一种代价。

那些真正意义上的先锋，一如既往地贯彻到今天的写作，正好与一拨文学色盲交相辉映。他们不会加入任何潮流。

他乡的流行作家

作为一个他乡的畅销书作家，竟然新鲜地被大陆当成了一个现代小说家，一个雅文学作家。不，他仍然是一个通俗的流行作家，在他的国家里是，在这里也是。

这并不是说这样的写作没有一点价值，更不是说一无是处，只是需要稍稍地界定一下而已。如果把同一位作家所有译过来的作品都读过，会发现一些什么特质。没有出人意料的难度，没有相应的诗性。流行元素汇集一体。玩世不恭——当然，这是很长一段时间里所有通行和流行作品的胎记，几乎此地与他乡概无例外。

当然也有值得称道的方面——在没有诗性难度的写作里，在通俗的叙述中，它仍然写出了一些现代人的无奈、绝望和苍凉。这也许是雅文学才能抵达的境界。

但是它的主体叙述和格调仍然是追逐市场的。它在当今商业主义的潮流之中。

灾难性力量

文学并非与“痞子”水火不容。玩世不恭与戏谑嘲弄只是一种语调，其朝向和才华才最终决定了价值。但问题的复杂性在于，一个作家缺乏深刻的思维与理性时，往往总是少不了、总是求助于这种气息。在一些低级趣味和不求甚解的嬉戏者那里，顽皮与嘲讽常常是时髦而有趣的。所以大多数时候，只要有了痞子气味也就再也走不远。在与时代的对应关系上，这往往是相对廉价和不负责任的。他们是这样的一种人：似乎一度起到了解构的作用，起到了挑战主流社会话语的作用；但是还有更为恶劣的一种作用，这后一方面却常常为人所忽略——他们同时消解掉的还有更多更好、更重要的东西。

当年的“痞子运动”在推动社会前进的时候，早已被证明是一种灾难性的力量——无论古今中外，流氓无产者们无不起到这种作用。而对于艺术比如文学，一部分人或许曾经得益于这种气息——而正常情形之下，一旦沾染了这种气息，也就等于患上了一种不治之症。流氓无产者从来和诗与思对立。

他们会迎合和满足一部分人的苟且、游戏、妥协和无奈这一类心情。还有人会把这种顽劣的表现当成最深刻的表达。这真是太大的误解。

当研究者面对复杂的文学现象与社会情态陷入恍惚，缺乏强大的理性穿透力的时候，一度也会滑向简单的嘲讽和玩世不恭。失去了更理性和更健康的情感支撑，往往就会退而求其次。因为他们极不情愿退到所谓的主流话语那儿，于是就退到了另一边——嬉与痞的一边。其实这是五十步笑百步，甚至在许多时候等于站到了具有更大破坏性的一边。无论这种痞与嬉对主流话语表现出多大的挑战性，骨子里仍然是一致的，它们是一种异曲同工的关系。

它常常是作为所谓主流语调的另一个“副语调”而存在的，但是许多人并不能清晰二者之间的关系，不知道这只是主流语调的一个支脉和变相。

痞与嬉的文学往往标榜其个人性。但真正的个人性必有深刻的情感，有挚爱和悲悯。对人的关怀才是关怀社会，关怀历史和未来。

人类五千年间形成的普世价值都在痞与嬉的消解范围之内。这种消解从来都是黑暗力量最求之不得的效果。什么社会和历史，哲学、宗教，真理，理性，都是嘲弄的对象。鲁迅先生所厌恶的“二丑”，就指了这种痞与嬉。所谓“二丑”是戏台上的一种特别人物：他们一会儿媚主，一会儿又忙里偷闲对台下扮个鬼脸，嘲弄一下主人。

痞与嬉的艺术，对于心智未开的人是颇有迷惑力的。

羞 愧

随着年龄的增长，人应该越来越有可能站到别人的立场上考虑问题，即宽容一点。我们个人无论有多么深厚的经验，毕竟是有局限性的。有时候，一个人在专业上无论走多么远，却总是有个人的盲角。

一个人出版了许多作品之后，产生一些遗憾和愧疚是正常的。那是很漫长的一个创作阶段，一个年轻人从头走下来，要有足够的耐心。尽管这是不同寻常的心血的消耗，但仍然会有它的局限性，会是一个局部的、阶段性的完成。几十年过去之后，有多少想法在改变？有多少体会在加深？时间帮助他的东西，远不是才华和智慧所能给予的。

人的弱点是急切和迁就。急于表达，急于让文字面世，这必然会造成许多问题。浮躁既不可原谅又不可避免。一个人回视这一切的时候，当有一些新的觉悟。有觉悟就好，只可惜总是来得太晚了。

除了惋惜，也可能有些羡慕，对青春年少的羡慕。

作家年轻时看问题会比较偏激，片面然而也会十分珍贵——因为相对来说那是十分饱满的。可是这毕竟不是成熟的阶段。这时候的言论会有些问题，虚构作品则会好一些。但是那种年轻人的勇气，许多时候也是蛮让人痛快的。托尔斯泰说得好，“墨写的文字斧头都砍不去”，而这砍不去，往往也留在那儿让人羞愧。

卑微的策略

随着写作生涯的延长，觉悟者会对文学策略，对于名利等东西越来越远越来越淡。除了认真求实的劳动本身，不再为博得口彩而作。

广泛的阅读和深入的思索，靠近那些大心灵，必然会有进步，会变得比过去更宽容和更善良一点。对于一个人而言，写作应该使他变得比昨天更好。这也是写作的许多益处之一。再就是这些劳动成果对世界的良性作用。写作对生活有益，同时又帮助了个人提升而不是沉沦，这就是最大的成功。

作家远离文学策略是最重要的。尽管名利、投机心、策略心不能百分之百地根除，但基本还应该回到朴素的劳动那里。让劳动成为人生的最大安慰，让追求真理成为人生的最大渴望，这实在是最好的事情。

一个人凭智力经营自己，运用策略和机心，不再服从个人的真实体验和感动，就会偏离朴素的劳动，就一定要给名声所毁，策略所毁，无论取得了多么堂皇的成就，也顶多只是二三流的人物。这其实是卑微的。真实的人物才是一流的，他们都是非常朴素的，不讲策略和机心的。

写作者看到什么不平就要说出来，感动了就要用笔去倾吐。他对文体同时具有极大的敏感，一生都在做出刻苦的努力。如果一生如此，自然会有不可替代的价值。

·第六讲·

写作课

在国外一些有名的大学，写作课是很重要的课。我们这里重视程度差一些，可能只有一两所大学有写作硕士点。这或许是因为写作没什么“学问”，还因为写作既很难教，又需要跟实践紧密结合的缘故吧。总之这门课不利于操作，有些麻烦。

其实国外不仅是著名大学，即便是很普通的大学，也要开设“创造性写作课”（或译“创意写作课”——这是中国的“硬译”，其实应该译成“创作课”才对。这已经不是普通的“写作课”了。承担这些课程的教师大多都是有写作实践的作家和诗人们，不然就很难教了。这个课大约包括了所有的文学类写作，如小说诗歌散文剧本等。他们上课时非常活泼，课堂上主要是围绕一些具体作品的讨论交流，而不能照本宣科拿一本“写作理论”满堂灌——注重的是学生的实践能力，并且要以作品为范例。

实际上写作教育正因为困难和重要，才要从小做起。初中开始有作文课，接上是高中，到了大学继续深入和提高，应该是很自然的一个过程。我们这里虽然没有中断写作课程，但通常采用的是错误的方法，所以导致了大学生的写作能力越来越差，本科生硕士生甚至博士生都有这方面的严重问题。这是有目共睹的。写作能力一旦下降，阅读和其他能力也会一起落下来。我们不相信写作能力特别差的学生，可以在其他领域有什么杰出的成就。因为这是一个综合能力的体现。

我们在表面上似乎很重视写作，常常要开必修课，其实这种做法也很功利——关心最多的只是公务员和研究生考试要用到的东西。老师往往是以集体主义的思维方式来进行教学，这就泯灭了写作中最需要的个体化思维，从内容、思路、到语言态势，再到用词、腔调，全都模板化了。这里已经没有了任何个人的特征。有时我们也许会盼望从学生作业中看到哪怕一句傻话、天真的话、笨拙荒唐的话，总之是只有他自己才能说出来的话——没有，全都像机器人做的，一个程式和调式。即便有人一遍遍地告诉他们写作要“自由”，可以“越轨”，可惜全都没用，因为他们从小就生活在那些“模板”里。

这是社会集体化思维渗透到每一个角落里的缘故。无法容忍“个体”与差异，也就扼杀了创造。还有一个深层的社会原因：模板是安全的，创造是冒险的。

有人认为现在写作水平的提高就是那么回事，不必设立正规的课程，这种学习已经很方便了——网络时代可以随便地上网，从发表文字到查阅资料都很容易，网络上的信息和知识丰富得很。但事实上恰恰相反，越是上网频繁、不停地利用和依赖它的人，文字能力也就越是低下。

而以前的创作，从阅读到发表都很困难，比如七八十年代，一个几千万人口的大省可能只有一份文学刊物，再就是一两份报纸的副刊。书籍太少，没有多少像样的书看。现在的文学刊物和报纸多得不得了，图书馆盖得很大，除了海量的网络传播，书店里的书成山成岭。网上可以购书，一切似乎都很方便。但是拥有了这么好的条件，写作能力却是普遍下降，远远不能和七八十年代相比。

这是因为我们的社会教育和传授已经出现了严重问题——我们无时无刻不在强调物质主义商业主义，无法停止灌输低俗的、劣质的文化内容，它们充斥于网络小报和电视之中。正因为这样的价值观、这样的东西无孔不入，它们造成的社会伤害也就无可估量。

现在传播的语言方式也有问题，这是网络时代和商业时代形成的，是一种最虚浮不实的语言范式。许多文字都是华而不实的小报副刊的口吻，或者是夸张的广告语态。这些花拳绣腿的句子绕来绕去，却无法传达准确的内容。离开了这样的语言成式，许多人连一篇短文都不会写。

事实上就是这样，如果追随着时代的通用语调往前走，还可以多少说出几句话；可是一旦回到了个人，回到了自己的语言，也就寸步难移了。常见的是这样的情形：有人写起花花草草的文字或许还露不出马脚，但是让他写一篇简短的、有一说一有二说二的小文，反而要一筹莫展了。因为他这时无法套用一个时期的语言成式了。

他往那儿一坐

人文教育让人忧心，但这已经不是大学教育所能解决的，因为这是社会性的，是大环境才能决定的。虽然有时某个小环境也很重要，比如遇到一个好的老师，就会好得多。去哪儿找这样的老师？他不光要具备丰富的知识，有好的方法，还要是一个优秀的个体，具备强大的带动力，有示范作用，有人格的魅力——后者才是最重要的。

自古以来，人生最幸福的事情就是遇到一位好的导师。为什么一个有志向的青年总是梦想到某一个院校去求学？因为那里有他心目中的一位大师。大师的不同，在于他不仅是掌握了深邃的学问，还具有人格的力量。他往那儿一坐，就有一种非同凡响的气质将人吸引。或许只是跟他过往很短的一段时间，他整个生命放射出来的无形能量就会作用于你，让你久久不能忘怀。

有许多人讲过类似的经历——比如一个很瘦的小老头，他在海内外很有影响，演讲的时候坐在那儿，只一会儿的工夫，一种难以言喻的气氛就笼罩了整个厅堂。他开始讲话了，语速不快，道理似乎也不费解，但就是有笼罩力，有穿透力，让听众深深地沉浸其间。

现在不光大学里难寻这样的人物，就是更高一级的学术场合也很难遇到。相反我们总是看到风头很劲的“百事通”，他们通常边讲边议地掉书袋，说一些很时髦的聪明话，极尽势利和乖巧，浪得虚名。这些人习惯于背诵时代的台词，注重的是现场表演效果，听者跟上热闹了一场，事后越想越觉得不值。

我们把掌声送给了这一类人，心里会感到亏欠。因为究其实质，他们那点学识和见解大多都是书本中、时尚中的投影和反射。最主要的是，我们从中感觉不到人格的力量。

也许我们对教育环境要求太高，但仔细想想这不过是基本的要求。大学么，总得存有一些杰出的人物。可是众所周知，因为各种原因，几十年来我们不停地折腾，折损大师，葬送学问，已经造成了不可挽回的恶果。有的大学已经没有威信，校园吵吵闹闹，再也不是一个让人敬畏的场所。那里一切都平平淡淡，上上下下只对物质利益趋之若鹜。还有一些人经常发出吓人的尖音，不做学问，无法让人尊重。

说到大师，他们即便仍然活着，在这样的环境里生活也会有很大的问题。现在的许多大学越来越集约化、企业化、量化标准化、行政化和衙门化——当然他们会称自己为“现代化”，还喜欢说“跟国际接轨”——真是荒唐之至。现在已经走入了最肤浅的模仿，掌握的是一种“科学饲养法”，竟然在人才教育领域形成了“出品加工一条龙”。

我们的孩子经过了刻苦奋斗，最后却送到了这一类地方，这怎么了得？

他们离开了

我们没有躬逢其盛，没能亲眼目睹那些场景，算是错失了大师。但总有些记录文字、有些口耳相传中保存下来的故事，让人感动不已。一本书里记载了一件事，后来又有一位文化老人亲口讲述了他的这个经历：许久以前，那是三四十年代的事情了，有一天他正好路过某个大学的一条走廊，听到有人在旁边的屋子里用很重的地方口音在那儿大声宣讲，慷慨激昂。声音之激越，让他一时驻足，很想进去一睹风采。他估计那个大屋子里一定是爆满的，那情形就像一场礼堂里的报告会。他太好奇，忍不住轻轻推门进去，看到的场景却令其大吃一惊——只是一间不大的教室，台上是一边走动一边大声言说的先生，而台下呢，只有三个学生在听。

慷慨激昂的宣讲者是谁？就是著名的大学者熊十力。

那么大的学问家，只为三个学生倾力宣讲。这个亲身经历的老人说，当时他实在是震惊了。

这似乎是很小的一个细节，但却是真实无误，发人深思。今天的哪所大学里、哪个人身上还会发生这样的事？我们不敢想象。

说实在的，现在的某些大学怎么看怎么不像大学。一些曾经是名头很大的学府，不知从什么时候开始，已经从面貌上彻底地转型了——看上去跟商业大街毫无区别，到处店铺林立，叫卖声四起。原来那种肃穆和隆重，还有蓊郁林木下走动的一些文化老人，全都不见了踪影。没有什么让人景仰的东西，空气里传递的都是物欲的气息。

老牌大学如此，刚建的大学更要命，没有大树，簇新的大楼倒盖了不少。有人意识到了这个问题，就不惜重金从四处移栽大树，一棵树几十万，还在树上挂吊瓶点滴营养液让大树活下来。他们只想以老树增加这个学校的肃穆感和历史感，但即便辛辛苦苦搞成了也无济于事——不久还会有更多的商贩在这里安营扎寨，有许多饭店旅馆之类，各种车辆会响着高音喇叭挤成一团。

再说有了大楼和大树，有了林荫大道，让屋子爬满青藤，就让人景仰了？不要说做到这些很难，就是千方百计做到了，也不过是一些形式主义的东西，最重要的还是要看内容是怎样的。这里仍然缺少熊十力那一类人物。没有他们，其他的一概帮不了大忙，不解决根本问题。如果有了这一类人物，哪怕他不说话，不教学，只偶尔在校园里走上一趟，整个学校也大不一样了。

大学如此，其他地方也是如此，性质都差不多。真正让人敬重的人物都先后离开了我们，接续他们的一茬或者大大不如，或者直接就是另一类人了。

那些人物什么时候返回、什么时候再次出现？好像遥遥无期。这里太吵了，那一类人物通常是不到吵吵闹闹的地方来的。

现在有人爱讲这样的话：我们的大学至今已有多少年的历史——这种话让人听了哭笑不得，让人无言以对。因为原大学的传统并没有延续下来，此地剩下的只有那些建筑物之类，而这些器具物件并不是大学的主体和代表，它的主体只能是文化精神。从文化精神上讲，此大学已经完全不是彼大学了，这二者之间几乎没有什么关系。

君子潜伏

有人谈到一个深刻的感受，就是他参加文化集会的观察，一些所见所闻。

有些重要的大会在一个城市一般要五到六年才能举办一次，那往往是各路文化人物的一次大聚会。这样的场合还不能说是完全无聊的，因为许多不常见到的人物都要现身，而平时他们是不太出门的，所以也并不是常常能见到的。通常是大家在会议开幕前一起合影，然后再入场。

那是一个林木蓊郁的园林式宾馆，合影要在门前广场上。会前人们陆陆续续都来了，大家三三两两站在台阶上说话，互致问候等。很多文化界的老人，比如著名的杂文家、诗人、教授——这些老先生是从民国时期过来的，到现在仍然还在勤奋工作，成就卓著。他们十分注意仪表，大多系了领带，头发梳得一丝不苟。有的已经腿脚不便，用书上的话说就是“不良于行”，要拄一根拐杖。这些人在人群中，整个给人的感觉就不一样。他们的个子并非特别高大，也不是多么英俊，只是看上去真的有些特别，可以说有所不同。

有他们参加的活动，也就有了分量和内容——让人觉得这个聚会很重要很值得，能够来参加是很荣幸的。因为这里就有所谓的“鲁殿灵光”。

人的气质由常年的修养、劳动和历练而来，它会从面部、从举手投足间体现出来。一个群体当中有没有这样的人，将是大不一样的。

讲述者告诉：时间飞快一滑来到了当下，一届届会议接下来，虽然还是那样的名称，还是那同一个地点，还是大家合影，也还是会议之前在台阶上站着交谈——就像歌里唱的，“山也还是那座山，梁也还是那道梁”，只不过最重要的部分变了——物是人非，台阶上再也不见了他们的身影。他们一个个先后离开了我们。新的这一拨人也系着领带，头发也梳得很好，但怎么看都不对劲。打扮相去不远，气质相差又何止万里。甚至在人群里还有几个猥猥琐琐的人，用一句当地俗语说，就是一些“猫头狗耳”——这等于书上说的“獐头鼠目”。他们也来了。

这样的风景就不太好了。概括一点讲，这里再也感受不到文化的尊严了。的确，在这样的场合中，总会发现有几个神气异常的人，他们抖抖瑟瑟，一见领导来了，马上慌慌地凑过去握手，一边握一边躬腰，眼睛湿润着——现在见了官员就忍不住要哭的人，已经是越来越多了。

这种情景不要说很早以前了，就是二十年前都很难见到。可见世风变化很快。像这样的情形，其实不光是文化聚会，其他各种聚会都不难见到。由此就可以看出社会风气演变之快，其程度和速度都是我们大家始料不及的。

这与大环境的教育力影响力是分不开的。坏的榜样具有极大的感染力，一般的专业教育是难以扭转的。以前之所以能培养出那么多让人景仰的人物，就是因为社会风气不同，大环境不同，再加上有大师的身影——人们都敬畏他们，羡慕他们，模仿和学习他们。他们不仅有丰厚的知识，还有知识给予的那种气度和魅力，有风骨，是这些合在一起感召着我们。

现在是物欲统领了一切，人为了所谓的成功会不择手段，在这种情势之下也就不得不出现“君子潜伏，小人横行”的局面了。一个环境中，当君子不得不潜伏起来，小人也就通行四方了。于是许多地方早就不是事业的竞赛，而直接就是“小人竞赛”。卑鄙的人一而再再而三地获取了最大的利益，君子先是愤怒，然后是无言，到最后也只好潜伏起来了。

君子潜伏是为了保存自己。潜伏有时候也是一种“存在”；“缺席”有时候更是一种必须。

野蛮者趾高气扬地走在大街上，这算什么生活。如果总是如此，教育者，师长们，无论怎样设法让自己的学生向往文明，远离野蛮，说到口干舌燥也难以奏效。因为现实才是最好的教育，他们已经无法再相信美好的言词了。

讲到这里，我们心里未免有些过于沉重。

但是我们的道理归结到哪里才好？仍然还是要讲“知其不可为而为之”——这正是人类的韧性，我们一代一代都依靠这韧性生存和奋斗着。因为说到底也没有更好的办法。

沾了污迹的纸

不断听到这样的议论：人们痛感当代文学包括艺术，从研究到创作的很大一部分，已经失去了最基本的操守。这种指责和忧虑或许并不过分，因为这真的是一个很特殊的时期，人们所见的野蛮和粗鲁的发泄已经太多了。这与我们崇尚的一些普世标准、文明教养和美好传统已经大有不同，有人认为那样做才是追求成功的正确门径，至少是一条重要的门径。信口雌黄并不为羞，还可以作为相当骄傲的事业去做。所以这些现象许多时候不但得不到批评，反而被或明或暗地推崇着，羡慕着，让多少人将其奉为楷模。这样时间久了，全社会也就见怪不怪，以至于成为大的文化环境的一个组成部分。

有些很堂皇的教育场所也好不到哪里去，同样没有鉴别力，他们推荐和引导的常常是更加糟糕的东西。面对年纪不大的购买群体，有人向他们灌输和诱导的就是那些显而易见的文字垃圾。有的家长先是怀疑，最后痛心疾首，可就是没有办法。因为他们的孩子是要受大环境影响的，比如孩子到同学家里玩，同学家里有什么书，他也要买回来——一方面不甘落后，另一方面也为了到一起时有共同的话题。

孩子动手总是很快，结果满屋子的垃圾就这样搬回来了。家长恨不得把它们统统扔到外面去，然后再赶紧洗一下手——可是这样激烈的对抗并不能解决问题，因为这是没完没了的事。最后家长只好仰天长叹，听天由命地等待下去，等待孩子有一天自己明白和觉悟起来——这段时间可能要无比漫长。但是当家长的一时也找不到更好的办法。

现在学生面临这么一个奇奇怪怪的阅读环境，整个社会又会怎样？从小学到中学再到大学，实在有不少令人焦虑的教育难题。那么多大学毕业生找不到工作，因为上大学的太多了，现在常常是按一比一多一点的比例招生。即便到了大学也不一定学到过硬的本领，坏的榜样倒是不难遇到。即使有一两个好的榜样，也会像一把盐撒到了江河里，没有什么效果。

优秀毕业生很多，但糟糕的毕业生更不在少数，他们对于用人单位来说直接就是一个包袱、一个累赘。可怕的是这些年轻人既没有知识没有阅历，更没有基本的是非观念。他们当中有一部分人正在推崇一些奇奇怪怪的东西，用老话说就是“不学好”。但是越是这样的青年越是焦急，恨不得一步踏入尽情享受的生活。谁如果对这样的年轻人讲点责任和道德，讲点劳动和义务，那不光是对牛弹琴，而且还要受到嘲讽和顶撞。

现在不知是怎么了，有些青年已经二十五六岁了，可是交谈起来觉得他们仍然像个孩子。这大半是因为他们把很多时间耗在一些不值得的东西上，比如整天对着电脑网络。所以他们已经不是一张白纸——那样倒好一些。他们像是一张被揉搓坏了的、沾了许多难以洗去的污迹的纸。

现在的局部教育受制于社会大教育、全球化的教育——关于“全球化”，学来的又仅仅是表面的操作形式。这是一个很大的问题。作为个体，一个有阅历有责任感的人，会意识到现在是多么积重难返。不过无论这个任务多么沉重，痛心之余也还是要多做，不知疲倦地做下去。这样工作一生，也是完成自己的一种方式，算是一种人生的修行吧。

流水线

在大学里工作看上去让人羡慕，有许多人都想进入校园。当有人表达了类似的想法时，一个熟悉的大学老师马上说：幸亏你没来！朋友问为什么？他说咱这里大的方面先不讲，只讲一些“小事”——光是各种各样的表格就够你填一阵子的了，你受得了吗？要做项目就要填没完没了的表格，要考察教学也要填，这还是其中的一些小事情……学校用一种非常机械的办法来管理，各种各样的指标都要落在可衡度、可测试、可计量的基础上。所有的工作都要化为数字，以便让电脑部件管理起来。

我们这个积弱多年的农业国，今天终于赶上了数字时代，用上了电脑。

这种种管理方法也许来自外国，来自全球化的现代企业管理，起码是从那里搬来的。大家听了一阵沉默，无言以对。

说到学习，就我们所知道的一些国外名府，那里并不如此，还是很人性化很宽松也很尊重个性创造的。那里所谓的“教授治校”，就是以教授为主体和中心：一个教授的职位是很稀缺很重要的，每去世或调离一个教授，其他人才会有机会接续，这已经成为非常严格的制度。教授有了这样的地位，当然就是另一回事了，作用与尊严与我们这儿全然不同。如果一个校园里到处都是“教授”，连一些懵懂和半傻也成了“教授”，要建立起职位和学问的崇高声誉怎么可能。

熟悉大哲学家康德生平的人会知道，那样一个大学问家，为了等到一个教授职位却花掉了许多宝贵时光。从那时到现在多少年过去了，世界上一些重要大学的传统和体制，也并没有发生多少变化。也就是说，大致还是康德在世时的情形。

这些教授们上课的时间也许不多，他们为学校作贡献的方式也不尽是待在讲台上。但他们是大学的中心，是知识和方法的守护者，也是学府尊严和水准的象征。他们身上具备的巨大能量会烤热整个校园。

我们这里真正意义上的好大学并不多，倒有不少“大杂院”，哪个“大杂院”里都不缺满口脏话和臭名昭著的一些人。要找“教授”吗？那是绝不缺乏的，到处都是，因为这不过是个名称而已。如果有人想好好做学问、当个学富五车的人，那也没用，这里根本不需要他们。所以也就只好平均化、沙漠化、野蛮化。

一所大学若沦落到最糟的地步，就是成为生产低端产品的流水线——一批批学生毕业了，质量水准到底怎样是另一回事，教师不过是这条流水线上的组件，是工具，是守在流水线旁边的人，只需要按照基本动作做下来就可以。工具和零件协配，于是一切“正常”，是这样一种状态。如果有人觉得这种机械的工作痛苦、无奈和滑稽，那只是他自己的事，作为个体，他发出再多的抱怨也没有用。

教育机构如果这样一步步退化，沦为工具化，流水线化，在搞成批生产，出来的产品也就一定是简单化和模式化，不仅粗糙，还带着致命的残缺。假如一个还算不错的坯子塞到了这个流水线上，转了一圈下来一定会是少皮无毛了。

所以有人一直说，时下最大的问题是教育。但这千万不能狭义地理解为学校教育，而是更大环境施予的“大教育”。学校只是大环境中的一种小气候而已。

下贱和腐败

我们平时说：一个人讲什么很重要，做什么就更加重要。因为如果只有漂亮话，做的事情却让人鄙视，那就更糟糕了。有了权力却没有一点理想，只想不劳而获，那就等于选择了一种最下贱的职业。

人在相应的位置上，总得有一点点公益心和事业心，就是说做些对社会和民众有利的事情。如果风气被彻底败坏，那么一个人从很小的时候起，就会被普及和灌输一种信念：赚钱或做官。结果只能是无数人在这条小路上挤成了一团，急于奔向官本位社会中的这个“本位”。就社会价值观而言、社会风尚而言，再也没有比这个更可怕的了。其实做社会管理，这在现代社会也只是许多工作中的一种而已，并不是高人一等的。做任何事业都可以有成就，但做官不等于成就，而只是一种职业。

有人如果具有行政能力，擅长治理和服务，并且最终取得了成就，那也是非常值得肯定的事。但仅仅是因为在这样的职位上有很多方便，其中的一些人也就要找机会占尽便宜。他们发现这个工作不错——既不是繁重的脑力劳动，更不是繁重的体力劳动，吃得好穿得好，还常常被人簇拥着，甚至还可以耍一点威风。这当然很好，很合好吃懒做者的胃口，所以他们个个拼了命也要走这条道路。

于是不知不觉中就做了最下贱的职业。

纵观历史上的堕落时期，在正常道德标准已经废掉的社会里，笑贫不笑娼就成为普遍现象，许多人并没有耻辱感，他们理所当然地把最下贱的职业当成最荣耀的职业。整个社会没有道德感，没有荣辱感，没有是非感，正直的人就会陷入最大的痛苦。一个人无论运用多么卑劣的手段，只要获取了世俗利益，就将得到众人的承认——这究竟有多么可怕，只有生活在其中的人才会知道。

在昏热的物质欲望中，一个族群的道德感如果丧失到如此地步，人的幸福指数甚至还要低于战乱时期。因为战乱是外部施予的残酷和不幸，而丧失了基本是非标准与日常伦理之后，却会造成自内向外的绝望，是心的绝望。

在战争时期，人的礼义廉耻还是有的，不仅有是非，还有热血和勇气。这些年代往往会产生一些大榜样，他们成为一个时期最能鼓舞人心的道德指标。那时传统观念中最美好的东西，还会在民间强盛地存活着，人的荣辱观还没有被彻底地颠覆和消灭，大多数人还能够自律，知道什么是可耻的、什么是光荣的。这就是希望之所在。

疯狂的物质欲望却可以从内部摧毁一个群体，破坏他们的伦理准则和道德秩序，让整个大环境发生恶性改变，小到一个村庄，大到一个城市，渐渐集聚起一群利益动物，这个过程也就是通常说的“腐败”。对最下贱的东西没人谴责，反而还羡慕，这就一起走向了腐败。腐败不只是某个权势人物身上才能发生的，而是每一个人都有可能发生的。腐败在不同的人那里，会以不同的面目出现。腐败不一定是贪污和非法攫取，而是道德感耻辱感的彻底丧失，是作为一个人的道德品质的恶化。说到底，群体也可以一起腐败，集体也可以犯下大错。

极浪漫的梦想

如果大学把老师工具化，把整个教育过程流水线化，产生出一些注满了物质欲望的“容器（产品）”，再分批投放到社会上，这个社会就将发展到危险的境地。

在群体追逐物欲的场合，如果有谁还在谈论人格的力量，那简直就是一种反讽了。过多地讲人格，会被疑为呆子傻子或不怀好意的、谋财害命的人。

自古以来，大学、学院这些地方就是用来做教育的，这种教育放在第一位的就是明心性，其次才是求学问。而实用主义的教育基本上是无心无性的，即便谈到一点也常常是有口无心，他们自己都不相信这一套。更可怕的是，还要以不同的方式将人引向邪恶的欲望。这种情况下学到的一点点知识和技能，也只能成为实现欲望的工具。

作为一种社会的组成部分，没有比这个再糟糕的了，它的恶果将会越来越明显。以管理企业的方式来管理学校已经是非常荒唐了，但是还有比这个更卑劣更等而下之的一些主意正在产生出来。

一旦抽掉人文与道德，整个教育的大厦也就毁掉了。而且它所企求的“专业工具”本身，也一定不会实现的。任何时代，没有基本的人文素质者，要成为杰出的科学家和文字专家是不可能的。

教育的精气神散掉了，满足于实用主义和庸俗化，这种地方不但无助于社会，反而是极其有害的公共设置了。我们一直讲的大学应该是“自由精神之堡垒”，现在看那是不可能的，那不过是一种极浪漫的梦想。

怎样持守

作家从传统意义上讲，一般应该追求人的尊严和思想。这正是他们的价值之所在。谈到作家，以前并没有多少人会简单地当成一种职业去看待——心灵之业当然要超越一般的专业和行当意义去理解。现在却刚好相反，不要说读者，就是写作者当中的一大部分也是极愿意将其作为一种职业的——职业性越强越好，因为缩在职业的螺壳里是相当安逸的，这不过是一种生活方式罢了，尽可能衣食无忧才好。

商业主义将一切统一到市场的准绳上，在市场的最低的道德基线面前，难免就要鱼龙混杂——许多时候这一点都没有什么别扭和刺眼，一切都是自然而然的。

以前所迷信的各种专业协会，已经完全不可能有多么纯粹，它必然要包含芜杂、庸俗和无聊。这些地方并不是净土，有卓越者就有聊以混世者，这并没有什么奇怪。

可是有人在大学里工作，却千方百计要调到文学机构里去。问他为什么要离开大学？他说自己才三十多岁，什么时候才能在这种地方混到头，于是一定要离开。他说自己忍受不了那种平庸——他认为文学机构将会是另一番面貌，起码那里的人能笑能叫，更有个性也更有意思一些吧。

他去了以后或许会有不同的看法。因为实际上到处都一样，各有各的困境，关键还是自己怎样做事立身，怎样持守——人的一生需要坚持的时候很多，而且还不能绝望和气馁。因为说到底我们也没有别的更好的办法。

再说文学的根本性质是业余的，这意义就和体育差不多。职业化会毁掉绝大部分的文学，虽然不会是全部。所以一个人在协会之外，有可能是极好的文学状态。

往前跑

书院这种事业要做下去，往往给人很大的压力。有时候夜里睡不着，就想这可能是一种人生的错误——参与建设一座书院。因为逆风而上之难，这种感受如何，非要置身其中的人才能明白。凡是潮流总是非常强大的。有意义的工作总是相当晦涩的，无论这个事物多么明朗地摆在面前，也不可能让众多的人全都理解。

当然这些也并不重要。重要的是感受了那种痛苦：确立了那样一个崇高和遥远的目标，却没有与完成这个目标相匹配的个人素质，比如坚定的品格，学术的能力，这些要求都是相当高的。还必须有一拨志同道合者在一起，这些人有知识、有学养、有人格的力量，并且有始终坚持下去的毅力。

到哪里去找这样一拨人？尽管无比需要，无比重要。“山长”本人就不合格——过去不叫“院长”，叫“山长”——他尚且如此，又怎么能使一座现代书院屹立并且一直存在下去？想一想都是让人畏惧的事情。这才是最大的困难和挑战。

书院这种事业要一个人付出多少，大概比想象的还要多出十倍。它到今天已经接近十周年了，围绕它的生存和发展，旁观者不可能知道有多少付出。如果有过一百次让它毁灭，我们就有过一百次的奋斗，一百次的挽救和捍卫。每一寸土，每一盆花，每一棵树，都有我们的心血和汗水。不要认为这是语言的夸张，一点都没有。如果有人伴随万松浦书院走到今天，一定会同意这种说法。

一个人笔耕几十年，一个一个字落实到格子里，需要付出多少劳动和时间。而书院更是需要付出劳动和时间的地方。这里面有快乐，有承受，也有坚守和希望。

书院像一匹马，一旦在大路上疾驰，马背上的人想跳下来都很困难。于是只能贴紧了，与它一起往前跑。

大不易

做事业不求轰轰烈烈，只想怎样扎实、少出一些偏差。书院一开始就警惕了虚荣这种东西，不愿意太喧哗。也就是默默地做些事情，有意义的事情。比如说能够把有别于社会大教育的那些声音发出一点点，也就很有价值。没有书院，谁来做这个事情？有人可能想，到大学里演讲也会起到这样的作用。但那还是有许多不同。书院的立场，书院的话题，书院的精神，是这一切总和的力量。

书院常搞一些小范围的、极具个性的学术活动。这些项目都是经过严格挑剔的，因为方向非常重要。我们常说的一句话就是：只要方向对，做事不怕慢。一味求快，也就快出大问题了。

书院的最大弱项，让人痛苦的一个方面，就是我们还没有更多的人手——完成的目标越大越高远，相匹配的这些人就越是需要强壮。要有强大的个体，这是我们所缺乏的。但是到目前为止，我们还是尽自己所能坚持下来了，一边坚持一边提升，能够比过去有所进步，这就有了希望。

它的未来只有到时候再说，现在还无法预知。总之它存在一天，就要好好做一天。万一它没有了，但是曾经做过的事情，形成的精神，还会存在，还要影响别人，这样也是很好的。

它刚刚开坛的时候我们说：书院的创办经历了很多困难，但这些还算容易，上百年后书院仍然存在，那才是大不易。重要的是一种精神和传统，如果仅仅把一个壳子保存下来，那或许还会有害。

如果假书院之名推行庸俗和可恶的东西，那将是一大害物。比如现在有一些历史上的名校还在，地址和名称一样没变，可就是传统和内容已经改变了，于是也就十分有害。这才是非常悲惨的事情。所以关键是要不厌其烦地确立、探索和巩固一开始就追求的书院精神。这些东西巩固了确立了，那些未来的混子利用书院做坏事就难了，也会有所忌惮。

现在谈到的某些名校名府，那些堂而皇之的，当年都是有训示的，可是那些历史人物说的话今天完全是不兑现的。所以我们就有理由去厌恶。总之，凡是只把一个外壳保存下去的，都没有多少意义。

很多人为书院忧虑的只是它外壳的存废。但是比外壳更重要的，是以我们现在的努力，形成它确定无疑的卓越的精神内容——它在什么样的逆境下做出了一些什么事情，产生了什么意义，这很重要。让更多的人参与，这是书院寻找自己的一个过程。

不是文学院

有人很推崇古代的书院制度。大约在清代末期，有人就书院的题目给朝廷上了帖子，建议废除书院，改成学堂。当时有一部分人坚决反对，说改成学堂书院还同样是办教育，真是多此一举。但是尽管反对，清政府还是下了一道命令，结果全国的书院都改成了学堂。

这样改变名称有没有道理？从某些方面看是有道理的，因为那个时期全国到处都是书院，书院已经被庸俗化了，大多有名无实。一些县里搞的考八股文的地方，甚至大一点的私塾，都叫成书院——因为这个名字堂皇，有气派，很像我们今天所有的师专和学院纷纷改称“大学”一样，求名不求实。

后来把“书院”改成“学堂”，也是求名不求实，因为“学堂”两个字在清朝末期很洋气，派头更大。

真正意义上的书院靠思想、精神、学术来建立和传承。这里面要靠精神的文化的个性的支撑，主持人是第一重要的。失去了这些根本的要求，也就遍地都是“书院”了。我们从哪里找那么多杰出的个体？哪里会有那么多思想者治学者？现在不仅是足以彪炳辉映一个时代的大人物没有了，就是学问夯实人品端正的人物也并不好找。所以到处都叫“书院”，那还了得。

书院被庸俗化了，书院的精神不在，思维力不在，那也就到了完结的时候了。有人写文章说，万松浦作为一个现代书院，标志着中国传统书院的复兴，这样说既是极大的肯定，又包含了不好承受的过誉，甚至还有些误解。因为在中国目前的社会大教育环境中，传统的复兴谈何容易；再就是，仅仅是复兴也还不够，现代书院一定要有精神上的开拓力，要有发展。

首先是缺少那样的人物。这里是一个极不合格的人在主持，勉为其难。曾经到处延揽高端，可惜至今没有结果。这里没有忘记张载那几句名言：“为天地立心，为生民立命，为往圣继绝学”，由此可见要找一个安于寂寞之地，在海边这没有一户人家的林子里做这个事情，真是难极了。

但是我们仍然在寻找，也仍然在做。

从来不想把书院办成文学院，因为它要继承中国古代书院的传统，按照那个流脉下来，一定不能偏向某一方面。至于更高的精神归宿，时代的探求力，立场和思想，这更需要一步步确立和巩固下来。文学是一种综合，一种载体，它的专业属性很弱，是大包容——尽管这样，书院仍旧还不是文学院。

个体的力量

书院应该强调个体的力量，而不是集体的力量。因为一人之力是重要的，培植一个人也是重要的。

现在的大学教育过分地强调了普及和程式的观念，比如在思想方法和倾向上，在实行人海战术、集约化和体系化的同时，已经完全不能充分地恰如实际地肯定个体。这多少就表明了对个体的不信任，表明了不相信个体的创造力。

在思想的意义上，众人有时候也可以是弱小的代名词。人一旦扎成了堆，在思想上就变得软弱无力。两三个人可以商量事情，四五个人也勉强，到了几十个人上百个人，就无法商量和研究深入的思想了。世界上所有大思想的发生，足以改变一段历史一个世界的思想，都是来自个体。这些例子多到不胜枚举。这些个体的力量才是强大的。

历史上，谁能发现由群众创造了一种了不起的思想体系？大概没有。

有人可能将这种说法作为简单的“英雄史观”而给予批驳。他们会指出那些了不起的个体，他们的全部思想与智慧都来自人民群众，要从群众的实践里汲取和总结等等——既然承认是个体的总结和汲取，那么最终还得承认个体的力量。

不要说伟大的思想体系了，就是一部艺术作品，由某一个组织和某一个创作班子来做，都是不能实现的。

书院推崇个体、强调个体，就因为个体的力量无限强大。

孔子、孟子，多么有力量。当年的白鹿洞书院多么有力量，影响了那么多人。还有岳麓书院，力量仍然来源于卓越的个体。

可是我们多年来越来越不重视个体，只笼统地强调“民众”。因为推崇大多数人，这永远不会有错，既好听又安全。个别时候要利用群体，就会无限地矮化个体。这样的语言贿赂是不费一分钱的，其实说白了不过是一种愚民政策。要愚民必先崇民。

真正推崇民众，就要从肯定和尊重个体开始。这才是基础，离开了这个基础，一切也就走向了虚伪。群众并不是一个抽象的概念，集体是由一个一个的活生生的个体组成的。否认了个体，哪来集体和群体？再就是，思想和物质的力量是以不同的方式表现的，比如一个群体，必然有强大的物质力量，而思想的力量，却并不是以群体的特征呈现出来的。将物理学的统计方式运用到精神和思想方面，是十分粗陋和错误的。

所以我们对于长期以来批判的“英雄史观”之类，还要有具体的分析和打量，有新的包容。包容就是尊重各种看问题的角度，追求理性。

书院寻找和培育的，就是个体的力量。

一台机车

在现代化城市化浪潮里，在这么一片楼群里要保存这样一个书院，难度可想而知，一切不言而喻。书院的地理位置和目前所处的状态，正是时代潮流的一个缩影。看过这里一个航拍的资料图片，那上面的书院是那么孤独，又是那么醒目和独立，简直是个性毕露。这也逼真地描述了书院的性格和存在。

无论什么样的事业，开头运作都要有更大的顽强性。就像一台机车，一台巨大的机车，它准备走远路，发动机燃料储备应该是强韧和充足的。它已经预计要一路翻山越岭，走向遥远。而后来的接力也应该是这样。如果动力及燃料不足，遇到一点点困难就会拐弯，就会妥协和改变。

好在书院现在处于第一阶段，做事的全是第一拨人，是发起者，对各种各样的困难经历得比较多。也许它的危险在于以后，考验留给了未来。这里的人一旦麻痹了，疲惫了，各种危机就会乘虚而入——或者我们自己开始变质，不像刚刚上路时那样清醒，那样要求严格。不知不觉的变质是很可怕的。

就像院长本身就不合格一样，我们并不把这里看得有多么高。现在面临的最大问题不是外部环境，而是自己的知识储备、意志力等各个方面的欠缺。如果这些弱项解决了，那么对任何不良环境的抵抗就会加强，书院的力量就会更大。当我们历数种种弊端和险境时，与之对应的这一方则需要十分强大。作为书院有这样的力量吗？

美男子

书院东南方向大概十五华里曾经有一片果园，那是龙口园艺场。果园深处有一个联合中学，那里很有意思，除了当地几个自然村的学生，还有煤矿和园艺场的子弟。

校长是个美男子，曾经犯过小错，就到这个偏远的学校当了校长。他爱好文学，心地柔软，在混乱时期竟然办了一份油印刊物《山花》。他亲自刻蜡版，做插图做封面，一丝不苟。他追求完美。他让教师和同学都在上面发表作品。

我们当年都是踊跃的投稿者。记得很清楚，教室门口有一棵苹果树，课间我们就数树上有多少颗苹果。隔几天再数，少了。有可能是被风吹掉了，也可能是被人摘掉了。于是就做了一篇文章，题目是《从一棵苹果树看我们的责任心》。校长非常赞赏，就把它登在刊物上。

这是很给人鼓励的，第一次领受了写作的自豪和光荣，这种力量可以推动一个人继续往前。所以说寻找个人事业的方向，初中这个阶段很重要，比高中和大学更重要。

校长让人难忘。后来他得了精神病，年纪也大了……美好的事物常常就是这样的结局，多么悲惨。

第一次见他是不会忘记的。那天听说学校来了新校长，都去看：三十多岁，穿着中式衣服，藏青色，围着银灰围脖，皮鞋铿亮，发型也好，是“五四”时期知识分子的那种打扮。他风度翩翩，极其优雅，二胡和手风琴都拉得好，毛笔字也写得好。他似乎没有不懂的事情，写诗做文都很内行。

总之那是难忘的一个人，他对大家影响很大。

热 情

人人都有难忘的少年和青年时代——一个文学少年曾经怎样寻找文学的知音，这往往是最动人的故事。他会到处打听写作者和读书人，哪里有这样的人，就立刻赶过去，会翻山越岭。

热情是人生最最珍贵的东西。所以我们说，如果一个人可以像狗一样热情和激动，这就是一个“异人”。我们深深地知道，所有的成功者都心怀一个最了不起的东西，那就是巨大的热情。

我们在生活中发现，很多人并不缺少才华，缺的是热情。我们有时候就常常问起自己：你童年少年、青年时期的热情哪里去了？因为我们明显地感到，随着年龄的增长，被冗长的时间日复一日地磨损下来，往昔的热情已经所剩无几了。

一个写作者是否有这样的记忆——即便是半夜里写出了满意的稿子，也要想办法敲开朋友的门，只为了一次美好的朗读。如果对方很远，还要跨过一条河，翻过一道道沙岗，穿越一片片丛林，也从来不会犹豫。下雨下雪，踏过荆棘，脚踝划破，这一切全不在乎。

这种热情是从哪里来的？

一个少年身负背囊，在整个半岛地区翻山越岭，去寻找一个个文学伙伴，忍饥挨饿在所不惜。不知走了多远，不知见过了多少人。遇到过各种各样的怪人，遭遇了无数的奇迹——这是因为心中有着神秘的贮藏物，它的名字叫“热情”。

当年一些阅读和写作的人分布四方，他们是各种各样的，在平原、林间、山里，藏在各处。这些人闭塞，缺书少纸。他们不一定什么时候就凑在了一起。他们相互帮助，在精神方面彼此支撑。他们一般来说比文学界的那些人，比编辑和专业作者的热情更大。那真是热情烤人，是巨大的热情。

无论是政经人物还是学术艺术人物，都需要巨大的热情。热情与未来的成就一定是相匹配的。

我们很难遇到一个人懒洋洋的，可做可不做的，却取得了极大的成就。才华在许多时候表现为热情，虽然它们并不完全是一回事。可能学养好，知识好，什么都好，可就是没有热情。这样的人走不远。如果才能是二三流的，生活阅历是第一流的，热情也是第一流的，那么这个人大概就不得了。

人在年轻时候热情高，随着年龄的增长，经过了各种各样的消磨，会有所降低。每个人的热情都会降低——区别是衰减的程度不同，有的人会将它藏在心底，需要时就会焕发出来。现在我们接触不同行业的人，最大的一个不满足，就是与之沟通的时候，觉得对方的热情是不对等的，他们有些淡漠，总也提不起精神，不足以共事。

东部有一位写作者，二胡拉得特别好，拉《二泉映月》能把人给听哭了。有一份地区小报一度被他占领，一版一版登他的散文。在他大约六十多岁的时候，有一天晚上回老家——那是初冬少有的一次大阴天，狂风大作——他突然想起了小时候的那片海，涌起了看一下狂暴海浪的念头。天阴得伸手不见五指，到处乌黑乌黑，这个六十多岁的人骑着自行车，迎着阵阵风沙往海边上赶。

从他的住处到北海有十几里远，他在沙路上骑一段走一段，跌了不知多少跤，不止一次摔到荆棘里。最后一段风沙大得根本没法挪动，他用一只手臂挡住流血的脸往前拱。就这样挨近了大海。白色的浪花带着磷光扑过来，大浪卷起丈把高。他蹲在那个地方，让风沙劈头盖脸打过来，一直蹲在那里。

就为了一个记忆、一个念头，他不辞辛苦地闯进风沙里，脸上留下了许多擦伤。

这只是小小的一个情节，却没有多少人能够亲历。六十多岁的人还有这样的冲动，也不容易。生命力的衰减是可怕的事情。有时的确会感到生命的活力正离我们而去，青春正离我们而去，这是非常遗憾和无奈的。

人和人相比，最重要的是比热情——看它如何降临又如何消失。我们观察一条狗，会发现这种生命真是了不起，它们有取之不竭的激情——狗和猫普遍来说比人有活力，有激情。

它们小的时候一刻也不愿停止，不停地蹿跳和翻滚，这不由得让人想到自己的童稚时期。它们再大一些就会安稳下来，人更是如此。所以有时候我们看到一个活跃的老人，看他写出那么饱满的诗句，那么好的文字，就非常惊讶和感动。

需要指出的是，这完全是非功利的热情。所以也就愈加令人敬重。

雨果在晚年还有青春少年的冲动，歌德也是如此。他们的生命力不断地卷土重来。而平时最常见的是未老先衰，五六十岁就开始哼哼呀呀，思想比身体还要僵化。个体之间差异很大，好的榜样可以唤起我们的激情，帮助我们回忆童年。那些奔波的人生是有魅力的。无论现在多么富有或多么贫穷，要紧的是留住生命的华彩。热情是多少金钱都买不来的。

文学的旋律

当年离这里不远的地方有一个怪人，或者说直接就是一个“异人”。这个人写了很多东西，就因为痴迷于写作，生活搞得不太好。他当时已经是个中年人，刚刚结婚。老婆是外地人，当地人把口音不同的外地人叫“挺鲅”。这是一种毒鱼，就是河豚。一直不明白为什么要把外地人叫做“挺鲅”，当地人也答不上来。有一次一个人解释说：“挺鲅”有毒嘛，见了就得赶紧扔掉。这才让人明白了一点。

当地人骄傲，觉得自己这里最富裕最开化最文明，所以就瞧不起外地人。如果谁说话带上外地腔，他们先是在心里看不起，接上就厌恶起来。

那个“异人”有四十多岁，外地老婆刚到二十岁，身个很小，刘海齐眉——在当地留这种发型的不多。男人与远来的朋友正谈着文学，她在门框那儿探头：长得非常好看，圆脸，像孩子一样直盯盯地看着生人。男人立刻说一声“滚去”，她就抽回了身子。原来他年纪很大了才从外县娶来一个“挺鲅”，因为在当地娶不到老婆。

远来的朋友是一个少年，他在这里遇到一个素不相识的人，却能够立刻成为朋友，并受到真诚的招待——这有点像书上讲的，凭着一首歌的旋律，一个人在世界上任何一个角落都可以找到同类和朋友。文学的旋律也是这样，也有相同的功能，凭着它起码可以走遍半岛。

那是个缺少书籍的年代。可是那时候爱文学的人真多，他们散布在一个又一个地方，默默地写着读着，等待着另一个与他相似的人——两人一见面，说不上几句就明白了，就像对上了暗号一样。

文学少年千里迢迢赶来，想不到这里有一个“异人”，这人具有这样巨大的能量，创造了如此的奇迹……“异人”一直读着稿子，累了就弄点吃的东西给客人，然后又翻箱倒柜找出更多的稿子。少年给惊呆了。

半岛上的人家都有炕头柜，就是火炕头上有一个矮矮的柜子，柜子上面可以摞放被褥，里面还可以装一些杂物，比如点心一类。“异人”读到兴奋处又把被子掀掉，从箱子里拿出一包包稿子。原来他为了节省纸，让一页页挤满了蚂蚁般的小字。再看纸，那是各种各样的：糊壁纸，黑纸，包装纸——那一摞摞纸上大概写下了几百万字之多。

“异人”不停地读下去，不吃饭也不睡觉，读了一天一夜，读到东方既白。他的身体那么好，一直声音响亮，慷慨激昂，脸色通红。

这期间挺鲅老婆还有过几次探头探脑，他已经无心去管了。不知什么时候，他和远道来的文学少年一块儿睡在了文学的大炕上，盖了一床沉重的蓝色大被，用手弹一下被面，会听到金属似的铮铮声……

不知睡了多久，醒来后长了娃娃脸的挺鲅老婆端上了吃的东西。刚刚吃过又要读稿子——他已经读完了一大摞，转身扒拉被子，又从另一边抱过一个大木箱，打开一看，里面还是一包包稿子……这是一个执迷不悟的“异人”。

“异人”当时给文学少年看执笔处的茧花——在中指下端有个不规则的棱子——他说这个老茧太大的时候也就不能握笔了，于是就得拿铅笔刀削它一下，跟削萝卜皮似的。

这个人一直写到现在，但一个字都没有发表过。

因为他的作品都是用方言写成的，并固执地认为：离开了方言就没有语言，也没有文学。他用的都是当地最古老的语言，外地人根本看不懂。有人建议他做些变通，他嘴里立刻发出不屑的一声：嗤。

线性思维

对时间的观念会起变化。比如我们现在的思维方式，往往局促于现成的框架里——这是一个线性时间观的框架。

这种思维模式左右着我们。无论是科学给出的答案，还是宗教给出的解释，或是个人习惯的理解，时间都是有始有终的——就像太阳每天出来到落山一样，是一条线性发展的轨迹。

这也许是我们作为单薄的个体非常局限的认识。我们可以怀疑线性的时间观念，尝试理解时间没有开始也没有结束——即没有起点和终点的存在。如果把时间的线性思维打破之后，思考许多问题的前提也就全都改变了。

如果时间有开始有结束，并且事物是由此发展和进化的，那么明天就比今天要好，一切都会进步，哪怕这进步是缓慢的。我们会觉得认识是在向前递进的，甚至会觉得人性和社会也像达尔文的进化论一样，随着时间的推进，适者生存，存优汰劣，慢慢地走向最后的完美。所以这就引出了乌托邦的概念——总觉得未来有一个乌托邦式的东西在吸引和等待我们，我们正沿着一条线性的时间曲曲折折地抵达那里。

仔细想一想，这个乌托邦是否存在非常可疑。时间的真实状态可能是浑茫无界的，它并没有一条清晰的线索。福克纳写《喧哗与骚动》时，里面的人物把一个表给打碎了，因为他觉得钟表正在制造时间的假象。他怀疑时间可以这样表述。

生命和宇宙的关系到底是怎样的，我们并不知道。我们不自觉地把达尔文的进化论搬到了社会的发展上，从原始社会到封建社会，再到其他社会。也许真实的情况不会这样简单明了。这其中更可能包含了无尽的变化和循环往复。

鲁迅曾经讲过：我过去总觉得年轻人会好于我们这一代，因为社会在进化，人性在进步；但是后来发现有些年轻人比我们这一代还坏，就不再相信进化论了。鲁迅以残酷的现实为例，推翻了个人天真的幻觉。

人性、社会、人类进步这一类事情，在可见和可记忆的历史中并不是如此，不是简单地顺着线性时间观往前发展的，起码没有那么机械和简明。它有无数的偶然性，有各种各样的复杂交织和摩擦，有远远超出人类理解力的一些异数。这或许正是常态。

文学和艺术基本上是遵循了线性思维的方法论，在表达社会义愤、社会批判的时候，仍然还是过于简单。他们会从一条线性蹦到另一条线性，本质上的思维方式并没有丝毫改变。用东方批判西方，或者反过来再做一遍，道理相差无几。非此即彼是不对的，因为事物的本质可能完全不是如此。

我们生活在一个人类尚未知晓的、混沌无界的世界里。回到这样一种无穷的推测里面，打破线性思维，是为了回到更大的真实和积极之中，走向进一步的深刻。

现在我们经常会发现，那些尖音，那些大喊大叫的“勇者”，他们手里的武器其实非常单薄脆弱。他们不过是用一种乌托邦对抗另一种乌托邦，而从来不去设问它是否存在。

巨大的虚拟

人类在认识方面既得益于、又局限于现实的参照。我们不可能离开实有物质的坐标，因为这是我们认识论的基础。可是如果真的像现代人大胆揣测的那样，我们生活在一个巨大的虚拟之中又怎么办？如果是这样的话，那么一切都需要重新解释和从头打量了。

有人甚至推测——也只能是推测——我们所面临的所有客观事物甚至也包括我们的情感，全都是用数字组成的，就好比一台硕大无朋的电脑中的虚拟之物。如果错了一个阿拉伯数码，那么整个就要全部改变，也就是说全要乱套了，全都不存在了。

如果事实真的残酷到如此地步，作为个体又会怎样？有的人说，谁死掉了或出生了，谁爱上了谁，爱得死去活来——这难道也是虚拟的？对，一切都可以虚拟。数字虚拟的力量是无比的、无远弗届的，比如现在还可以打印出一些机械上的精密部件呢，这是虚拟之下的实在。数字是如此精密：连最最细微的部分都规定得一丝不差，无限的一切都可以存在于虚拟之中。

当然这是现代人进入数字时代的一个假设，可以用它来反观——换一个角度理解人类生存的荒谬性、人类的自作多情。假设我们的整个世界都是虚拟的，那么我们人类也就更加无可选择地一意孤行了，做出最决绝、最无畏的打算，也就是说可以变得更勇敢了。

所以现在的文学艺术和过去最大的不一样，就是思维进一步地复杂化和多元化了，更多了一些质疑的力量。这种力量的获得，将使我们不再从一种线性思维跌到另一种线性思维之中，不再把自己当成真理的终结者，不再那么概念化地理解生存，而是尝试从极为复杂的奥秘入手，去探求和表达人的世界。

旁逸斜出

我们生活在一个很现实、很物质化的世界里，它是一个巨大的阳性世界，同时也产生了巨大的倒影，形成了比以往更大的阴郁的空间。

写作者通常往返于这两种空间里，一方面目力所及听觉所及，都成现实参照物在那里约束我们——无论愿意还是不愿意，都要接受这些参照的影响。它的力量来自线性思维，是这种思维的结果。通常作品中社会层面的关怀与诉求，都是阳性世界给予的。这是任何人都不能挣脱的一种现实规定力。

从现代主义开始，荒诞性出现了。毕加索他们的画作，包括起源于欧洲的"自动写作"之类，各种不可理喻的表达方法，都在与这种阳性世界无所不在的强大力量做抵抗。它是晦涩的，是最无力也是最有效的。在阳性的物质社会中，它的知音很少，因为几乎无人进入那个境界——只有极少数特别敏感者才能抓住这种艺术的本质意义。现实主义作家跟这种艺术没法对话。

一个基本上沿袭十九世纪以来批判现实主义道路的当代作家，也会与前一拨现实主义在很大程度上是不同的。这其中既有理性的社会的诉求，有大量现实生活的描绘，又含有大量的旁逸斜出——后者常常是无法理喻的，是作为个人生命自得其乐的、莫名其妙的、在阴郁空间里的自然生长。

这种自由而强盛的生长，与阳性的物质空间是对立的。就好比一个人进入不了四维空间一样，有些部分只能在梦中抵达。这就从根本上打破了线性时间观，是一种现代深度，是不自觉的一次抵达。它也许属于一个生命先天就有的感悟力，是进入具体创造环境里的一次闪耀和爆发。

杰出的作家才有这样的旁逸斜出，这和理性主义的诉求相距遥远以至于无关。这种游离，也许是最为宝贵的神思。

伤感

偶然性是一种自然性。作家描述的偶然性，实际上是周密思维的一部分，是老谋深算的结果。他完全能够掌控这个偶然性，而不是相反。

假设描写偶然的能力来自亲身经历的无数经验，那么他一定在充分地运用这些经验，把它们磨碎、糅合、融汇到一起。作品何止是一些偶然性的汇合，还有连在一起的恐惧、忧伤、悲痛、欢乐，这所有情愫的集结。

我们可以分析一下艺术经常涉及的一种情绪——伤感。古今中外的作品都不可能回避它，尽管许多时候它是相当廉价的。

面对着生活最真实的底色，即残酷的现实，其实是难以在伤感这儿停留的。不过伤感的确是人性里的一个原色，是通向人性的一个不小的入口。《红楼梦》里就有大量的伤感，一会儿黛玉哭了，一会儿宝玉哭了，相互擦着眼泪；一会儿又是误解，是儿女情长——但是在《红楼梦》这样一部杰作中，伤感仅仅是一个入口，由此进入之后，扩大的却是苦难和血泪。那是真正的悲伤、悲痛、悲剧，而绝不止于伤感。

一般来说写作不会遗漏和忽略伤感，因为它是常见的朴素的，但是却不能长时间停留在这个层面上。现在的一些副刊散文，情爱小说，包括很多电视剧，都在写伤感。用平淡无奇的文字来表达泛滥的、笼统而缺乏细节的、看似美好的情感，是对于多愁善感的过度放纵，是浮浅和廉价的。

年轻人与媒体

我们对媒体这个行当充满了警觉。它受制于很多，很难表达个体的立场。它应该是一个公器。

但媒体仍然是由个体支撑的，个人仍然有发挥的余地。个人的好恶与价值判断，必然会化为文字，它们在字里行间无法藏匿。比如说娱乐小报这一类，一切只为自己的利益最大化，为了发行量和吸引阅读。这其中的一些个体无法推卸责任。有些媒体大半是没有阅历的人在做，它很依赖心智未开的人。

一个人不知道生活的艰辛，就不知道生活对于民众意味着什么，不知道大教育对整个社会意味着什么。一个演员掉了一颗牙、怀孕了，都可以登上一大版。这种浮浅的嬉戏其实包含了真正的冷漠和无知，是相当残酷的无心。

推波助澜，推拥最无聊的东西，瞄向的是那些追逐时髦的、年轻肤浅的冲动，是喜欢围观的乌合之众。作为一个媒体，就在这种商业兜售中成为黑暗的组成部分。无非是乞求一点物质利益，像培根说的：为了煮熟一个鸡蛋，不惜把别人的一座房子点燃。

何止是房子，我们现在整个社会的精神道德状况，或许正处于一种燃眉之急。

说到媒体和个体，特别是阅历的重要性，有人极而言之，认为一个人不到四十五六岁，是不宜做媒体的。这样说也太苛刻了，似乎有些荒唐。

一个人没有足够的阅历，对生活的真实与严厉就不会有足够的判断，年轻人的冲动与好奇会误大事，其浮浅的观察和趣味必然会误导社会——这个虽然大有道理，但也未必过于偏执和生硬粗暴了。不过实情是，现在的媒体从业人员普遍太年轻了，他们缺乏真的阅历。

年轻人主要是处在学习的过程中，而不是将自己的鉴别和判断告诉别人的时期。所以有些国家的法律规定，无论一个公民有多高的能力和作为，不到一定的年纪是不能竞选总统的，大概也就是出于类似的考虑。

年轻人会说，这是社会排斥我们，不信任我们。是的，因为要传播信息，这一切事关重大。把一份必须时刻做出选择和判断的权力轻许给不适当的人，实在是一种冒险。海外著名的媒体往往是上年纪的人在做，连主持人都是半老头儿，这是明智的。因为这里不是表演，脸蛋如何毕竟是次要的。

媒体界不该有年轻人？当然要有。但有人认为他们应该从事技术性的工作，而不是直接到表达和判断的第一线——而我们这里正好是本末倒置，所以除了其他，就是将无知和幼稚不停地散播到社会上——使社会走入童稚化、浅薄化。

媒体人缺乏学养、经验、立场，缺乏人格的力量，缺乏沉着的思索能力，将是全社会的不幸。

这里强调的是个体的持守，是个体的作用和空间。在目前的情形下，个体推卸责任是容易的，但在实际运作中那并不是实情——我们常常惊讶地发现，在相同的空间里，有人会更加起劲地推销声色犬马。人们对于强势的欺辱是敏感的，而对于恶少的胡为是迁就的。其实这不过是制造苦难的合力。在物质利益的诱惑下，在欲望和人类劣根性的牵引下，一些不义和丑恶的繁殖，使生活变得大面积庸俗化和劣质化，让我们更加消受不起。

年轻人自有优势，能跑，敏感，热情。但是热情用在哪里才是一个大问题，用到了赚钱，用到了煽动庸俗的方向，我们的麻烦也就大了。以前说的“君子潜伏，小人横行”的局面，多少也一定是与这些有关的。

这里讲的看似细枝末节，未谈根本——中国媒体的根本问题绝不是从业人员的年龄问题，而是其他——是的，但是我们这里谈的是个体的持守，即个体的素质与品质。

危 险

现在的生活有些危险。前不久一个很小很太平的公园，却接连发生了几次恶性事件。类似的事情太多。几天前，就是附近的一个大学女生，她出去应聘做家教，结果被锁在一个租来的公寓里，戴了两副手铐。除了恶化的治安情况，还有大量的假药、有毒食品等等。

要正视生活的环境。只看女人光着膀子在电视上“欢歌”仍然是不够的，还要有冷静深沉的思索，有其他的足够的警醒。

生活中的危难与人文败坏分不开。现在有那么多人怀念，追想那些了不起的人物……那个时期出现了一批真正的学者、思想者。这才是一种时代的标志。我们现在有没有这样的人物、有多少，我们不太知道。伟大的、独立的思想者和学术人物，他们才是时代和民族的真正的珍宝。

伟大的时代指标，不能只说生产总值如何，讲这个，清代占了整个世界的三分之一或更大的比例。而清代却是延误的代名词。有一种“傻子算账法”：对人文环境和自然环境的破坏不管不顾，只谈赚到了多少利润。

有人指出，酒店里大批贫寒少女都来自农村，她们不得不做最低贱的工作。单说这种笑贫不笑娼的风气，需要多长时间、多少扎扎实实的教育才能够改变？如果用今天习惯的说法“时间就是金钱”，那么这样漫长的时间又该折算成多少金钱？

所以即便从物质利益上换算，时下好像也乐观不起来。

说到这里，也许我们没法回避自己的“民族基因”。谈到破坏和建设，不由得想起了鲁迅的话，他说：“中国公共的东西，实在不容易保存。如果当局者是外行，他便把东西糟完，倘是内行，他便把东西偷完。”

被物质主义腐蚀的社会，人往往是糊涂的；将实用主义当成真理，人就会更加糊涂。所以我们提出了一个缓慢而又笨拙的办法，就是强调阅读。它尽管缓慢，但是有效。强调阅读，就是寄希望于一点一点地改变人的素质。

有人主张以“阅读”来抵抗由现代科技造成的世界日益单调和平均主义的倾向。人文主义或人文精神在不同时期的内涵是不同的，在近现代，主要是反对科技主义和实用主义的侵蚀，捍卫人文学科在教育中的作用，反对单纯技术性和专业化的培养，强调人的全面发展，对人类完整而具体的经验世界的鲜活的理解。

但无论如何，这同样是更久远的目标。除了阅读，我们当下还能做些什么？这正是我们的问题。

·第七讲·

朋友的纸袋

写作习惯人人不同。曾有一个朋友备有一些大纸袋子，平时有了好的想法就随手写在纸片上，然后就塞到里面。等这纸袋子鼓胀起来时，一部书大概也就可以动手写了。朋友的纸袋，其实相当于古代大诗人李贺的“诗囊”——都知道李贺骑马，走到哪里只要有了好的想法，就要记下来投到这个囊中。

关于作品最初的冲动、写作的计划，可能萌动在很早以前。比如艾略特在哈佛上学时写下的某些诗句或片断，似乎无处可用，一直被束之高阁，许多年后却被写进《荒原》等作品里去了。再比如拉美的马尔克斯，他的《异乡客》里的许多短篇竟是几十年前的构思，只苦于不成熟才一直没有成篇。这是他在书的后记中透露的，有人看了就想是不是有些夸张了——这么大的作家，区区一部短篇还要如此煞费苦心、大动干戈？其实有较长写作经历的人都会觉得马尔克斯说得非常实在，因为作品无论长短，只要写得好，都少不了有一番苦心经营。

一部短篇尚且是这样，一部长篇就更是可想而知了。所以朋友的那个大纸袋子只嫌其小，不嫌其大。前不久看过一个同学写的有关大学时期文学社的文章，让人看了心里一动。文章记录了大学里的一些文学活动，满怀深情地追忆了一帮热心文学的同学怎样聚在一起操办一份油印文学杂志的情景。他发现当年一位二十多岁的文学青年，在油印刊物上发表的作品，竟然在几十年后的今天找到了痕迹——当时幼稚的文笔记下的某个虚构人物，和对方今天出版的重要作品的主人公就是同一个名字。这看似简单的发现真是令人深味。这说明一个人的创作思维可以在很长的一段时间内连续下来，它的源路会是多么遥远，多么坚韧。

那个时候是上世纪七八十年代，作者心中就已经有了那样的形象，可见这是一个很神秘很深沉的构想，它一直都在暗中丰富和成长，就像一颗种子，早就播下了，说不定什么时候就会出土长大。由于文学构思源于心灵的冲动，所以它的持久性怎么估计都不过分。

刚才说的那个朋友的大纸袋子已经积攒了很多，放在那儿有一尺高。相信这些袋子直到最后也不见得全部化为作品，但随着时间的推移，想法越来越多时，袋子也就会越来越多。这些袋子只要厚达两厘米的，积累的时间大致可能都要在十年以上吧。

而时下书市上给人单薄感的一些作品，有的就是仅凭一时的冲动写成的。冲动是宝贵的，但它们本身还需要存放，需要引起连绵不绝的“继续冲动”。有的纸袋子是无形的，但这并不等于它们没有，更不意味着还没达到一定厚度时就可以冒冒失失地动手。想到一点就写，这是写作中最常见也最易犯的毛病。

有人担心那样的纸袋子多了，一些想法就容易装混装错——那时脑子就乱套了。这种担心很有意思。其实不必害怕，因为人的思维力是十分特异的，它不会轻易跑错了地方钻错了袋子。当一些想法不停地往一两个袋子里跑的时候，这一两个袋子也就快要变成作品了。

一下蹦入脑海的崭新的构思，尽管一时让人激动，也还是不能写。

有人才思敏捷，又年轻，可以一口气构思大约二十多个短篇，结果有可能是一个都没有写好。因为这是一些崭新的冲动，是感动中的毛头小伙子。再就是人在交错的冲动中心力不能聚焦——心力是一种奇怪的力，它不同于体力，因而还不是生理意义上的健康与否。身体好是写作的重要保证，但不是最重要的前提——有的人生命已经处于很孱弱的状态，却写下了不朽的作品，因为这时他的心力还能够聚焦。

越是短小的虚构作品，越是需要强大的心的聚焦力，尽管它花费的劳动量不一定是最大的。仅从劳动量上来讲，再也没有比写长篇更累的工作了。这是一个漫长的过程，需要长期的牵挂——不断地否定自己，不断地探索，不断地寻找新的支点和新的平衡。

文 气

书店里可以看到大量的长篇。一部作品写到十五六万字、二十来万字，就是一部长篇了——不，不一定是。严格讲，长篇除了字数问题，还有更重要的条件要满足。比如结构、密度和容量，都是重要的条件。我们平时看到的许多所谓的长篇小说，基本上算是中篇小说。真正的长篇小说没有那么多，当然这是从严格的学术意义上来判断的。

长篇的要素有哪些，恐怕要花费许多语言也讲不清楚。学者会给出好多条件，比如字数，比如结构等等。但在写作者这儿还有一个条件，却是一般的研究者鲜有提及的，这就是中国文学理论中常常使用的一个字：气。

“气”这个概念，孟子和王充都提及过，而最早提到“文气说”的大概是曹丕，它这儿指作品的体貌，也指作家的气质和才性禀赋。《文心雕龙》沿用了这个概念并有所发展，特别强调从艺术技巧角度来理解“气”，指出“气”与语言形式的关系，指出作品应有清峻刚健和旺盛的气貌。后来唐代韩愈又强调作家要有充实强盛健康的精神气息，要有正气，指出作家的道德修养对文章气势气韵的影响。到了清代桐城派那儿又提出“神气”说，认为个性气质是影响文章的本质因素。总之“文气”已成为传统写作学及文学理论中最重要的论述，也实在是触及了文学的核心。

作家构思一部作品，从开始到成熟，渐渐就让“文气”弃盈起来。“无气不行”，一些思维材料，比如一些情节，人物的行动，对生活的感受等等，都需要“气”的推动。这些可以看成医学里的“血液细胞”，从中医学上来讲，要有“气”作为动力。血无气不行，气无血则虚。

人们感叹：有的作家写得很扎实，所谓的生活功力深厚，经历复杂，各种思维材料占有很多，因为他看到和听到的事情很多，只是写起来滞重不灵，给人很呆板很笨重的感觉。作者可以讲的故事很多，创作冲动也不缺，可以说造血功能很强——血液很多，但是气不足，按中医学说就是需要“补气”了。

各种比喻都是蹩脚的，只是借助它来说明一下而已。一部作品就是一个生命体，孕在腹中，出生后会有“胎气”。这里的意思是说，它刚萌发的时候是带着“气”而来的，构思渐渐形成了，要进入创作阶段了，这个作品的“气”还要一点点补足。“气”的长短，才最终决定了这个作品的篇幅，它是长篇短篇还是中篇。

“气”跟意境、情感之类有关，是最终形成在文字间的一种“势”，是可以推动文章全部元素组合与运行的一种力量。这种力量是无形的，尽管很难比喻，却可以悟想和意会。我们的传统诗学只用一个字代表这种力量：“气”。事实上，作品的长度主要不是靠事件的拥挤、陈列和堆积的程度，不是靠繁琐的故事情节去延续和维持，而是靠“气”的长短。

这事说起来也许有些玄虚，但一个经过了漫长写作实践的作家常常会有这样的感受。比如他们在写作之前，有时候会把一叠空白稿纸预先标上页码，比如说，要二十万字或三十万字，提前标好那个厚度——这就是作者给予这部书的“气”的长度。结果是怎样的？往往作品一写到这些页码处就没有多少话要说了，因为作者设定和给予的“气”已经用完了。

这个“气”在他心里聚存和蓄积，一般来说不会是一个很短的时间。“气”往前推动文章的发展，其固有的长度和力量散布在无数的细节中，经过了那么多的推敲，那么多的反复，镶嵌和插入，竟然一直保持着，这种能量不多也不少，其总和一定会达到那个设定值，然后也就终止了。这是真正意义上的诗性写作才有的特征，是它的规律。

而通俗作品一般并不靠“气”来统领，它的长度大致是靠事件即故事的体量来决定的，“有话则长无话则短”，这时的“话”不同于“气”，“话”是指故事内容。而诗性写作全部依赖“气”，有了“气”则有了一切。

越来越走向诗境

诗性写作者往往经历这样一个过程：越来越靠近纯粹的诗的写作。当然这不一定非要选择诗歌这种形式不可，而是指其作品的内质。

有的小说家如英国的哈代，到了五六十岁专门改写诗歌了。这就是一个最好的例子，也是一个极端的例子。其实如果仍然不放弃小说写作，也并不会改变他向诗更加靠近的性质。俄国的屠格涅夫晚年主要写散文诗，也是这个道理。

越是接近创作的后半期，杰出的作家越是将精力集中和收拢在诗境上。这几乎是没有什么例外的。因为他一生的跋涉只向着诗境进发，最后也只能是愈加走向文学的内核。诗的吟唱离世俗功利更加遥远，诗人可以尽情游走在阴郁的、浪漫的个人空间里。

有人会对此担心：这样的一条写作演变路径，会不会导致一个作家的创作越来越走向贫瘠？就是说由于世俗性和烟火气的降低和减少，作品再也不能恣意和丰富，更没有相应的斑驳陆离——创作力在越来越单纯洁净的同时也走向了枯萎？

这种担心看起来蛮有道理，实际上却是对诗的误解。因为诗不仅不是贫瘠和干瘪的，而是更大的丰富和包容，是面向一切的极致的表达，是无限的饱满。诗会辐射一切的方向，而不是单一的方向。

那些走向虚飘浅近，并在数量与深度上同时递减的写作现象，并不是因为纯粹诗性的增强而受到了损害，而是丧失了诗性的结果，是创作力的干枯。

一个真正的诗人最能够更长久地保持生命的活力，因为他本身就是一眼喷吐不休的旺泉。

文化理性

谈论新文学演变的路径就要谈新文化运动，因为一切都是一步一步走过来的，都是有迹可循的，而不是突兀地出现了这样一个格局。实际上“五四”比我们惯常了解的，可能具有更丰富的内容。现在一讲“五四”就是反帝反封建、是白话文运动、新文化运动，这样说虽然不错，但也许不能全部囊括它的实际。比如说不同界别的人对“五四”解释的重点、理解的重点就会有所不同。

凡事一旦时过境迁，离开了语境也离开了细节，对事物的还原和理解就变得困难了。两岸三地的老人对“五四”拥有不同的个人记忆。比如整理国故也是“五四”的内容之一，可见“五四”时期，一部分文化人的主张并不完全是破除传统，它还包括了理性地对待传统。当时的“打倒孔家店”这句口号，也不等于打倒孔子。因为“店”只是个名头和牌子，店里究竟摆了什么物品还要好好分析。实际上各朝各代的统治阶层，都在不同程度地歪曲孔子，利用孔子，以巩固自己的专制地位。

评价一种新的文化思潮，从来都会是非常复杂的话题。一场大的文化运动，常常跟新兴阶层的出现是有关系的。新的阶层总要推进文化革新，因为他们需要寻找文化的依托和基础，使自己的生活方式合理化。文化革新总是要服从新兴阶层的利益。就这点来说，“五四”新文化运动与西方的文艺复兴运动也有相似的地方。

文化人物会自觉不自觉地依附在不同的阶层上，找到个人的阶级归宿。

随着时间的推移，对“五四”的解释重点落在了“反帝反封建”上。“五四”之后简单而不求甚解的“皮毛西化”开始严重，后来即便是窗口大开，所谓的改革开放之后，也仍然有这样的倾向。当年最直观的是建筑上大举废除古迹，北京城就是很典型的例子——一方面喜欢模仿西式建筑，另一方面喜欢“破旧立新”。其实西方传统也是很讲究保护历史建筑的。上世纪五十年代北京老建筑要拆除的时候，有的建筑专家难过得哭了。他们为自己的手无缚鸡之力而痛哭。北京的古迹和中国文化传统结合在一起，当然不仅是砖石的意义。有人最了解古迹美在哪里，意味着什么，那种美只有真正的专家才能认识。可惜上边根本不在乎眼泪，最有趣也是最噎人的一问就是：拆几道老墙几座旧房子你们哭了，当年国家沦丧到那个地步，你们哭过吗？

从文化上讲，西化的道路是一直往前推进的，文学也伴随着这个节奏往前。后来那些有代表性的工农兵艺术，照理说应该有更多的底层性和本土性，有中国的气韵中国风格了，因为这毕竟离传统土壤更近了——可结果却正好相反，它既远离了自己的传统，又未能接近西方精髓，最后弄成了一些“艺术怪胎”。

建筑上，那些很丑陋的、火柴盒似的楼房，都是西化的。只可惜学不到根本，这些建筑并没有根底，更单薄也更简陋而已。“西学为用，中学为体”，严格讲只是一厢情愿的想法，压根儿是行不通的，因为一切的形式都会有内在的文化精神，哪有抽离了内在精神的空壳存在？结果只能是西学皮毛，东存劣质，与传统中固有的劣根性混合起来，使用到我们的“新生活”之中，弄得非驴非马，苦不堪言。

从五十年代初，我们西化的触角是从欧亚大陆的结合部往西延伸，到达欧洲，然后再到北美。我们现在的一部分人对北美有着深层的迷恋，但学习起来却还是“体”和“用”的那种思维，根本不得要领。

一个族群的希望在于有理性，有自信，不自卑。仅靠一场又一场运动解决自己的文化问题，不会是最有效的方法。

文化“熵值”

文学格局包含在文化格局中。今天中西文化的碰撞、不协调，更加导致了格局的混乱。其实这种文化还是相对封闭的。看起来目前对世界是敞开的，对古代也是敞开的，没有人不让我们继承古代的传统，也没有人不让我们打开世界的窗口。我们可以广泛地吸纳东方西方的各种营养。但实际上长时间以来只是一味地走向实用主义和物质主义——正是这种单向思维将我们引进了一个畸形的、相对封闭的精神空间内。

近年来各种各样稀奇古怪的文化学术概念盛行，就文学来说，像“文本”、“能指”、“所指”、“除魅”，都是西化的产物。这些拗口的汉字组合还在继续繁殖。在这样的情势之下，有人就尝试引进物理术语来分析文化和文学，比如“熵”。

一般人没听说过“熵”这个东西，作家也会闻“熵”而逃。它是物理学的一个概念，一般用来指一个空间里有序和无序的度量，用一个公式来表示。比如说在一个完全封闭的空间里，它有一个定理：越是紊乱熵值就越大。比如说我们这个井然有序的会场，熵值就是很低的——如果很乱，熵值就会增高——越乱熵值越高。

如果用这个物理学的概念来谈中国文学，眼下可能是熵值最高的时候，因为实在是太混乱了。猫头狗耳杂陈，几乎什么都有。然而这又是一个封闭的空间，封闭在物质欲望的空间里，它在这个封闭的空间里腾跃纵横——没有真正向传统敞开，也没有真正向理性敞开，更没有个体的独立突破精神撞开这个封闭的外壳。

东方的文学，从日本到韩国，都是如此，大致处于一个物质欲望的封闭空间里。俄罗斯作家拉斯普京有个真实的观察，他说这许多年来，物质主义文化有一个东进的路径，从日本到韩国，再到中国……这是个相当清醒的认识。他非常悲观地认识到，近期主要是物质主义和欲望主义的全面侵蚀。

物理学的“熵”理论认为：在一个封闭的体系里面，如果没有外力的介入，熵值只会提高而不会减少。这就是说封闭空间里的一切只会越来越乱，它不会自己走向规整和条理，不会自己变得井然有序，不会向着这个方向发展——随着时光的延续，这个空间里的一切都会进一步剥蚀、退化，变得更加无序。这种变化无论怎么缓慢，熵值也只会向着增高的方向发展。也就是说，乱象还会加剧。

所以从这个角度讲，文化与文学如果仍然是处在这样一个封闭的物质主义消费主义体系里，没有什么与之抗衡，没有打开通向永恒的探索，那就只能会越来越乱——熵值现在很高，未来还会更高。

熵值高，这不是一个好事情。在这里，是一种自我摧毁的趋向。

文化文学的秩序需要突破这种封闭性，需要一种或多种强大力量的介入。这种力量要像楔子一样打入和进入，由这些外力来整理，以降低熵值。比如文学，这个时期一个重要的改变途径，就是跟优秀文化传统的对接，与西方理性和信仰精神的对接。我们的传统中也有各种各样的东西，比如物欲主义犬儒主义并不缺少——它在这个时期与重商主义结合起来，已成为燎原之势。强化文化理性，在艺术方面不再唯市场是从，反对娱乐主义，将是一条极为重要的途径。

他们引进物理学概念，说到“熵值”，那倒让我们不仅从物理学的角度思考问题了，而且还会从汉字的象形性去加以想象：它是一个“火”加一个“商”，那就是熊熊燃烧的商业之火。这会让我们越发恐惧于这种物质主义和欲望主义的价值观，恐惧于当代人类封闭在这样可怕的一种文化空间里，有一种自焚的危险。

爱 力

一首爱情诗源自怎样的心境，作者本人可能很难具体地回想——琐细的感怀和思绪难以追忆，因为太遥远了。不过我们阅读的时候却又对一切簇簇如新，还是获得了阵阵感动。这就是永远不会陌生化的“爱力”——生命中专门用来爱的那种力量，因爱而产生的那种力量。爱力是一种最常见的、最特殊的力量。

一个人有了爱力，爱力强大，就可以做出许多伟大的事业。一些强力人物、专业界的杰出人物，无不是爱力强大的人。这种力量并非专门用于两性之间，而是一种仁善柔和的力量，是生命与生命之间贴近、沟通和理解的强烈欲望，它更多地属于青春的新奇和冲动，是巨大的活力之源。

这真是一种伟大的力量。即便说到它最容易产生的、直接产生的爱情，就可以成为推动生活的最有力的部分。爱欲深藏在人的躯体之中，它分解为强烈的情感发散出来，最仁善的那一部分会使生活变得更加美好。爱欲的各种结果及其评判，是摆在现代伦理学面前的一个大问题。比如爱情和原欲，泛爱与专一，这些关系虽然不能说成水火不容，但二者之间肯定存在着某种壁垒。

那种纯粹的情感一直被歌颂，因为这是爱力对生命的最大笼罩。它可以缩小成一小部分，变为某个侧面、某种具体，比如爱一个人，或者带着残缺的那种拥有、留恋、厮守、矛盾和痛苦等等综合交织的情感。而一种无所不在的巨大的爱力，却会超越更多。人的爱力越强，拥抱的事物也就越广泛，也越是朴素和深沉。

有一句话给人印象很深，就是“情满青山”。一个有强大爱力的人，看山则情满青山。山上有树有水还有鸟，只要是山上有的，都披挂了他的爱，溢满了他的情。这就好比世界上有具体的少女、少年和老年，有许多人，他爱这个世界，也就爱了所有的人。

有人常去一个大学校园散步，总是会碰到一棵女贞树。女贞树冬天不落叶子，长得好，分杈的样子，浓绿饱满，那么丰盛。他每走到那儿都要看很久，抚摸几下。有一次他忍不住告诉别人：这是最漂亮的一棵树。但后来这儿要在旁边搞雕塑，结果就把这棵树修剪了一下——它从此发展得再也不好，就像一个很漂亮的少女被剪坏了一头长发一样，让人痛心。每次经过，他都很惋惜地看一眼，然后走开。

朋友对那棵女贞树是爱的，而不仅止于喜欢。这种爱和感慨是深刻的，不是肤浅的。这与他广泛的人生经验结合在一起。

可见人对树，对动物，对土地，都有一种“情满青山”之爱，这需要最大最广泛的爱力。用这种爱力来面对整个世界，才是最健康最强大的。从这个意义上讲，它和我们所说的那种肉欲情欲就有了区别。比如说人在小时候，更年轻的时候亲吻过小鸟，因为他觉得小鸟特别可爱，真是越看越动心，就和它接吻。猫、狗、鸽子、小鸟，无一例外地都吻过。那个时候他没有性别的意识，就是一种存在心上却又说不出的、滚烫烫的爱力，是受这种力的驱使才那样做。这种力量广泛而强大，看到猫狗小鸟之类，看到它们的鼻子和眼睛，就忍不住要亲吻。这就是爱力的发散。

后来我们长大了，广泛的爱力就会收缩。有哪个成人看见一个动物会喜欢得不可遏止，甚至浑身发抖，忍不住拥住它亲吻起来？会有，但一般不太多了。除了鲜有这种冲动，还会担心别人笑话。人的爱力的确会随着年龄的增长一点点消退。成年人很难像儿童那样喜爱动物，成年人当中只有一小部分人能够一直葆有这种能力。

爱力可以摧毁一切阻碍，向所爱的事物接近和靠拢。

我们往往被告知：无论怎么喜爱那个动物，最好不要直接亲吻它，因为动物口腔里的细菌群落和人是不一样的，无论它有怎样洁白的牙齿和可爱的舌头，看上去多么洁净，亲吻会都容易让喉咙疼痛。但是即便听了专家一再这样讲，也还是忍不住要与它们接吻。这是因为心里的爱力太强大了，大到无法抗拒。

有的人实在喜欢它们，可是又害怕不同的口腔细菌群落，就想了个折中的办法：用手做成一个筒，套准它们的嘴巴亲吻一下，算是间接地完成了，以此来发散心里的爱力。

爱力是所有人、更是诗人最可宝贵的拥有。谁的爱力强盛，谁就是一个强大的人，谁的创造力就巨大。爱力的缺乏，无论有多少知识，懂得多么高深的哲学，受过多么好的教育，也还是一个没有理解力和创造力的平庸者。那一切学问的附加对他无济于事——就像盲人带多少副眼镜都解决不了问题一样。缺乏爱力是一种绝症。

有的人可能说，缺乏爱力不能从事艺术创作之类，那么从事艺术研究行不行？也不行。好的研究者一定是一个大读者，一个大感动者，如果缺少爱力，怎么会捕捉情愫和美？所以我们有时候看到的对作品的荒唐解释，可悲的冷漠与麻木，总有一种无可奈何的感觉。没有办法，无法对话，难以交流——对方是一个缺乏爱力的人。

过度的解释

说到“过度的解释”，这里有一个典型的例子。有一部中篇小说，写的是一对在苦难中生活的姐弟，弟弟即将去他乡谋生，两人即将分手。这一夜他们睡得很晚，因为天一亮弟弟就要身负行囊走向远方了。姐弟俩说了一夜的话。他们谈论父亲、母亲的一生，回忆过去……姐姐叮嘱弟弟上路之后要注意的事情，还谈到他性格的弱点、他要提防些什么，就是此类。

这部作品不难解读。可是有一篇评论却让人大开眼界，让人于惊讶中不知所措。这真是一篇奇妙而荒诞的评论。作者说这部中篇实际上在写“乱伦的恐惧”——整个交谈的过程，就像行走在刀刃上一样小心翼翼——整个作品的巨大的“美”和“张力”，就来自这种乱伦的恐惧。

照例是语不惊人死不休。这种解释真是令人惊讶到无言。那种真挚朴素的语言以及故事，在这样的评论面前也就完全变形变质，变成了一场噩梦。姐弟俩谈到东方既白，这有什么可怕的？这个评论者的恐惧肯定是来自严重的病态，比如是带了好几个加号的弗洛伊德强迫症的患者，再加上西方现代主义的深度遗传病。这究竟是自说自话寻找个人的快感，还是畸形想象力的一次发挥、一次最拙劣的卖弄？

有人总是痴迷于炫耀，只要是可以引人注目的事，无论冒多少风险多么荒唐，都会去尝试一下。哪怕是做一个邪恶的天才也是光荣的。他们最怕平庸，要远远地逃离一切平凡的事情。他们要训练自己的另一种能力，就是怎样迅速地引人注意，哪怕进入迷乱和谵妄也在所不惜。他们已经不再相信朴实的劳动，更不相信学术品格之类，只认为这是一个五花八门的、只有在尖音和怪叫中才能胜出的特殊时代。

这种谵妄和迷狂，走火入魔，只是现代批评方法之一种。有人说这无非是使性子，要显示自己的“先锋”性。可是这一切的做法至少应该与作品发生一点点关系才好——没有一点关系，连百分之一的关系都没有，连指鹿为马都算不上，那简直就是疯魔了。

类似的例子还有——一本写童年林中玩耍的书，不过是讲了少年与看林老人的一些故事，写了自然风光和林中动物的一些趣事，却被评论者尽情可意地诠释了一番。评论说，这是一部描写“庐山会议”的书，是一部写尽了风云诡谲、雷鸣电闪之作。在这场惊心动魄的斗智斗勇之中，历史的巨笔留下了深刻的痕迹，让人唏嘘不已……总之这是活画了当年那场你死我活的政治角力。

这同样让人看得目瞪口呆。形象大于思想，故事也大于思想，但谁能想得到一些故事和形象可以这样无边地诠释？这种诠释获得了无限的自由，简直是想怎么说就怎么说，而且说得越是离谱就越是有趣——天底下还有比这种文学批评再容易再过瘾再口若悬河胡扯八道的吗？

有人可能说一部优秀的作品，其魅力就在于拥有多种解释的可能性，它再度诠释的空间越大，就越是具有概括性，越是生动和深奥。由此一来，所有过度解释的责任不在批评者那儿，而是在作者那儿——作者写得太好了，太深刻了，太有琢磨的余地了，所以也就遭遇了这样的报应。

除了如上的荒唐之外，另一种过度解释的后果更为可怕。比如为了满足个人的需要，这些年来一直不断地对鲁迅做出的种种解释——鲁迅这个研究客体其实已经完全沦为某些人表达主观意志的工具，他们可以不断将其神化或妖魔化。“鲁迅是谁？”这成了人们心中的一个问题。鲁迅鲜活的文字一再被解剖，每个句子、每个词语、每个标点都要进行细胞学检测，使得正常阅读完全废止。可以说那些过度解释鲁迅的人，正是鲁迅的敌人。红学研究也大同小异。这是真正的学术腐败。

甚至有人认为文学批评也可以是一种创作性的工作，任何作品不过是供他人再创作的一个标本而已。最高明的批评者也许已经不屑于正眼去看具体的作品了，而是有意无意地瞥上一眼即可天马行空，笔墨纵横。在一些真正的“天才”那里，任何作品都是不争气的窝窝囊囊的约束，而只有自己的臆语和想象才是淋漓痛快的挥洒。一篇具体的作品怎么可以框束一个现代狂徒？

但是既然如此，这样的批评者为什么不去创作自己的作品？为什么先要披戴锁链然后又解下锁链？干脆从一开始就毫无拘束地虚构和幻想多好？在一部具体的作品面前进行各种稀奇古怪的解读，这无论如何还是一种十分痛苦的事。

这真是只有当下才能出现的一种梦魇。

写作期间的阅读

常常听到这样的意见：写作的时候不能阅读，不然就会干扰自己的语言，自己的叙述方法——顶多看一些与手下正写的情节、体裁和题材毫无关联的东西才好。但是如果听从这样的建议，那么在长达几年时间里——这种情况是常有的——的创作过程中，也就只能忍受不读文学书籍的寂寞了。因为我们所知道的小说中的故事，生老病死爱恨情仇之类也就那么一些，怎么才能完全避开它们？

有人听从了这样的意见，写小说的时候就读人物传记，比如英国人莫尔的《托尔斯泰传》，是徐迟老先生译的。那书真是太好了，平装的是上下本，精装的是一大本，像现代汉语词典那么厚。关于托尔斯泰的传记、回忆录，在中国不能说汗牛充栋也差不多。从左翼时期到现在有许多关于托尔斯泰的文章和书籍。但这一本有可能是最客观、最全面、最诚恳、最持重的一本。

还看了《钓客清话》，因为原作是古英语本子，所以译者采用了个别半文言句式，好极了。这本写钓鱼的老书情趣最多，也最能了解一些英国老派人物的生活。

这些书离虚构作品有些远，可是气质非凡。它们对一部正创作的小说有没有影响？如果有，大概也是正面的。如果这个时候读了那些低级趣味的东西，烟火气过重的东西，就一定不会有好的结果。

正在孕育的作品要有好的“胎教”，远离邪书当然一点坏处都没有。

有人在写作的同时，间隙里还读一些古诗。像陶渊明李白杜甫等诗章，该有何等大的滋养。它们高古的气韵一定会隐隐地帮助写作者。

有时候虚构故事的作者在空余时间沉浸在一本科学家的文字里，会获得另一种快感，像游记，地质地理学家写的笔记，都是最可爱的读物。一个科学家在游历和工作过程中对自然万物的命名，完全是专家的角度，视野里面的沟渠、树木、动物，跟生活中一般人的命名方式当然是大不一样。那当然是极为准确细致的，不容含糊。这种命名的过程对长于虚构的作者是一个教育和补充。科学家教给作家朴实和翔实，并启发他去掌握另一种简洁的风格。

写作者如果在旅行中不间断写作，就等于边写边读——不过是更大的一场阅读。这不是一味地关在屋子里面，更不是一味地看网络之类。总是看二三手的资料，也就丧失了亲自命名的机会。因为一切的事物都被别人命名过了，自己已经没有了机会——这个“命名”当然不光是叫什么名字，它是广义的，包括认识和描述，包括产生情感的方式，与之对话的过程，还有很多，都是在生活中不断命名的过程。对情感的命名，对情节的命名，对一些过程的命名，这些决定了一个写作者原创能力的强弱。

这个不断“命名”的过程，就把人的思维不断地引向个人化，引向自己的生命体验。这个体验很具体。比如说一路从山区走到海边，这一路上要过好几道河，翻过好几座岭，经过一些松林、庄稼地、沟渠，遇到很多人，谁也不可能对这一切事物视而不见。无论一路上停留得或长或短，打量得或多或少，心里都会有独自的印象，这所有的印象都来自个人的亲历——经过了一系列“命名”的过程。

关在书斋里的写作氧气少，常常处于“缺氧”的状态。这种“缺氧”当然主要不是指化学分子式标明的那种“氧”，而是更广大世界里给予的那些清新和生长的条件——总是不停地看网络、看书，从这里获得经验和情感，必然会渐渐孱弱。

荧屏上的东西比较之下总是虚幻和间接的。那“命名”方式一定会深深地影响一个写作者，无论他愿意还是不愿意。为了增加说服力，通常它会配上音乐和灯光，并借化妆师的帮助，让人产生恍惚感。结果荧屏前边的人在不情愿的情形下就被感染了，甚至在稍稍的厌恶之下一点一点认同了它。这个说服的过程是不知不觉的，就像一种快乐死——什么死去了？个人的经验和见解死去了。

写作时期的阅读对象看来不仅是书籍，不仅是最美好的那些书籍，而且还有山川大地。要到有充足氧气的地方去大口呼吸。

鲁迅和胡适

在时下，当然已经是很长时间的事了，对鲁迅和胡适的阅读极度不同，可以说有些失衡。他们是两个不同向度的大师，对我们的历史来说都是最为难得的人。他们都是难得的觉醒者和宝贵的提醒者。后来的人慢慢地寻到了胡适，就像慢慢地寻到了民国时期被遮蔽的其他思想和学术人物一样。现在是一个冷静的结果，有可能稍稍公允地谈论那个时期的学术和一些人物，这自然是了不起的进步。

就大多数人而言，对鲁迅更熟悉，这也与几十年来单边书写的思想史文化史有关。我们过去不可能更多地接触胡适，没有机会。人们开始接触胡适，这才发现胡适和鲁迅是互补的：一个偏重批判，一个偏重建设；一个充满质疑，一个清晰肯定。作为一个批判者，如果说鲁迅有时候很是偏激，那么胡适也有很多经不起推敲的性情之语。看他的文集，会发现他常常说一些很容易被人抓到把柄、受到抨击的话，这或许不像一个四平八稳的君子那样严密。但是我们看到，他的诗性令我们得到了满足，他的单纯和质朴有着表面上的严谨者所不具备的深刻性。从一个局部看很可能是偏颇和偏激的，但是综合整个学术，从全局看又是立论公允的。所以说胡适是一个了不起的人，他对中国文化和西方文化的理解都很深刻，身上体现着一心向往的自由、民主和宽容。鲁迅则是一个偏激的绝望者，对诸多事物只说出自己实在的感知，特别理性，留有余地，不像胡适那么肯定地指出一条通路。但鲁迅与胡适也有许多内在的相通之处。

不是讲他们个人的关系，而是说他们学术方面的内在的隧道，是能够相互交通的。就像一些发达地区的岛国，看起来这些岛一个个很独立，但地下通道把它们相连一起了，成为一个交流衔接的世界。鲁迅和胡适绝对不是完全绝缘的，更不是势不两立的敌人。他们从不同的方向进入中国的当代问题和历史问题。

胡适对鲁迅也是很喜欢的。鲁迅去世以后，有人对于纪念鲁迅之隆重，对于那么多人推崇鲁迅，愤愤不平，写了一封措辞刻薄甚至恶毒的信给胡适。当年的胡适一言九鼎，怎么说很重要。他在给那个人的回信中说："凡论一人，总须持平。爱而知其恶，恶而知其美，方是持平。"胡适的胸怀、客观性，充分表现了一个大学者的高水准和大气度，在这一方面真是让人尊重。

一个人能让人尊重，必有原因，这就是人格的力量。任何一个学者的学术成就所抵达的高度，总也没法和人格剥离，它们肯定是一致的。

所谓的"邪恶的天才"是不多的，即便有，也常常被我们夸大了。天才中总体上还是贤人君子居多。这里有西方贺拉斯的一段话，这话说得真好："我静静地走在一片树林里，想着那些贤人君子们能做些什么事情"。我们每个人都有"静静地走在树林里"的那种经历，但我们也曾像贺拉斯那样，在想那些"贤人君子们"能做些什么事情吗？人与人就是这样地不同。我们古语讲"见贤思齐"，也就是这样的意思。

这里说到胡适和鲁迅这两位精神文化的巨人，再一次深刻地阅读他们的时候到了，靠近他们的时候到了。这个时代尤其需要这样。

书院里只有鲁迅的塑像，因为我们对鲁迅更有情感、更为熟悉和离得更近——我们觉得现在对国民性的批判，对绝望感的重新理解，那种勇气，那种理性，那种力度，鲁迅也就更适合书院。如果再塑一个现代思想者，那大概就应该是胡适。但总的感觉来说，鲁迅的批判和绝望这种苍凉的人生，与胡适的丰富达观谅解的人生相比较，或许更具有悲剧意味。

有些海外声音不停地传达另一些现代作家，把现代文学史忽略的一个又一个人物挖掘出来，指出单边话语造成的缺失和荒谬。自然要倾听这些声音，但是要冷静地听——既不能使性子，又不能物极必反和矫枉过正。忽略了另一些作家是肚量狭小或心存偏见；但是说他们几乎个个超过了鲁迅，似乎也不必听信。

这里面有做学问最忌讳的东西，就是成见和使性。一个好的学术人物首先是一个大读者，否则其他的就谈不上了。而且写作者也应该首先是一个大读者，而后才有可能是一个好的创作者。

儒和道

梁漱溟当年有一句话说得很好，让人感动。他大致是这样说的：我这个人国学不好，西学也不好，不过是有感情。这位老人说得多么质朴和实在。他的一生真的很能牵挂事情，对这个世界有感情。

感情很重要，感情是气，是决定力和推动力。人有学问当然很好，因为这样用来做事情的工具就强大了。可是如果没有感情，就没有做事的动力，工具也就多半闲置起来了。人有了一副热辣辣的心肠，有了激情，才能做些事情，有些作为。有些人似乎很深刻，懂的事情多极了，看透的事情也多极了，但就是没有感情，结果最终还是一事无成，对世界没有什么用处。他们不做事情，还嘲笑做事情的人浅薄，在他们看来，冷漠就是最大的价值和深刻了——这其实是无足轻重的、不足取的人生。

比较孔孟和老庄，我们喜欢的同时总要带点偏重。许多人还是格外偏爱孔孟。老子是了不起的东方智慧；庄子那种智慧达到极致之后，让人产生一种多多少少的恐慌感。事事那样想得开那样机智和通透，几乎可以通向宇宙笼罩四极，那种极度的出世，也真的有些可怕。我们感觉不到庄子的感情——也许它是更内在的、变形的？但儒家的感情和入世的温度却是很容易就感觉得到的。

现在一般总是说“老庄”，但是老子和庄子似乎应该分开来谈。他们之间仍然有极大的不同。当然这是另一个话题了。

有时候我们很容易与现实世界达成妥协和谅解，歪曲和不得当地使用一些超然的智慧、利用这种智慧，结果也会让庸俗社会学盛行起来。

孔孟儒学那样的入世和清醒，知其不可为而为之的担当勇气，现在似乎更为需要。书院门厅的墙上挂了孔子和孟子的像，没挂老子和庄子的像。但这不是说老子和庄子不伟大不深刻。这里强调的是学问和思想的另一种严整性，是入世的精神和情怀。

老子作为一种哲学，深刻性彻底性都是很难超越的。庄子则更加增多了一些圆通妥协的智慧——不过在我们这样一个族群里，通透和超越洒脱的智慧总是更容易被人接受，久而久之也就让人担心了，担心这样的思想会使做学问、包括做人走向精明的畸形，会使品格发生问题。老子比孔孟更深奥也更晦涩一点，它会在这种令人难以接近中进一步被误解和误用。当谈到庄子的一些倾向并有所忌惮的时候，有人会遗憾地长叹，认为还是没有读懂——是的，一种通透圆融的大学问，怎么使用怎么理解都可以，已经走到了极致，也就近乎无用或可怕了。

太深奥了往往就不实用。民众很难理解的事物，影响却又很大，这就更容易形成一种庸常的误解。民众对佛教的误解也很厉害，但是它所讲的仁慈向善，不杀生不妄念，却是很通俗的指向。道教就远不是这样直观通俗了，好像要曲折复杂得多。民众对佛教的曲解，顶多认为它是有神论，甚至发展到抬着猪头进庙上香，这跟佛教精神肯定是格格不入的。但是民众误解道教就更严重了，他们只认为它是得道成仙的奇方，有许多奇怪的法术，其他则很少知道。

情感的发源

有的书的扉页上写有“献给某某”的字样。这是写书人的一种寄托。献给了具体的人，非但不是为了阻止别人看，而是为了让别人更好地看。这种寄托是力量之源，会推动写作者把书写下去。生活当中也许实有其人，而献给他的这本书却往往是虚构的故事——这多么有意思。这是写作者的一种情怀，甚至是一种美学方向。

其实大多数书都没有扉页上的那一句献词，但却不能说作者心里就没有寄托。比如近来有不少人倡导要“为底层写作”，就是这样的一种寄托。底层一般听不到针对他们的呼喊，有时想听也听不懂，基本上无法进行深入的交流。但对于创作的意义就在于这种寄托本身，在于为底层写作的强烈情感诉求。

有的艺术品在诞生之初，是诉求明显的，这就与一个对象紧密联系起来了。但无论怎么紧密，从另一个角度讲作品仍然还是独立的。就是说，它虽然要在一种心愿里完成自己，但一旦出世了，就成为一个独自的存在。诉求只是促进它成长的重要因素。

大多数作品在写作期间或开始之前都有过寄托，这寄托往往是现实的、对应清晰的。这或许很重要。这是情感的发源。如果没有这种情感的发源，势必就会以某些文学范本为发源——现在这种写作是最常见的。这后一种虽然不能说一概不会产生好的作品，但总是比较困难一些。

而我们的研究者由于大多是不考察情感发源的，只是专注于文本发源，所以他们就会把主要的精力投放在文本与文本之间的关系上。这其实是比较文学专业才做的事情。

比如有一段时间中国时兴魔幻现实主义，大多数作品也就与它扯上了关系——因为这个时期的确有许多作品接受了它的影响。但是这样一来，写作者们生气勃勃的原创性却因此而被忽略了。其实这些作品更为重要的，倒是它的情感发源。没有从这个发源上寻起，一切言说也就文不对题了。

在强大的情感发源面前，作家一定会丢开风靡一时的拉美范本，极力摆脱其影响，回到个人的记忆和感动里去。这些努力非常具体。比如说作者会一再地怀念和追忆过去，与儿时伙伴朝夕相处，耳鬓厮磨。这种深深的沉浸影响了他的每一行文字，又岂能是一句“魔幻现实主义”可以了断的？

没有情感发源的写作是没有力量的，最终只会是没有生命的单薄纸页。

一些读者某个时期读拉美的东西多了，就会把什么东西都往拉美的套路上套。因为不这样套住，就没有了自己的思路。其实每个人都应该有自己的语汇，自己的解读工具。许多诠释者和阅读者真的会牢牢记住最近的、印象最深的一些文学标本，久而久之，或许会在心里将其据为己有——这时候抬眼再看当代作品，越看越觉得它们是从那些标本中来的。这就像古代那个“偷斧子”的寓言故事：丢斧子的人总觉得是邻居偷了他的斧子，越看越像；后来斧子找到了，再去看邻居，也就越看越不像了。

小手掏鸟

一本儿童书用很大的篇幅写到了掏鸟——其实这里面学问颇大。孩子们在林子里做这种事，就像从事很隆重的事业。他们常常分成几拨，各有各的计划。那么多大树，发现树上的一个鸟洞就要做上记号，那也是有些讲究的：不能做太直观的标记，因为那样也就暴露了。要先找到参照物和坐标。比如说在树洞的两个方向取直角各做一个标记，这两条直线的交点就是那棵树了。再由于林子里不止几处发现了鸟洞，所以他们还要用一个小本子画上草图，这算是账本。

每一拨孩子都有领头的，那是指挥者。他到了关键时候要一一分派给大家任务，谁要盯住哪棵树，都分工清楚。一定要经常瞭望，如果大鸟往洞里叼鸡毛和小草，就说明快要生蛋了。再过多少天大鸟开始叼虫子，那就是小鸟孵出来了。这样计算下来，小鸟何时离窝也就大致明白了——要在离窝前将它们掏出来，这是最佳时机。领到了任务的人必须随时报告，将情况一一告诉领头的。

但事情并不总是一帆风顺——有时鸟洞被另一拨孩子发现了，那就少不得争斗。还有时候鸟洞太小，掏鸟时手伸不进去——这种事情时有发生，这才是最让人丧气的时刻。所以长了一双小手的孩子就成了林中一宝。

有一个男孩叫欢业，一双手又小又软，也就成了好几拨孩子笼络团结的对象。那时为了掏鸟常要发生一些惊险：因为树洞很小，根本伸不进手，瞪着眼没有办法；有时候好不容易把手塞进去，却怎么也抽不出来了，越急越是抽不出，只好哭着呼救。

欢业长得非常奇怪——他没有外国血统，但不知是什么变异的缘故，长得很像“毛子”（俄国人）——脑瓜鼓鼓的，有浅蓝色的眸子和褐色的头发，鼻子尖翘精巧，下巴往前探着。那样子让人想起诗人普希金的画像。

在圣彼得堡普希金纪念馆里，有普希金去世前剪下的一束头发，就在玻璃柜里，这束头发真的像欢业的一样，也是褐色，看上去也很柔软。

欢业长得像普希金，却不会作诗，只同样豪情万丈。他常常与人辩论或宣讲，一边讲一边打着手势，越讲越有劲，不知从哪儿来的激情，可以一连讲上两个小时。

他的命运也有点像普希金，长大后娶了一个非常美貌的老婆，不同的只是没有与人发生过决斗。他不热心上班，也守不住老婆，后来老婆就跑掉了。他不停地宣讲的时候，就频频地打着有力的手势——那双手仍然很小。

煎熬和放声嚎唱

写作者总是谈到自己的困惑与痛苦，认为自己来到了一个最困难的时期，处于无法摆脱的困境之中。他们谈得同样多的就是以往那些文学和诗的黄金时期——那当然是属于别人的时代，属于永远不再回返的过去。

这样的认识也许是普遍的，但是却令人怀疑它的正确性。因为我们没有在逝去的时代里生活过，也就不知道那些具体的痛苦和欢乐。我们注意的只是留下来的关于文学和诗意的美好记录，是诗人们的荣耀。这些动人的故事更容易被我们记住，念念不忘。那个时代类似于今天的痛苦有多少，多深，却不常被谈到。

其实我们只有一个“时代”，这是不可以选择的，也就是当下这个“时代”。

困境总是因人因时而不同。现在物质主义盛行造成了巨大的压抑感，可是文革时期又有另一种窒息，记忆中那是多么可怕。现在印刷垃圾几欲将人淹没，可是过去要找一本可读的书都十分困难——文学青年到处找书，有时翻山越岭只为这一本书、一个可以谈几句文学的知音。那时的书籍真是匮乏之物。

可见每个时期都有自己的难处。任何时候文学都会面临着自己的困境、尴尬，甚至是绝望的时刻。但文学是生命里固有的元素，对诗的追求和表达的欲望是伴随生命始终的。这种欲望虽然时常被覆盖，但一有机缘就会被呼唤出来，所以文学一直伴随着人类。

如果来得及的话，人类会将文明带到另一颗星球去，所以文学可能比人类想象得更为长久。

人不能过于畏惧时下，不能畏惧某些具体的环境。对待文学的坚持，对待未来的创造和目标的达成，有必要看得更远才好。西方一个大诗人说过：一个人在月亮上行走过，给他个县长也就不干了。一次又一次靠近大心灵，接近那些极致的美，就等于一次次在月亮上行走。生活会一次又一次地用“县长”去发出诱惑，但诗人大半是不会接受的。

去“月亮”上行走一次，这是人生的最大幸福和快慰。

不少人看到了当代思想者的磨难，看到网络上和市场上的庸俗阅读，熙熙攘攘的商业主义物质主义对人的扼杀，但是即便这样也仍然不妨达观些。我们不能忘记的是，任何时代都有难以忽略的痛苦。那些过往的思想者一定在当时度过了万般辛苦，克服了常人难以理解的困难。如果不是如此，我们后人也就看不到他们的身影。他们之所以那么稀少而弥足珍贵，有点高不可攀，就是因为他们顽强地处理了属于他个人的当代问题。如果忽略了这个客观事实，我们就没法成长，就会只顾喋喋不休地谈论当下的苦恼和困境。实际上李白自有苦恼，杜甫也曾痛不欲生；浪漫的法兰西在近二百年前就有人质疑诗歌已经死亡——那时当然既没有网络也没有电视，更没有成山堆岭的印刷垃圾。

诗人所在的时代，就是他的“黄金时代”。他天生注定了要在此时此地煎熬和放声嚎唱。

沙尘暴

网络传播是个不可回避的巨大现实，我们这里的文化人在任何场合都要谈到网络衍生的诸多问题。可是在国外比如在欧洲，这个问题就不像我们这里显赫。这是有点奇怪的事情。

我们与他们相逢，几乎无一例外都要谈到网络传播对青年的伤害，谈到了对低质海量传播的恐惧。大家用了一个词汇：“沙尘暴”——文字信息的巨量翻涌，无测的呈弥漫式席卷而来，这种比喻再贴切不过，它来自一种实际感受。

奇怪的是外国学者对我们的强烈反应都感到不解，甚至有点木木的。后来才知道，他们那儿基本不存在这样的恐慌。因为他们那里虽然也在网络上发表东西，但相比我们这里既少得多也认真得多。他们主要利用网络发发邮件和购物缴费等，如果发表作品，也当成纸上印刷品一样——怎么会不一样？网络只是园地和载体的一次改变，作品该怎样写还要怎样写。当然他们主要还是在纸质媒体上发表作品。为了便捷，有的很成熟的外国作家偶尔也在网络上首发创作，但文字上讲究的程度是不会变的。

这就使人想到，同样是一个现代科技工具，在不同文化素质的族群里发挥的功能是大相径庭的。一个成熟的工业国家，不可能到了上世纪七十年代还对一台手扶拖拉机感到好奇。一些人还记得，那时候村子里如果来了一台手扶拖拉机，全村的人都要跑出去观看，连老太太都出门了。到了今天，可能在村子里摆上一辆坦克都没有这个效果。可见对现代科技工具，还有一个习惯的过程。我们是一个科技特别不发达的地方，越是这样的地方，就越是容易产生技术崇拜。

事实上无论网络的传播效率多么高，都不能改变个人艺术创作的品质。其品质不论发表在哪里都是一样，印在草纸上、金箔上，都是一样的。它不会因为载体而改变自己。

所以严格讲，没有“网络文学”，只有文学。也没有分类细致的各种各样的文学，只有文学。载体从古到今不知改变了多少次，变化之大几乎是翻天覆地，但是文学的标准并没有发生什么本质的变化。

网络和各种小报及传媒上传播的低劣文字等等呈现海量的趋势，形成了“文字沙尘暴”。但是人们发现书院并不拒绝，也有自己的门户网站。其实这一点都不矛盾。对高效率的工具，一味地排斥还不如利用。如果网络搬运的文字信息干净而讲究，那不是一件极大的幸事吗？一件威力强大的武器掌握在谁的手里、怎样使用，这才是关键。

总而言之，越是了不起的科学发明，越是需要和它相匹配的更高的道德伦理素质，不然灾难就会发生。

报告文学也能写狗

有些报告文学好一些，而另一些严格讲既不是什么文学，也不是报告。报告文学当然应该是文学，像欧文·斯通和莫洛亚，他们的文字感动了一代又一代人。

前几年有个记者采访一位小说家，问你写过报告文学吗？作家回答说正在写，写了一半。记者问是写什么的？作家答是写一条狗的，那是他从小依恋的一条狗——它的诞生、友谊，有哪些事迹，怎么死亡，等等。记者大惊，说这也算吗？报告文学怎么能写狗？

作家也不解，回问：你以为报告文学能写什么？

记者毫不犹豫地说：报告文学应该写企业家，写领导。

作家无言。停了一会儿作家说：我认为报告文学也能写狗。

记者虽然不解，但还是在采访本上记下了这句话：报告文学也能写狗。后来记者的这篇采访文章发表出来了，竟然引起了许多人的不解和责备。这说明什么？说明了我们的报告文学总是写企业家和领导，以至于被大家误解为一种专用的文体了。这是很不应该的。

其实报告文学什么都能写，它的题材十分广泛。比如说有的报告文学名篇写了植物，写了动物，还有一部著名的长篇报告文学是写一条河的，名字就叫《大河传》。我们只要站在文学的立场上，人的立场上，就没有不能写的题材，哪里需要一直局限在企业家们那里。

报告文学一旦有了自由的发展，其他文字也会得到提升。因为把文学庸俗化、世俗化，把文学卖掉，首先就是从报告文学开始的。从这里开始，那就从这里结束好了。

我们的报告文学也可以试着写写河流、动物和植物，写写无权无势的平凡人、写一幢房子，总之是一些得不到物质回报的对象……我们讲了，怎么写固然重要，但写什么有时也非常重要。

可怕的绝症

他们都是非常令人喜欢的作家。一个因为行动不便，没有来过书院。另一位来过两次——建成前来过一次，建成后又来过一次。他们的文字几乎从不使人失望。这多么可贵。做一个令人信任的、大半时间不让人失望的写作者，这在今天尤其有意义。

刚刚又读过一篇他们的文章。在当代，有多少作家的文字是逢见必读的？可能已经不多了。有的曾经好，后来不太好了。有的曾经非常好，后来也变得势利了——作家不是别的什么工作，这种工作只要稍稍变得势利眼，一切也就谈不上了。作家可以犯各种错误，但就是不能势利眼，这是可怕的绝症。

任何作家都渴望获得阅读信任，尽管这在网络时代是很难的事情了。作家自己并不太知道读者的看法，有的是只鳞片爪，不是完整的看法。其实一个作家不须这样担心，他要担心的只有一样，就是一定不让自己成为这个时代的势利眼。

势利眼就是丢开自尊的追随者，是物与利的信徒，是机灵四顾的投机者，是文化强势及其他强势的攀附者，是毫无原则可守的“聪明人”。

历史上和现实中，都有一些残酷的例子。一些好作家得不到上帝的眷顾，他们面临着身体或其他方面的大困难，几次靠近死亡，跟死神擦肩而过。他们困于绝望的边缘是经常的事。这样特殊的生存方式，使他们或有一些冥思和感悟，有更深刻的体验。这是一般的作家所没有的。因为他们具有这样的生命境遇，具有这样一种思考的立场，其作品和人的存在，对文学的意义就很重大了。

现在作为一个优秀的写作者，他具有的意义不是小了，而是更大了。其他这一类作家置身在另一个族群里，没有在精神上形成如此巨大的反差，也就形不成巨大的冲撞力——他们的存在跟普遍的精神水准没有这么巨大的差异。而在这里一切全都不同了。极度的世俗化娱乐化，极度的商业主义物质欲望主义，恨不得一把将钱从读者手中抢走的写作人——在一群无情无义的文学动物面前，最优秀的作家其实显示出了一种宗教的意义。这种意义将是无法淹没的。

从这个意义上讲，我们永远推崇他们。但这并不意味着我们对其全部创作全部文字的无条件推崇。这正是我们表达尊重的一种方式。

文学与影视

文学作品不能急于改编成影视。这是不现实的。诗性写作转化成画面叙述是最困难的事情，这几乎是完全不同的两种艺术。

这种转化需要消化的时间很长，耗上几十年甚至上百年都很正常。诗性写作抗挥发的时间极长，影视人要闻到它的气息，要慢慢地领会许久。雅文学把情节一再地压缩之后，再把细节放大开，所以小说中的线性故事往往是隐而不彰的。这就需要编导将压缩的情节重新放大。这个放大的过程是很费力的。要还原文字作品的诗性，再现其强度和深度都是非常困难的，转化者必须是一个同等品级的诗人才行。

由文学作品改编的影视，虽然从人物名字、情节等等看都大致未变，但实际上跟原来的作品仍然是极为不同的。语言艺术不见了，默读的艺术不见了，语言留出的几乎是无限的想象空间不见了。

影视作品由于原作给它的许多助力，比如人物性格、景物描写，更有其中对思想和意境的表达，可以加固和提升自身的品质。但是雅文学，诗性很强的作品，影视最终仍旧是无法传达其艺术本质的。无论多么感人的文学名著改编的影视作品，如果认真读过了原著，一定会觉得比原著差了许多，二者绝不可以同日而语。真正的语言艺术是不可取代的。相对来说，影视是一种大众艺术，是普及和娱乐的艺术。

对于诗性写作而言，影视失去了更多的主动性和创作空间，所以影视只能比原作差一些——它可以无限地接近原作，却永远不可能比原作更好。相反，一些二三流的文学作品，即诗性较差的故事性作品，改编成影视之后，从形象到语言却存在着上升空间，所以倒有可能比原著更好了。

鲁迅曾拒绝将《阿Q正传》改编成电影，担心那样只剩下了滑稽。艾略特的诗剧在电视上播出后，他发现电视作为一种媒介是有缺陷的，于是写信给报纸，反对“电视癖”，并坚决拒绝了将其诗剧改编成电影的打算。

影视是运用艺术手段制作的工业产品。产品不再是个人的创作。而文学是源于个人的，是真正意义上的、狭义的艺术。

巨 人

巨人是精神和思想意义上的——在文明世界里当然也只能如此。鲁迅的身躯并不高大，巴尔扎克也是如此，据说只有一米六左右。而大哲学家康德还不到一米六，这在欧洲算是很矮小的人了。但他们都具有伟大的、不可思议的创造力。

人们理解的巴尔扎克，主要受罗丹塑像的影响。当年罗丹要塑巴尔扎克，但是没有见过，怎么办？只好找个像他的人。有人说：那个街角杀猪卖肉的人就像巴尔扎克。罗丹就专门去看那个人，照着他的样子塑造了巴尔扎克，结果显得那么雄武。人们看这尊塑像，又看他的雄文数卷，总觉得这是一个地地道道的巨人。九十九卷的《人间喜剧》放在那儿，作品体量大，人的体量当然也会大。

罗丹塑出的是一头雄狮。可谁又知道那是照一个屠夫塑出来的——认识巴尔扎克的人都说，罗丹塑出的人太像巴尔扎克了，从神气到其他，没有比这更像的了。

可见巴尔扎克身上一定有屠夫的生猛。但他实在是一个艺术的精神的巨人。

我们不由得要思考这样一个问题：巨人不一定个个高大，许多时候还可能是矮小的。这样一想，也就更加认同了人是靠思想站立的。现实生活中改变世界的巨人，有的高大，但矮小的似乎也很多，我们不必一一列举了。鲁迅，拿破仑，康德，伏尔泰，毕加索，还有刚才说的巴尔扎克，已经是最好的说明了。

个人的“小”是永远跟随的一个事实。而全部生命的能量却能更好地说明自己。让思想冲破牢笼，发生裂变，那就如同核能量一样不可预测。这就回答了巨人何以成为巨人。

可能也有人要举出相反的例子，说出另一些大个子的历史人物。这是很自然的。但是真实的历史人物，其中的一些高个子，也有一些并不像我们感觉得那么高大。因为留下来的是照片影像，摄影者给他们的往往是仰视镜头；他们和大家在一起的时候，通常总是走在前边——这样拍出来就显得比别人高大了许多。

人的力量大到了一定的程度——不管是什么类型的力量——气场就会很强，比如权力和才华，都会赋予一个人很大很强的气场。有一个人说过自己的亲历，说他当年正站在一个地方，完全不知道一个大人物要从身旁走过——只觉得一种特异的感觉一下逼近了、笼罩了……事后才知道是谁从这儿刚刚走过。他一直对这个经历记忆清楚，说这种感受与其说是主观的，不如说是客观的。

原来我们可以从许多方面理解巨人啊。

2012 年 5 月 12 日——2012 年 5 月 17 日

讲坛侧记

王海东

五月的万松浦松翠槐香，紫藤盈架，“万松浦（春季）讲坛”于2012年5月11日至17日在万松浦书院举行。前来访学听课的有数十名青年教师和学生，他们分别来自鲁东大学、烟台大学、中国海洋大学、华中科技大学、中国石油大学、聊城大学、中国农业大学等七所高校。

讲坛由张炜先生主讲，这是自2002年秋天开坛以来他的第一次主讲，所以人们期待很高。“你们许多人是第一次来，那就让我先讲一下万松浦地理……”这是简洁的开场白。

与大家想象的差不多，这个讲坛与一般大学的授课很不一样，没有照本宣科的满堂灌，也没有教材，甚至没有固定的课题。主讲人像在主持一场讨论，很快把满场气氛激发得热烈起来。所有参加的人都可以发言，随时提问，有时还要打断主讲人的话。

话题十分广泛，涉及传统文化和区域文化、文学和传媒、历史和民俗、方言和地方掌故……张炜先生即席回应，引发出不同的见解。他的谦虚随和给大家留下了深刻的印象——不了解的问题就向现场的人请教，并且时时把话题引向深入的讨论。

"河西岸有一种可爱的动物，叫黄狸鼠……"听众以为他要讲故事了，全场气氛立刻轻松活泼起来。这果然是一个好听的故事，不过讲到最后所有人都明白了，这是在说一个人的审美能力，这种能力的存在与提升的过程和关系是怎样的。笑过之后引来的是长久的思索。

不过有的话题也有些新奇甚至玄奥，比如"诗螺丝"——张炜说词语只在特定的语境里才有固定的可能，随着时间等因素的变化它就会溜走，所以就要用"螺丝"把它拧紧在一个地方。他用手比划拧螺丝的样子，大家就屏住了呼吸。他说诗人们是干这个的"好手"，他们使用的是"诗螺丝"，而一般人就没有这么好的工具和零件。

关于"线性思维"，"语言的角度、色彩、速度和气味"，"疏离的神情"等，听课者似乎以前从来没有接触过这样的问题，这次也就因为新奇而兴趣格外浓厚了。

关于通俗文学、流行作品以及纯文学、诗性写作的关系，特别是阅读接受方面的区别，张炜先生又打了个最易懂的比喻：如果在我们的课堂这儿放一碗汽油会怎样？那么只一会儿满场都是它的气味了，用不了多久碗里什么都没有了；但是如果放一块机用黄油呢？大家稍远一点就闻不见气味了，而且许久以后它还在这儿。"这就是抗挥发性的不同啊，那些易挥发的，也就不需要再加温点火让它蒸发了。"

在场的所有人都明白了，然后是更活跃的议论。

进行艺术分析时，张炜先生不断地举古今中外的作品做标本，这些标本一般都是大家熟悉的，所以更能够有的放矢，相互对话也就容易得多了。

在一周的时间里，张炜先生一共做了七讲，原计划每次连讨论在内，大约三个小时为宜。但每次都因为现场听课人参与性太强，所以不得不一再延时，结果让食堂师傅很为难。这样七讲时间合在一起，已经远超了原定的二十课时。

这次讲坛封闭进行，为了安静，也为了适当控制人数——但是讲坛的消息还是不胫而走，最后有几所大学的师生、文化单位的人从很远的地方赶来参与。

讲坛期间学员们参观了书院设在山区的工作室、当地博物馆等。在群山怀抱的一个小山村，正值樱桃成熟时节，大家在树荫下，石院里，清新的山风中，继续着讲坛的讨论。

讲坛最后阶段举行的座谈会由本次辅讲人、书院首位驻院作家陈占敏先生主持。学员们对讲坛给予了高度评价，纷纷畅谈了自己的感受。几位学员还即席朗诵了诗作，抒发了对书院、对讲坛的感铭之情。

一周时间过得太快了。所有人都恋恋不舍。

我们期待着下一个春天的到来……

2012 年 8 月 16 日

图书在版编目（CIP）数据

疏离的神情：万松浦讲稿 / 张炜著. -- 北京：作家出版社，2013. 5

ISBN 978-7-5063-6810-0

Ⅰ. ①疏… Ⅱ. ①张… Ⅲ. ①散文集－中国－当代 Ⅳ. ① I267

中国版本图书馆CIP数据核字（2013）第004829号

疏离的神情：万松浦讲稿

作　　者：张　炜
责任编辑：安　然　田小爽
装帧设计：孙惟静
出版发行：作家出版社
社　　址：北京农展馆南里10号　　邮　　编：100125
电话传真：86-10-65930756（出版发行部）
86-10-65004079（总编室）
86-10-65015116（邮购部）
E-mail:zuojia@zuojia.net.cn
http://www.haozuojia.com（作家在线）
印　　刷：北京联邮博雅纸制品有限公司
成品尺寸：142×210
印　　张：12.75
版　　次：2013年5月第1版
印　　次：2013年5月第1次印刷
ISBN　978-7-5063-6810-0
定　　价：29.00元